AQUELA LUZ

JAY ASHER

AQUELA LUZ

TRADUÇÃO DE
PAULO EMÍLIO PIRES

Editorial Presença

FICHA TÉCNICA

Título original: *What Light*
Autor: *Jay Asher*
Copyright © 2016 Jay Asher
Todos os direitos reservados, incluindo o direito de reprodução de toda ou parte da obra sob qualquer forma ou meio.
Edição portuguesa publicada por acordo com Razorbill, uma chancela de Penguin Young Readers Group, uma divisão de Penguin Random House LLC
Tradução © Editorial Presença, Lisboa, 2017
Tradução: *Paulo Emílio Pires*
Revisão: *Anabela Macedo/Editorial Presença*
Composição, impressão e acabamento: *Multitipo — Artes Gráficas, Lda.*
Depósito legal n.º 431 078/17
1.ª edição, Lisboa, outubro, 2017

Reservados todos os direitos
para Portugal à
EDITORIAL PRESENÇA
Estrada das Palmeiras, 59
Queluz de Baixo
2730-132 Barcarena
info@presenca.pt
www.presenca.pt

PARA:

JoanMarie Asher, Isaiah Asher
e Christa Desir,
*os três reis magos
desta história de Natal*

Dennis e Joni Hopper
e os seus filhos, Russel e Ryan,
pela inspiração

DE:

um rapaz agradecido

Capítulo 1

— Detesto esta altura do ano — diz a Rachel. — Desculpa, Sierra. Aposto que estou sempre a dizer a mesma coisa, mas é verdade.

O nevoeiro matinal esbate a entrada da nossa escola, no extremo oposto do relvado. Mantemo-nos na passadeira de cimento para evitar as poças de água, mas não é do tempo que a Rachel se está a queixar.

— Por favor, não faças isso — respondo. — Vais pôr-me outra vez a chorar. A única coisa que quero é chegar ao fim desta semana sem...

— Mas não é uma semana! — diz ela. — São só dois dias. Dois dias até às férias do Dia de Ação de Graças e depois vais-te embora durante um mês. Mais de um mês!

Agarro-me ao braço dela enquanto continuamos a andar. Embora seja eu quem vai passar mais uma quadra natalícia longe de casa, a Rachel comporta-se sempre como se fosse o *seu* mundo a ser virado do avesso ano após ano. Aquela sua cara amuada e ombros descaídos são inteiramente para meu consolo, para me fazer saber que a minha falta será sentida, e todos os anos fico grata pelo melodrama. Embora adore o sítio para onde vou, não deixa de ser difícil dizer adeus. E saber que as minhas melhores amigas ficam a contar os dias até ao meu regresso torna de facto as coisas mais fáceis.

Aponto para a lágrima que tenho ao canto do olho.

— Vês o que fizeste? Vou começar a chorar.

Esta manhã, quando, com a minha mãe ao volante, deixámos para trás a nossa quinta de plantação de árvores de Natal, o céu estava praticamente limpo. Os trabalhadores andavam pelos campos, e as serras elétricas zumbiam ao longe como mosquitos, a cortar as árvores da produção deste ano.

O nevoeiro foi surgindo à medida que descíamos. Espraiou-se sobre as pequenas quintas e a autoestrada interestadual, até à cidade, trazendo consigo o aroma tradicional da época. Por esta altura do ano, toda a nossa pequena cidade no Oregon cheira a árvores de Natal acabadas de cortar. Noutros tempos, talvez cheirasse a milho doce ou a beterraba sacarina.

A Rachel segura uma das portas duplas envidraçadas para eu passar e segue-me até ao meu cacifo. Lá chegadas, abana o seu cintilante relógio vermelho à minha frente.

— Ainda temos quinze minutos — diz-me. — Estou mal-humorada e com frio. Vamos beber um café antes do primeiro toque.

A diretora do teatro da escola, a Sra. Livingston, encoraja, de forma não propriamente subtil, os seus alunos a beberem toda a cafeína necessária para conseguirem montar os espetáculos a tempo. Há sempre uma cafeteira a postos nos bastidores. E a Rachel, enquanto cenógrafa principal, tem livre acesso ao anfiteatro.

Neste fim de semana, o departamento de teatro fez as suas últimas apresentações de *A Lojinha dos Horrores*, e o cenário só vai ser desmontado a seguir às férias intercalares do Dia de Ação de Graças, pelo que ainda está tudo no sítio quando eu e a Rachel entramos e acendemos as luzes do fundo da sala. Sentada no palco, entre o balcão da florista e a enorme planta carnívora, está a Elizabeth. Assim que nos vê, endireita-se e acena-nos.

A Rachel avança à minha frente pela coxia.

— Este ano quisemos dar-te alguma coisa para levares contigo para a Califórnia.

Sigo-a para lá das filas vazias de cadeiras vermelhas almofadadas. Está visto que não se importam de me ver desfeita em lágrimas durante estes últimos dias de aulas. Subo os degraus até ao palco. A Elizabeth põe-se de pé, corre até junto de mim e abraça-me.

— Eu bem te disse — comenta para a Rachel por cima do meu ombro. — Bem te disse que ela ia chorar.

— Odeio-vos — respondo.

A Elizabeth estende-me duas prendas embrulhadas num reluzente papel natalício prateado, mas acho que já sei o que me vão dar. A semana passada, estávamos as três numa loja de presentes da baixa e vi-as a olhar para umas molduras do mesmo tamanho destes dois embrulhinhos. Sento-me para os abrir e encosto-me ao balcão da florista, por baixo da caixa registadora de metal à moda antiga.

A Rachel senta-se à minha frente de pernas cruzadas, com os nossos joelhos quase a tocar-se.

— Estão a quebrar as regras — digo, ao mesmo tempo que passo um dedo sob uma dobra do papel da primeira prenda. — Era suposto só fazermos isto quando eu voltasse.

— Queríamos que tivesses qualquer coisa que te fizesse pensar em nós todos os dias — explica a Elizabeth.

— Até estamos um nadinha envergonhadas por não termos feito isto quando começaste a ir-te embora — acrescenta a Rachel.

— O quê, quando éramos bebés?

No primeiro Natal a seguir ao meu nascimento, a minha mãe ficou comigo na quinta enquanto o meu pai foi para a Califórnia tomar conta da nossa venda familiar de árvores de Natal. No ano seguinte, a minha mãe achou que devíamos ficar em casa por mais uma quadra natalícia, mas o meu pai não quis passar outro Natal sem nós. Preferia não abrir a venda nesse ano, disse, e limitar-se a expedir as árvores para revendedores um pouco por todo o país. Mas a minha mãe ficou com pena, pois havia muitas famílias para quem a compra da árvore na nossa venda era uma tradição anual. E embora se tratasse de um negócio que, com o meu pai, ia já na sua segunda geração, era igualmente uma tradição que ambos acarinhavam. A verdade é que se conheceram porque a minha mãe e os pais dela se contavam entre esses clientes anuais. De modo que agora, todos os anos, é aí que passo o período que vai do Dia de Ação de Graças até ao Natal.

A Rachel reclina-se para trás, assentando as mãos no palco para se apoiar.

— Os teus pais já decidiram se este vai ser o vosso último Natal na Califórnia?

Raspo um pedaço de fita-cola que prende outra dobra do papel.

11

— Embrulharam-vos isto na loja?

— Está a mudar de assunto — sussurra a Rachel à Elizabeth suficientemente alto para eu ouvir.

— Desculpem. É que detesto pensar que este pode ser o nosso último ano. Por muito que goste de vocês, ia sentir falta daquilo. Além do mais, tudo o que sei é o que ouvi por acaso... ainda não me disseram nada... mas pareceram-me bastante stressados com questões de dinheiro. Enquanto eles não se decidirem, não quero mentalizar-me nem de uma coisa nem de outra.

Se mantivermos a venda por mais três épocas, a nossa família terá gerido aquele local durante trinta anos. Quando os meus avós compraram o terreno, a cidadezinha estava em plena expansão. Localidades bem mais próximas da nossa quinta no Oregon já tinham criado vendas semelhantes, se não mesmo uma profusão delas. Agora vendem-se árvores de Natal um pouco por todo o lado, desde supermercados a lojas de ferragens, ou então em eventos de caridade. Já não existem muitas vendas como a nossa. Se desistirmos dela, todo o nosso negócio passará a ser vender a esses supermercados ou eventos de caridade, ou abastecer outras vendas com as nossas árvores.

A Elizabeth pousa-me a mão no joelho.

— Parte de mim quer que possas voltar para lá no ano que vem, porque sei que adoras aquilo, mas se ficares podemos passar pela primeira vez o Natal juntas.

Não consigo deixar de sorrir com a ideia. Adoro estas miúdas, mas a Heather também é uma das minhas melhores amigas e só a vejo um mês por ano, quando estou na Califórnia.

— Vamos para lá há tanto tempo — digo — que nem consigo imaginar como seria se de repente... não fôssemos.

— Pois eu consigo — responde a Rachel. — Ano de finalistas. Esqui. Jacúzi. Neve!

Mas eu adoro a nossa cidadezinha californiana sem neve, situada mesmo na costa, apenas três horas a sul de São Francisco. Também adoro vender árvores de Natal, rever as famílias que nos procuram ano após ano. Seria uma sensação estranha passar tanto tempo a cuidar das árvores, a vê-las crescer, e depois simplesmente expedi-las para longe para serem outros a vendê-las.

— Ia ser divertido, não achas? — pergunta a Rachel. Debruça-se um pouco mais para mim e agita as sobrancelhas. — E agora imagina tudo isso com rapazes!

Solto uma valente gargalhada e apresso-me a tapar a boca com a mão.

— Ou não — diz a Elizabeth, puxando a Rachel pelo ombro. — Também era simpático se fôssemos só nós, um tempo sem rapazes nenhuns.

— A minha vida já é mais ou menos assim todos os Natais — lembro. — Ou já se esqueceram de que no ano passado levei com os pés na noite antes de partirmos para a Califórnia?

— Foi horrível — comenta a Elizabeth, embora não consiga conter um risinho. — E depois ele levou aquela miúda de mamas grandes, que tem aulas em casa, ao baile de gala de inverno e...

A Rachel pousa-lhe um dedo nos lábios.

— Acho que ela ainda se lembra.

Olho para a minha primeira prenda, ainda praticamente por desembrulhar.

— Não que o censure. Quem é que quer manter uma relação à distância durante o Natal? Eu também não queria.

— Embora tenhas dito que há uns rapazinhos bem jeitosos a trabalhar lá na venda — comenta a Rachel.

— Pois sim... — Abano a cabeça. — Como se o meu pai fosse permitir uma coisa dessas.

— Pronto, chega desta conversa — diz a Elizabeth. — Abre as tuas prendas.

Levanto o pedacinho de fita-cola, mas agora a minha mente já está na Califórnia. Eu e a Heather somos amigas literalmente desde que me lembro. Os meus avós maternos eram vizinhos do lado da família dela. Depois da morte deles, a família da Heather tomava todos os dias conta de mim durante umas horas para dar um pouco de descanso aos meus pais. Em troca, a casa deles recebia uma bela árvore de Natal, algumas grinaldas e dois ou três empregados para pendurarem a iluminação no telhado.

A Elizabeth solta um suspiro.

— As prendas, se não te importas...

Rasgo um dos lados do embrulho.

Elas têm razão, claro. Ia adorar passar pelo menos um inverno aqui antes de nos formarmos e mudarmos todas sabe-se lá para onde. Imagino-me na companhia delas no concurso de esculturas de gelo e em todas as outras coisas que me contam que acontecem por aqui.

Mas as férias na Califórnia são a única altura em que vejo a minha *outra* melhor amiga. Há anos que deixei de me referir à Heather simplesmente como a minha amiga de inverno. É uma das minhas melhores amigas, ponto. Também costumava vê-la todos os verões, nas semanas em que ia visitar os meus avós, mas essas visitas acabaram depois da morte deles. Aflige-me a possibilidade de não conseguir desfrutar desta quadra natalícia na companhia dela, sabendo que pode ser a última.

A Rachel põe-se de pé e atravessa o palco.

— Preciso de café.

— Ela está a abrir as nossas prendas! — grita-lhe a Elizabeth.

— Está a abrir a *tua* prenda — responde a Rachel. — A minha é a da fita vermelha.

A primeira prenda que desembrulho, a da fita verde, contém uma *selfie* da Elizabeth. Tem a língua espetada para o lado enquanto os olhos estão virados na direção oposta. É parecida com quase todas as outras fotografias que tira a si própria, razão por que me agrada tanto.

Encosto a moldura ao peito.

— Obrigada.

A Elizabeth cora.

— De nada.

— Agora vou abrir a tua! — grito para o outro lado do palco.

A Rachel aproxima-se lentamente de nós empunhando três copos de papel cheios de café fumegante. Pegamos cada uma num. Chego o meu para o lado enquanto a Rachel torna a sentar-se à minha frente e começo a desembrulhar a prenda. Mesmo sendo só por um mês, vou sentir imensas saudades dela.

Na fotografia, a Rachel tem o lindo rosto voltado para o lado, parcialmente encoberto pela mão, como se não quisesse ser fotografada.

— A ideia é parecer que estou a ser perseguida pelos *paparazzi* — explica ela. — Como se fosse uma atriz famosa a sair de um restaurante de luxo. Se bem que na vida real provavelmente haveria um guarda-costas enorme atrás de mim, mas...

— Mas tu não és atriz — estranha a Elizabeth. — Queres seguir cenografia.

— Faz tudo parte do plano — explica a Rachel. — Sabes quantas atrizes há no mundo? Milhões. E todas elas a fazerem tudo por tudo para dar nas vistas, o que é francamente desanimador. Um dia, quando eu estiver a trabalhar como cenógrafa para algum produtor famoso, ele vai pousar o olhar em mim e perceber de imediato o desperdício que é manter-me atrás das câmaras. O meu lugar é diante delas. Ele, claro, há de ficar com o mérito de me ter descoberto, mas na verdade terei sido eu a *fazer* com que me descobrisse.

— O que me preocupa — digo — é saber que acreditas que isso vai mesmo acontecer.

— Claro que vai — responde a Rachel, bebericando um gole do seu café.

Soa o primeiro toque. Pego no papel de embrulho prateado e amarroto-o numa bola que a Rachel leva, juntamente com os nossos copos de café vazios, para um caixote do lixo nos bastidores. A Elizabeth coloca as minhas molduras num saco de papel pardo e enrola-lhe a parte de cima antes de mo entregar.

— Presumo que possamos passar lá por casa antes de te ires embora? — pergunta a Elizabeth.

— Se calhar é melhor não. — Desço os degraus atrás delas, após o que subimos vagarosamente a coxia até ao fundo do teatro. — Hoje tenho de me deitar cedo para ainda conseguir trabalhar umas horitas amanhã antes das aulas. E na quarta-feira partimos muito cedo.

— A que horas? — pergunta a Rachel. — Talvez pudéssemos...

— Às três da manhã — respondo-lhe, a rir. Da nossa quinta no Oregon até à nossa venda na Califórnia são cerca de dezassete horas de viagem, dependendo das paragens para ir à casa de banho e do trânsito da quadra festiva. — Claro que, se quiserem levantar-se a essa hora...

— Deixa estar — diz a Elizabeth. — Mandamos-te pensamentos positivos nos nossos sonhos.

— Já tens os trabalhos de casa todos? — pergunta a Rachel.

— Acho que sim. — Há dois invernos, éramos talvez uma dúzia de alunos da escola a migrar para vendas de árvores de Natal. Este ano estamos reduzidos a três. Felizmente, com tantas quintas na região, os professores estão habituados a adaptar-se a diferentes épocas de colheita. — Monsieur Cappeau está preocupado com a minha disponibilidade para *pratiquer mon français* enquanto estiver fora, de maneira que vai obrigar-me a ligar-lhe uma vez por semana para conversarmos.

A Rachel pisca-me o olho.

— E será só por isso que quer que lhe ligues?

— Não sejas parva — respondo.

— Lembra-te de que a Sierra não gosta de homens mais velhos — diz-lhe a Elizabeth.

Rio-me.

— Estás a falar do Paul, certo? Só saímos uma vez, e para mais foi apanhado com uma lata de cerveja aberta no carro do amigo.

— Em defesa dele, não ia a conduzir — faz notar a Rachel, levantando a mão antes que eu possa responder. — Mas percebo-te. Viste isso como um sinal de alcoolismo iminente. Ou fraco discernimento. Ou... qualquer coisa.

A Elizabeth abana a cabeça.

— És demasiado picuinhas, Sierra.

A Rachel e a Elizabeth estão sempre a massacrar-me por causa dos meus padrões no que diz respeito a rapazes. A questão é que já vi demasiadas raparigas envolverem-se com tipos que as deitam abaixo. Talvez não a princípio, mas acabam por fazê-lo. Para quê desperdiçar anos ou meses, ou mesmo dias, com alguém assim?

Antes de chegarmos às portas duplas que conduzem de volta aos corredores, a Elizabeth dá um passo adiante e rodopia na nossa direção.

— Já estou atrasada para a aula de Inglês, mas encontramo-nos à hora do almoço, certo?

Sorrio. Encontramo-nos sempre à hora do almoço.

Abrimos caminho pelo corredor e a Elizabeth desaparece no meio do tropel de alunos.

— Mais dois almoços — diz a Rachel. Finge limpar as lágrimas do canto do olho enquanto continuamos a andar. — É o que nos resta. Quase me dá vontade de...

— Para! — interrompo. — Não digas mais.

— Oh, não te preocupes comigo — responde ela, sacudindo a mão com um ar desprendido. — Tenho muito com que me ocupar enquanto tu te divertes lá na Califórnia. Ora vejamos... Na próxima segunda-feira começamos a desmontar o cenário. É coisa para demorar aí uma semana. Depois vou ajudar a comissão de bailes a ultimar as decorações da gala de inverno. Não é teatro, mas gosto de usar os meus talentos onde sejam precisos.

— Já têm tema para este ano? — pergunto.

— «Globo de neve do amor» — conta ela. — Bem sei que é um bocado piroso, mas tenho algumas ideias fantásticas. Quero decorar todo o ginásio de modo a dar a ideia de que estamos a dançar dentro de um globo de neve. Portanto vou estar muito ocupada até tu voltares.

— Estás a ver? Quase nem vais dar pela minha falta.

— Tens razão. Mas tu, é bom que tu sintas a minha — acrescenta, dando-me uma cotovelada.

E vou sentir. Durante toda a minha vida, sentir falta das minhas amigas tem sido uma tradição de Natal.

Capítulo 2

O Sol ainda mal surgiu por trás das colinas quando paro a carrinha do meu pai na berma da lamacenta via de acesso. Puxo o travão de mão e contemplo uma das minhas paisagens preferidas. As árvores de Natal começam a meia dúzia de palmos da janela do lado do condutor e estendem-se ao longo de mais de quarenta hectares de colinas ondulantes. Do outro lado da carrinha, a extensão da nossa propriedade é idêntica. E a seguir às nossas terras, de ambos os lados, as plantações de árvores de Natal prolongam-se por muitas outras quintas.

Quando desligo o aquecimento e saio para o exterior, sei que me espera um ar frio e cortante. Apanho o cabelo num rabo de cavalo, enfio-o por dentro das costas do meu volumoso blusão de inverno e tapo a cabeça com o capuz, apertando bem os cordões.

O aroma da resina impregna o ar carregado de humidade, a terra molhada prende-me as botas, já de si pesadas. Os ramos arranham-me as mangas quando tiro o telemóvel do bolso. Marco o número do tio Bruce e encosto o aparelho ao ouvido, segurando-o com o ombro enquanto calço as luvas de trabalho.

— Chegaste aí acima num instante, Sierra! — ri-se ele ao atender.

— Não vim assim tão depressa — respondo.

A verdade é que fazer aquelas curvas a derrapar na lama é demasiado divertido para se resistir.

— Não te preocupes, querida. Também já abri uns quantos sulcos nessa colina com a minha carrinha.

— Eu vi, por isso é que calculei que fosse divertido. Seja como for, estou quase no primeiro feixe.

— Vou já ter contigo.

Antes de ele desligar, ainda oiço os primeiros roncos do motor do helicóptero.

Tiro um colete de segurança cor de laranja do bolso do blusão e passo os braços pelos buracos. A faixa de velcro em redor do peito mantém-no no sítio para que o tio Bruce consiga avistar-me do ar.

Uns duzentos metros mais adiante, oiço o zumbido das serras elétricas com que os trabalhadores desbastam os tocos das árvores deste ano. Há dois meses, começámos a rotular as que iriam ser cortadas atando uma fita de plástico colorido num dos ramos mais altos. Vermelho, amarelo ou azul, consoante a altura, para serem mais fáceis de separar quando chegasse a altura de carregar os camiões. Todas as que não tenham etiqueta irão permanecer no solo, para continuarem a crescer.

Ao longe, o helicóptero vermelho voa já nesta direção. Os meus pais ajudaram o tio Bruce a comprá-lo em troca da ajuda dele para aerotransportar as nossas árvores durante a época do corte. Com o helicóptero, não desperdiçamos terra num entrelaçado de caminhos de acesso e as árvores são expedidas mais frescas. Durante o resto do ano, o meu tio usa-o para passear turistas ao longo da costa rochosa. Por vezes até chega a fazer de herói, quando encontra algum caminhante perdido.

Depois de os trabalhadores à minha frente cortarem quatro ou cinco árvores, colocam-nas lado a lado em cima de dois cabos compridos, como se as assentassem sobre uns carris de caminho de ferro. E continuam a empilhar árvores em cima dessas até terem juntado cerca de uma dúzia. De seguida atam os cabos no alto do feixe, apertam-nos bem e seguem adiante.

É aí que eu entro.

O ano passado foi o primeiro em que o meu pai me deixou fazer isto. Sei que a vontade dele era dizer-me que se tratava de um trabalho demasiado perigoso para uma rapariga de quinze anos, mas não se atreveu a afirmá-lo em voz alta. Alguns dos rapazes que contrata para cortar as árvores são meus colegas de turma e deixa-os empunhar serras elétricas.

As pás do helicóptero ouvem-se cada vez mais alto — *vrum-vrum-vrum-vrum* —, rasgando o ar. O meu coração bate a compasso com elas enquanto me preparo para prender o meu primeiro feixe da época.

De pé diante do primeiro lote, dobro os dedos enluvados. O sol matinal reflete-se na janela do helicóptero. Pendente do aparelho, um cabo comprido arrasta pelos céus um pesado gancho vermelho.

O helicóptero abranda ao aproximar-se, e eu cravo bem as botas na terra. Por cima de mim, as pás ribombam sem cessar. *Vrum-vrum--vrum-vrum.* O aparelho desce lentamente até o gancho metálico tocar nas agulhas das árvores enfeixadas. Levanto o braço acima da cabeça e faço um movimento circular a pedir mais folga. Quando o helicóptero desce mais um pouco, agarro no gancho, passo-o por baixo dos cabos e dou duas passadas atrás.

Olho para cima e vejo que o tio Bruce me sorri. Faço-lhe sinal, ele responde-me erguendo o polegar e o aparelho torna a ganhar altitude. O pesado feixe comprime-se ao ser levantado do chão e depois também ele levanta voo.

* * *

Por cima da nossa casa paira uma Lua em quarto crescente. Da minha janela no andar de cima vejo as colinas diluírem-se lá longe, na escuridão. Em miúda, costumava vir para aqui fazer de conta que era o comandante de um navio a observar o oceano durante a noite, com as suas ondas muitas vezes mais escuras do que o céu estrelado que as cobria.

A vista mantém-se inalterada ano após ano devido à forma como planeamos o corte das árvores. Por cada árvore cortada, deixamos cinco no solo e plantamos um novo rebento no seu lugar. Ao fim de seis anos, cada uma dessas árvores terá sido expedida para outro ponto do país, para figurar como atração principal noutros tantos lares durante o período natalício.

Por causa disso, a minha quadra festiva tem tradições diferentes. Na véspera do Dia de Ação de Graças, eu e a minha mãe rumamos a sul para nos juntarmos ao meu pai. Depois passamos o jantar de Ação de Graças com a Heather e a família. No dia seguinte começamos a vender árvores de manhã à noite e só paramos na véspera de Natal. Nessa noite, exaustos, trocamos uma prenda cada um. Não há espaço para muito mais na caravana *Airstream* prateada que é a nossa casa longe de casa.

A casa da nossa quinta foi construída na década de 1930. O soalho antigo e as velhas escadas de madeira tornam impossível sair da cama a meio da noite sem fazer barulho, mas eu mantenho-me junto ao lado mais silencioso dos degraus. Faltam-me apenas três para chegar à cozinha quando a minha mãe me chama da sala de estar.

— Sierra, tens de dormir pelo menos umas horas.

Sempre que o meu pai não está em casa, a minha mãe adormece no sofá com a televisão ligada. O meu lado romântico quer acreditar que acha o quarto demasiado solitário sem ele. O meu lado não romântico supõe que adormecer no sofá a faça sentir-se rebelde.

Enrolo-me no roupão e calço uns ténis esfarrapados. A minha mãe boceja e estica-se para apanhar o comando caído no chão. Desliga a televisão, o que deixa a sala às escuras.

Acende a luz da mesinha.

— Onde é que vais?

— À estufa — explico. — Quero trazer a árvore cá para dentro para não nos esquecermos dela.

Em vez de carregarmos o carro na noite anterior, colocamos todas as nossas malas junto à porta da frente para podermos dar-lhes uma última vista de olhos antes da viagem. Uma vez chegadas à estrada nacional, o caminho que temos pela frente é demasiado longo para voltar para trás.

— E depois tens de ir logo para a cama — diz a minha mãe. Partilha a minha maldição de não conseguir dormir quando estou preocupada com alguma coisa. — Caso contrário, amanhã não posso deixar-te conduzir.

Prometo-lhe que sim e fecho a porta da frente, cingindo o roupão para me proteger do frio da noite. A estufa é quentinha, mas só lá vou estar o tempo necessário para pegar na pequena árvore que transplantei há pouco para um balde de plástico preto. Vou colocá-la junto à nossa bagagem, depois eu e a Heather iremos plantá-la no Dia de Ação de Graças a seguir ao jantar. Com esta serão seis as árvores, todas provenientes da nossa quinta, a crescer no alto de Cardinals Peak, na Califórnia. O plano para o ano que vem sempre foi cortar a primeira que plantámos e oferecê-la à família da Heather.

Essa é mais uma razão por que esta não pode ser a nossa última época.

Capítulo 3

Vista de fora, a caravana pode parecer um termo tombado de lado, mas por dentro sempre a achei acolhedora. Presa à parede, num dos extremos, há uma pequena mesa de refeições, tendo a cabeceira da minha cama a dupla função de fazer de costas de um dos bancos. A cozinha resume-se ao lava-louça, frigorífico, fogão e micro-ondas. A casa de banho parece mais pequena a cada ano que passa, embora os meus pais tenham optado pelo modelo com a maior cabina de duche. Numa das normais, seria impossível baixar--me e lavar as pernas sem fazer primeiro uns alongamentos. No extremo oposto à minha cama fica a porta do quarto dos meus pais, onde mal cabem a cama deles, um pequeno roupeiro e um banquinho. Agora a porta está fechada, mas oiço a minha mãe a ressonar enquanto recupera da longa viagem de automóvel.

Os pés da minha cama tocam no armário da cozinha, e por cima há um guarda-louça de madeira onde cravo um grande pionés branco. A meu lado, em cima da mesa, estão as molduras da Rachel e da Elizabeth. Uni-as com uma fita verde lustrosa de maneira a ficarem suspensas uma por cima da outra. Ato um laço na ponta da fita e penduro-a no pionés, para que as minhas amigas do Oregon possam estar comigo todos os dias.

— Bem-vindas à Califórnia — digo-lhes.

Deslizo para a cabeceira da cama e abro as cortinas.

Uma árvore de Natal tomba de encontro à janela e dou um grito. As agulhas raspam no vidro enquanto alguém se esforça por voltar a endireitá-la.

O Andrew espreita por entre os ramos, provavelmente para se certificar de que não partiu a janela. Cora ao ver-me, e eu olho de relance para baixo para ter a certeza de que vesti uma camisa a seguir ao duche. Ao longo dos anos, já por mais de uma vez tomei o meu duche matinal e me deixei ficar na caravana apenas de toalha até me lembrar que há bastantes alunos da escola secundária a trabalhar ali fora.

No ano passado, o Andrew tornou-se o primeiro e o último rapaz destas bandas a convidar-me para sair. Fê-lo com um bilhetinho colado do lado de fora da minha janela. Decerto quis ser engraçado, mas a imagem que me ocorreu foi a do vulto dele a avançar em bicos de pés até escassos centímetros do sítio onde eu dormia. Felizmente, consegui explicar-lhe que não seria boa ideia sair com alguém que aqui trabalhe. Não que isso seja propriamente uma regra, mas os meus pais já por mais de uma vez referiram até que ponto uma situação dessas poderia tornar-se constrangedora para todos os envolvidos, uma vez que este é também o local de trabalho deles.

A minha mãe e o meu pai conheceram-se quando tinham a minha idade e ele trabalhava com os pais nesta mesma venda. A família dela vivia a meia dúzia de quarteirões daqui e, num inverno, apaixonaram-se de tal forma que ele voltou no verão seguinte para uma colónia de férias de basebol. Quando se casaram e ficaram eles a tomar conta da venda, começaram a contratar jogadores de basebol da escola secundária local que quisessem ganhar uns trocos extra durante a quadra festiva para lhes darem uma ajuda. Isso nunca foi problema enquanto eu era miúda, mas, quando atingi a puberdade, a caravana recebeu umas cortinas novas e mais espessas.

Embora não consiga ouvir o Andrew, vejo a boca dele a dizer «Desculpa» do outro lado da janela. Por fim, lá consegue endireitar a árvore, depois arrasta a base uns passos para trás, de forma que os ramos mais baixos não toquem em nenhuma das árvores circundantes.

Não há qualquer motivo para deixar que o constrangimento do ano passado nos impeça de ser afáveis um com o outro, pelo que abro parcialmente a janela.

— Quer dizer que vais cá estar mais uma época — digo-lhe.

O Andrew dá uma olhadela em volta, mas não há por ali mais ninguém com quem eu pudesse estar a falar. Enfia as mãos nos bolsos e volta-se para mim.

— É bom tornar a ver-te — responde.

Quando os trabalhadores regressam nas épocas seguintes, é sempre bom sinal, mas no caso deste tenho o cuidado de não voltar a dar-lhe a ideia errada.

— Ouvi dizer que alguns rapazes da equipa estavam cá outra vez.

O Andrew fita a árvore mais próxima e arranca-lhe algumas agulhas.

— Pois é — volve ele, sacudindo-as para o chão com um gesto petulante e afastando-se.

Em vez de deixar aquilo afetar-me, abro um pouco mais a janela e fecho os olhos. O ar que se respira lá fora nunca há de cheirar como o da nossa terra, mas faz por isso. A vista, contudo, é muito diferente. Em vez de se espraiarem por colinas ondulantes, estas árvores de Natal estão montadas em bases de metal num terreno de terra batida. Em vez de dezenas de hectares de terras de cultivo que se diluem no horizonte, temos um lote de meio hectare que termina em Oak Boulevard. Do outro lado da rua há um parque de estacionamento vazio e, ao fundo, uma mercearia, o McGregor's Market. Hoje, como é Dia de Ação de Graças, fechou mais cedo.

O McGregor's já existia naquele local muito antes de a minha família começar a vender aqui as suas árvores. Atualmente, é o único mercado da cidade que não pertence a uma cadeia. No ano passado, o dono disse aos meus pais que, quando voltássemos, talvez já ele tivesse fechado o negócio. Há umas semanas, quando o meu pai ligou para casa a dizer que tinha chegado bem, a primeira coisa que lhe perguntei foi se o McGregor's ainda estava aberto. Em miúda, adorava os momentos em que os meus pais faziam uma pausa na venda de árvores e me levavam ao outro lado da rua para comprar artigos de mercearia. Com o passar dos anos, passaram a entregar-me uma lista de compras e eu ia até lá sozinha. Nos últimos anos, além de fazer as compras, também tem sido minha responsabilidade elaborar a lista.

Vejo um carro branco atravessar o asfalto do parque de estacionamento, provavelmente para verificar se o mercado está mesmo fechado à tarde. O condutor abranda ao passar diante da loja, depois volta a acelerar pelo parque e sai para a rua.

— Deve ter-se esquecido do molho de arando! — grita o meu pai algures do meio das nossas árvores.

Por toda a venda, ouvem-se as gargalhadas dos jogadores de basebol.

Não se passa um ano sem que, neste dia, o meu pai não faça troça dos condutores frustrados que aceleram ao afastar-se do McGregor's. «Mas não é Dia de Ação de Graças sem tarte de abóbora!» Ou: «Aposto que alguém se esqueceu do recheio do peru!» Os rapazes riem-se sempre.

Dois deles passam diante da caravana carregados com uma árvore enorme. Um tem os braços enterrados nos ramos do meio, enquanto o outro vai atrás, a segurar no tronco. A dada altura, param para o dos ramos ajustar melhor a pega. O outro, enquanto espera, olha para a caravana e o olhar dele cruza-se com o meu. Sorri-me, depois sussurra ao primeiro qualquer coisa que eu não consigo ouvir, mas que o leva a olhar também na minha direção.

Mesmo sem ter qualquer motivo para querer impressioná-los (por muito giros que sejam), sinto uma vontade irresistível de me certificar de que o meu cabelo não está em completo desalinho. Aceno-lhes educadamente e afasto-me da janela.

Do lado de fora da porta da caravana, alguém esfrega as solas dos sapatos nos degraus de metal. Embora não tenha chovido desde que o meu pai montou a venda este ano, lá fora o terreno tem sempre algumas zonas húmidas. Ao longo do dia, as bases das árvores são regularmente enchidas com água e as agulhas borrifadas com vaporizadores.

— Truz, truz!

Mal tenho tempo de soltar o trinco e já a Heather abre a porta de rompante, soltando um gritinho de alegria. Os seus caracóis negros saltitam ao abrir os braços para me abraçar. Rio-me do seu contentamento estridente e imito-a quando ela se ajoelha em cima da minha cama para contemplar as fotografias da Rachel e da Elizabeth.

— Deram-mas quando me vim embora — conto-lhe.

Ela toca na moldura de cima.

— Esta é a Rachel, certo? A ideia é fingir que está a esconder-se dos *paparazzi*?

— Oh, ela ia ficar tão contente por saber que percebeste.

Depois a Heather desliza até à janela para olhar lá para fora. Bate no vidro com a ponta do dedo e um dos jogadores de basebol volta-se na nossa direção. Está a carregar uma caixa de cartão etiquetada «azevinho» para a grande tenda verde e branca semelhante a uma tenda de circo. É aí que atendemos os clientes, vendemos outros artigos natalícios e expomos as árvores enfeitadas com neve artificial feita de algodão.

— Já reparaste nos borrachos da equipa deste ano? — pergunta a Heather sem olhar para mim.

Claro que reparei, mas seria bem mais fácil se não tivesse reparado. Se o meu pai sequer sonhasse que eu andava a meter-me com algum dos empregados, obrigava o desgraçado a limpar os sanitários portáteis de alto a baixo na esperança de que o cheiro me mantivesse à distância — e sem dúvida que manteria.

Não que eu queira andar com alguém daqui, seja nosso empregado ou não. Para quê dedicar-me a algo que o destino irá inevitavelmente destroçar na manhã do dia de Natal?

Capítulo 4

Depois de nos empanturrarmos com o jantar de Ação de Graças, e de o pai da Heather dizer a sua piada anual sobre «hibernar durante o inverno», seguimos todos para os que se foram tornando os nossos destinos tradicionais. Os pais tiram a mesa e lavam a louça, em parte para poderem continuar a debicar o peru. As mães dirigem-se à garagem para começarem a trazer para dentro o habitual excesso de caixas com enfeites de Natal. E a Heather corre ao andar de cima a buscar duas lanternas enquanto eu fico à espera dela ao fundo das escadas.

Tiro do roupeiro da entrada a camisola verde-escura com capuz que a minha mãe trouxe vestida no caminho a pé até cá. Estampada no peito, em letras amarelas garrafais, está a palavra LENHADORES, a equipa da faculdade dela. Enfio a camisola pela cabeça e oiço, na cozinha, a porta das traseiras a abrir-se, o que quer dizer que as mães estão de volta. Apresso-me a olhar para o cimo das escadas para ver se a Heather já vem a descer. Estávamos a tentar sair antes que elas voltassem e se lembrassem de nos pedir ajuda.

— Sierra? — chama a minha mãe.

Enfio o cabelo por dentro da gola.

— Estava mesmo de saída! — grito em resposta.

Ela entra carregada com uma grande caixa de plástico cheia de enfeites embrulhados em papel de jornal.

— Emprestas-me a tua camisola? — pergunto-lhe. — Quando tu e o pai se forem embora, podes levar a minha.

— Não, a tua é demasiado fina — responde ela.

— Eu sei, mas não vais estar lá fora tanto tempo como nós. Além de que não está assim tanto frio.

— *Além de que* — volve ela num tom sarcástico — devias ter pensado nisso antes de virmos.

Começo a tirar a camisola, mas ela faz-me sinal para a deixar vestida.

— Para o ano, ficas a ajudar-nos com...

Não oiço o resto.

Volto-me novamente para as escadas. A minha mãe não sabe que ouvi as conversas dela com o meu pai, e deles os dois com o tio Bruce, sobre abrirmos ou não a venda no ano que vem. Ao que parece, há já dois anos que a decisão mais sensata era não o fazer, mas todos tinham esperança de que as coisas melhorassem.

Vejo-a pousar a caixa no chão da sala de estar e levantar a tampa.

— Claro — respondo. — Para o ano.

A Heather saltita escadas abaixo vestida com uma camisola vermelha desbotada que só usa nesta noite do ano. Tem as mangas desfiadas e a gola esbeiçada. Comprámo-la numa loja de roupa em segunda mão pouco depois do funeral do meu avô, num dia em que a mãe dela decidiu levar-nos às compras para me animar. Agora recorda-me as saudades que sinto dos meus avós sempre que cá estou, mas também como a Heather tem sido tão minha amiga.

Quando chega ao fundo das escadas, dá-me a escolher entre duas lanternas, uma roxa e outra azul. Pego na roxa e enfio-a no bolso.

A minha mãe desembrulha uma vela em forma de boneco de neve. A menos que a mãe da Heather tenha alterado os seus planos de decoração pela primeira vez desde que a conheço, o lugar daquela vela será a casa de banho da frente. Tem o pavio escuro por causa dos breves instantes em que o pai da Heather se lembrou de a acender no ano passado. Assim que sentiu o cheiro a cera queimada, a mãe pôs-se a bater ruidosamente na porta da casa de banho até ele a apagar.

— É um enfeite! — gritou-lhe. — Os enfeites não são para acender!

A minha mãe olha para a cozinha e depois para nós.

— Se querem raspar-se, o melhor é irem já — diz-nos. — A tua mãe anda à procura da participante deste ano no concurso da pior camisola de Natal. E pelos vistos encontrou uma boa candidata à vitória.

— É assim tão má? — pergunto.

A Heather franze o nariz.

— Se não ganhar, é porque os juízes não têm sentido do horrendo.

Assim que ouvimos a porta das traseiras a abrir-se, precipitamo-nos para a da frente e batemo-la atrás de nós ao sair.

Ao lado do capacho está a pequena árvore que eu trouxe da nossa venda. Tirei-a do balde de plástico antes de virmos, pelo que as raízes estão agora envoltas num saco de serapilheira.

— Eu levo-a durante a primeira metade do caminho — diz a Heather, pegando no saco do tamanho de uma bola de básquete e aconchegando-o na curva do braço. — Tu podes levar essa pazita que trouxeste.

Pego na minha sachola de jardinagem e pomo-nos a caminho.

* * *

A menos de metade da subida até ao alto de Cardinals Peak, a Heather diz que está na altura de trocarmos. Enfio a lanterna no bolso de trás das calças e passamos a árvore para os meus braços.

— Está bem segura? — pergunta-me.

Quando lhe faço que sim com a cabeça, ela retira-me a sachola da mão.

Ajusto melhor a árvore nos braços e continuamos a subir a colina, que os habitantes locais apelidam adoravelmente de montanha. Mantemo-nos no centro da estrada de terra batida, que ainda há de dar três voltas até chegarmos lá acima. Esta noite, a Lua parece um pedaço de unha, mal iluminando este lado da colina. Quando dermos a volta para o outro lado, as lanternas irão tornar-se ainda mais úteis. Por agora, usamo-las sobretudo para assustar os pequenos animais que ouvimos a esgueirar-se por entre os arbustos.

— Quer dizer que os rapazes com quem trabalhas estão fora de questão — diz a Heather, como se prosseguisse uma conversa já em curso no seu cérebro. — Então ajuda-me a pensar noutros com quem possas... enfim... passar o tempo.

Rio-me, depois tiro cuidadosamente a lanterna do bolso de trás das calças e aponto-a para a cara dela.

29

— Ah, estavas a falar a sério...
— Sim!
— Não — respondo eu, após o que volto a olhar para ela. — Não! Para começar, passamos o mês inteiro atarefadíssimos; não há tempo. Depois, e bem mais importante, vivo numa caravana numa venda de árvores de Natal! Faça eu o que fizer, o meu pai está logo ali.
— Mesmo assim, vale a pena tentar.
Inclino a árvore para afastar as agulhas da cara.
— Além disso, como é que te sentias se soubesses que tinhas de deixar o Devon logo a seguir ao Natal? Ias sentir-te péssima.
A Heather tira a pequena sachola do bolso de trás das calças e põe-se a bater com ela na perna enquanto caminhamos.
— Já que falas nisso, é mais ou menos esse o plano.
— O quê?
Ela encolhe os ombros.
— Ouve, sei que tens padrões elevados sobre o que deve ser uma relação, por isso com certeza devo parecer-te...
— Mas porque é que toda a gente acha que eu tenho padrões elevados? Nem sequer percebo o que querem dizer com isso!
— Não fiques já toda eriçada — ri-se a Heather. — Os teus padrões são um dos motivos por que gosto tanto de ti. Tens um forte... como direi... alicerce moral, e isso é ótimo. Mas faz com que alguém que tenciona despachar o namorado a seguir às festas se sinta um bocadinho mal. Enfim, por comparação, percebes?
— Quem é que planeia uma separação com um mês de antecedência?
— Ora, era cruel fazer uma coisa dessas antes do Dia de Ação de Graças — explica a Heather. — O que é que ele ia dizer à família durante o jantar? «Dou graças por me terem despedaçado o coração»?
Avançamos alguns metros em silêncio enquanto eu penso no assunto.
— Calculo que nenhuma altura seja boa, mas tens razão, algumas são especialmente más. Há quanto tempo é que andas a pensar nisso?
— Desde antes do Dia das Bruxas. Mas tínhamos uns fatos tão giros!
O luar esmorece quando damos a volta à colina, pelo que apontamos o feixe das lanternas mais para junto dos pés.

— Não que ele seja parvo nem nada — prossegue a Heather. — Caso contrário, não ia estar preocupada em aguentar até depois das festas. É inteligente... mesmo que não se comporte como tal... e meigo e giro. É só que consegue ser tão... maçador. Ou então é simplesmente distraído, não sei...

Jamais julgaria as motivações de outra pessoa para se separar de alguém. Todos queremos ou precisamos de coisas diferentes. O primeiro rapaz com quem acabei, o Mason, era inteligente e divertido, mas também um pouco carente. Na altura, achei que ia gostar de me sentir necessária, mas isso depressa se torna cansativo. Aprendi que é muito melhor sentirmo-nos desejadas.

— Maçador em que sentido?

— Deixa-me pôr as coisas nestes termos: se tivesse de te descrever até que ponto ele é maçador, até as palavras que sairiam da minha boca seriam mais empolgantes.

— A sério? Mal posso esperar por conhecê-lo.

— É por isso que precisas de um namorado enquanto cá estiveres — sentencia ela. — Para podermos sair a quatro. Dessa forma as minhas saídas sempre eram menos enfadonhas.

Ponho-me a pensar como seria estranho começar a sair com alguém enquanto cá estou, sabendo que há um prazo de validade agregado. Se estivesse interessada nisso, podia ter dito que sim ao Andrew no ano passado.

— Vou ter de declinar as saídas a quatro — respondo. — Mas obrigada.

— Não me agradeças já — diz a Heather. — O mais certo é eu voltar a falar no assunto.

Depois da curva seguinte, que nos deixa perto do topo de Cardinals Peak, afastamo-nos da estrada de terra batida e metemos pelo meio da vegetação rasteira, mais ou menos da altura dos nossos joelhos. A Heather varre o terreno em volta com a lanterna. Algo que dir-se-ia um coelho foge a saltitar.

Mais uma dúzia de passos e a vegetação praticamente desaparece. Está demasiado escuro para ver as cinco árvores de Natal ao mesmo tempo, mas, quando a lanterna da Heather incide sobre a primeira, o meu coração enche-se de alegria. A Heather desloca lentamente o feixe de luz para que eu possa vê-las a todas. Plantámo-las com alguns metros de intervalo de forma a nenhuma fazer sombra às outras durante o dia. A mais alta já me ultrapassa em alguns centímetros, enquanto a mais baixa mal me dá pela cintura.

— Olá, meninas — digo-lhes enquanto deambulo pelo meio delas.

Ainda com a mais nova debaixo do braço, passo a mão livre pelas agulhas das outras.

— Vim cá acima no fim de semana passado — conta a Heather. — Arranquei algumas ervas e revolvi um pouco o solo para hoje não termos tanto trabalho.

Pouso o saco de serapilheira no chão e volto-me para ela.

— Estás a tornar-te numa autêntica menina do campo.

— Nem penses! — responde ela. — Mas o ano passado demorámos uma eternidade a limpar as ervas no meio da escuridão, por isso...

— Seja como for, vou fazer de conta que te divertiste — reponho. — E, seja qual for o motivo, não o terias feito se não fosses uma amiga fantástica. Portanto, obrigada.

A Heather acena educadamente com a cabeça, depois passa-me a sachola.

Olho em volta até encontrar o sítio perfeito. Na minha opinião, uma árvore nova deve ter sempre a melhor vista para o que se passa lá em baixo. Ajoelho-me na terra, macia graças à Heather, e começo a cavar um buraco suficientemente fundo para acolher as raízes.

Nos últimos dois anos em que fizemos esta caminhada, revezámo-nos a transportar a árvore. Antes trazíamo-la até cá acima num carrinho vermelho da Heather. Este local tornou-se na minha pequena plantação privada de árvores de Natal, uma forma de deixar aqui ficar parte de mim quando a minha família torna a rumar a norte.

Uma vez mais, pergunto-me se para o ano terei oportunidade de cortar a árvore mais antiga.

Esta devia ser uma época perfeita, não enredada em «ses». Mas sinto que estes me cercam por todos os lados, que estão presentes em tudo o que faço. Não sei como apreciar plenamente cada momento sem me perguntar se será o último.

Desato o cordel que prende a serapilheira às raízes. Quando afasto o tecido, estas mantêm-se quase todas no sítio, ainda envoltas em terra do Oregon.

— Vou sentir falta destas caminhadas — declara a Heather.

Coloco a árvore no buraco e espalho algumas raízes com os dedos. A Heather ajoelha-se a meu lado e ajuda-me a empurrar a terra novamente para o buraco.

— O que vale é que ainda temos mais um ano — diz.

Incapaz de olhar para ela, espalho mais uma mão-cheia de terra à volta da base da árvore. Depois sacudo as mãos e sento-me no chão. Puxo os joelhos para o peito e olho lá para baixo, para as luzes da cidade onde a Heather viveu toda a sua vida. Eu, embora aqui passe apenas um curto período por ano, também sinto que cresci aqui. Solto um longo suspiro.

— O que foi? — pergunta a Heather.

Ergo os olhos.

— Talvez não haja mais nenhum ano.

Ela fita-me de testa franzida, mas mantém-se em silêncio.

— Ninguém me disse nada — explico-lhe —, mas ouvi os meus pais a falarem no assunto. Talvez não se justifique voltar cá para mais uma época.

Agora é a Heather quem fica a olhar para a cidade.

Ali de cima, assim que se inicia a quadra natalícia e todas as luzes se acendem, é fácil distinguir a nossa venda. A partir de amanhã, haverá um retângulo de luzes brancas a rodear as nossas árvores. Mas esta noite o sítio onde vivo não passa de um talhão negro junto a uma estrada comprida onde se avistam as luzes dos carros que passam.

— Este ano vai ser decisivo — continuo. — Sei que os meus pais têm tanta vontade como eu de continuar a vir para cá. Já a Rachel e a Elizabeth adoram a ideia de que eu passe o Natal no Oregon.

A Heather senta-se a meu lado no chão.

— És uma das minhas melhores amigas, Sierra. E sei que a Rachel e a Elizabeth sentem o mesmo, por isso não posso levar-lhes a mal... mas elas passam todo o resto do ano contigo. Não consigo imaginar o meu Natal sem ti e a tua família.

A verdade é que a última coisa que quero é desperdiçar a minha última quadra natalícia na companhia da Heather. No fundo, trata--se de algo que desde o início sabíamos que acabaria por acontecer. Sempre falámos do nosso ano de finalistas com um misto de expectativa e apreensão.

— Também sinto o mesmo — digo-lhe. — Quer dizer, tenho curiosidade de saber como seriam as festas no Oregon... Por uma vez que fosse, não ter de me preocupar com aulas *online* e passar um dezembro típico na minha terra natal.

A Heather volta a cabeça para as estrelas e deixa-se assim ficar durante muito tempo.

— Mas ia sentir demasiado a tua falta e de tudo isto aqui — acrescento.

Vejo que sorri.

— Talvez eu pudesse ir uns dias até lá, visitar-te a *ti* durante as férias, para variar.

Encosto a cabeça ao ombro dela e deixo que os meus olhos se percam. Não lá em cima nas estrelas nem lá em baixo na cidade, mas ao longe.

A Heather encosta a cabeça à minha.

— Não vamos preocupar-nos com isso agora — declara.

E, durante longos minutos, nenhuma de nós diz nada.

A dada altura, volto-me para trás, para a árvore mais pequena. Calco o solo em volta e empurro mais um pouco de terra para junto do tronco.

— Vamos fazer deste um ano ultraespecial, dê por onde der — digo.

A Heather põe-se de pé e olha para a cidade. Pego-lhe na mão e ela ajuda-me a levantar. Fico ao lado dela, sem a largar.

— O que era mesmo fantástico era iluminarmos estas árvores para que todos pudessem vê-las lá de baixo — diz-me.

É uma bela ideia, uma forma de partilharmos a nossa amizade com toda a gente. Podia abrir as cortinas por cima da minha cama e adormecer todas as noites a olhar para elas.

— Mas enquanto vínhamos a subir verifiquei — acrescenta a Heather. — Não existe uma única tomada nesta montanha.

Rio-me:

— A natureza nesta cidade está muito atrasada no tempo.

Capítulo 5

De olhos ainda fechados, oiço os meus pais fecharem a porta ao saírem da caravana. Rebolo-me até ficar deitada de costas e respiro fundo. Só preciso de mais uns minutinhos. Assim que me levantar da cama, os dias irão precipitar-se para diante como peças de dominó.

No dia de abertura, a minha mãe acorda sempre pronta para o trabalho. Eu saio mais ao meu pai, cujas pesadas botas oiço ressoar lá fora enquanto ele arrasta vagarosamente os pés em direção à tenda. Uma vez lá chegado, vai ligar uma grande caldeira elétrica com café e outra com água quente, e depois ordenar as saquetas de chá e de chocolate em pó que pomos à disposição dos clientes. Mas as primeiras gotas de café serão vertidas para o termo dele.

Puxo a almofada tubular de baixo da cabeça e aperto-a contra o peito. A seguir ao concurso da pior camisola de Natal, que venceu por duas vezes nos últimos seis anos, a mãe da Heather corta as mangas e transforma-as em rolos almofadados. Cose os punhos, enche as mangas com algodão, depois cose a outra ponta. Uma manga fica para a família, a outra é para mim.

Estico os braços, segurando a que recebi ontem à noite. É de um tecido verde aveludado, com um retângulo azul-escuro na zona do cotovelo. Dentro desse retângulo, chovem flocos de neve sobre uma rena voadora de nariz vermelho.

Torno a abraçar-me à almofada e fecho os olhos. Lá fora, oiço alguém aproximar-se da caravana.

— A Sierra está por aí? — pergunta o Andrew.

— Ainda não — responde o meu pai.

— Ah, certo... Lembrei-me de que podíamos trabalhar juntos e despachar as coisas mais depressa.

Aperto a almofada ainda com mais força. Não quero o Andrew lá fora à minha espera.

— Acho que ainda está a dormir — diz-lhe o meu pai. — Mas se precisas de alguma coisa para fazer sozinho, vai verificar se há desinfetante para as mãos nos sanitários portáteis.

É assim mesmo, pai!

* * *

Estou de pé à entrada da tenda, ainda não completamente desperta, mas pronta para receber os nossos primeiros clientes do ano. Um pai e uma filha, talvez com uns sete anitos, saem do carro. Já a examinar as árvores, ele pousa-lhe uma mão terna na cabeça.

— Sempre adorei este cheiro — diz o pai.

A miudita dá um passo adiante, com os olhos repletos de inocência e doçura.

— Cheira a Natal!

Cheira a Natal. É o que dizem muitas das pessoas assim que aqui chegam, como se as palavras tivessem passado toda a viagem à espera de ser ditas.

O meu pai emerge do meio de dois abetos-nobres a caminho da tenda, provavelmente para ir buscar mais café. Antes, cumprimenta a família e diz-lhes para chamarem qualquer um de nós se precisarem de ajuda. O Andrew, que traz na cabeça um boné esfarrapado da equipa de basebol dos Buldogues, passa por ali com uma mangueira enrolada ao ombro. Diz à família que terá todo o gosto em carregar uma árvore para o carro deles quando precisarem. Graças ao meu pai, nem sequer olha para mim, o que me leva a reprimir um sorriso.

— A gaveta do dinheiro já está a postos? — pergunta-me ele, tornando a encher o termo.

Dou a volta para trás do balcão, enfeitado com grinaldas e azevinho fresco.

— Só está à espera da primeira venda.

O meu pai estende-me a minha caneca preferida, pintada com riscas e floreados de tons pastel, como um ovo da Páscoa (achei que devia haver aqui qualquer coisa que não fosse natalícia). Sirvo-me de um pouco de café, depois abro uma saqueta de chocolate em pó e deito-o lá para dentro. A seguir tiro uma bengalinha doce do respetivo invólucro e uso-a para misturar tudo.

O meu pai apoia as costas no balcão e inspeciona a mercadoria exposta na tenda. Aponta com o termo para as árvores brancas que acabou de pulverizar esta manhã.

— Achas que estas chegam por agora?

Lambo o chocolate em pó que ficou agarrado à bengalinha doce já meio derretida e volto a colocá-la na caneca.

— Chegam e sobram — respondo, após o que sorvo o meu primeiro gole.

Até pode saber a um *mochaccino* de trazer por casa, mas resulta.

Por fim, aqueles primeiros pai e filha entram na tenda e param junto à caixa registadora.

Debruço-me sobre o balcão para falar com a miudita.

— Encontraste uma árvore de que gostasses?

Ela faz entusiasticamente que sim com a cabeça, exibindo um sorriso que o dente em falta na fila de cima torna ainda mais adorável.

— Uma enorme!

É a nossa primeira venda do ano e não caibo em mim de contente. Ainda tenho esperança de que as coisas corram suficientemente bem para justificar pelo menos mais um ano.

O pai estende-me a etiqueta da árvore que escolheram. Atrás dele, vejo o Andrew a empurrá-la, de tronco para a frente, pelo orifício de um grande tubo de plástico. A revestir a outra ponta há uma rede vermelha e branca. O meu pai agarra no tronco e puxa o resto da árvore em conjunto com a rede, que se desenrola e vai envolvendo os ramos. Depois de passarem pelo tubo, estes ficam dobrados para cima. A seguir, o meu pai e o Andrew rodam a árvore na rede, cortam-lhe a ponta e dão um nó no cimo. O processo é idêntico à forma como a mãe da Heather enche as mangas das camisolas para fazer almofadas, com a diferença de que o resultado não é tão feio.

Registo a venda da nossa primeira árvore e desejo-lhes um «Feliz Natal!».

* * *

À hora do almoço, tenho as pernas cansadas e doridas de carregar árvores e passar horas a fio em pé atrás do balcão. Daqui por uns dias, já estarei mais habituada, mas hoje fico grata quando a Heather aparece empunhando um saco com restos do jantar de Ação de Graças. A minha mãe despacha-nos para a caravana, e a primeira coisa que a Heather faz mal nos sentamos à mesa é abrir as cortinas de par em par.

— Há que melhorar a vista — diz, soerguendo uma sobrancelha.

Nem de propósito, dois rapazes da equipa de basebol vão nesse momento a passar com uma grande árvore aos ombros.

— Não tens vergonha nenhuma. — E desembrulho uma sanduíche de peru e molho de arando. — Lembra-te, até depois do Natal ainda estás com o Devon.

Ela puxa os pés para cima para se sentar de pernas cruzadas no banco, também conhecido como a minha cama, e desembrulha a sua sanduíche.

— Ligou-me ontem à noite e passou vinte e cinco minutos a contar-me a história de uma ida à estação dos correios.

— Não é lá grande conversador, portanto.

Dou uma primeira dentada na minha sanduíche e por pouco não começo a cantarolar quando os sabores do jantar de Ação de Graças me tocam na língua.

— Não estás a perceber. Contou-me a mesmíssima história na semana passada, e já nessa altura não tinha interesse nenhum.

Rio-me, ao que ela atira os braços ao ar.

— A sério! Não quero saber da velhinha rabugenta que estava à frente dele a tentar enviar uma caixa de ostras para o Alasca. E tu?

— Se eu enviava ostras para o Alasca? — Chego-me para diante e puxo-lhe uma ponta do cabelo. — Estás a ser mazinha.

— Estou a ser sincera. Mas se queres falar em ser mazinha — acrescenta —, não foste tu que acabaste com um rapaz porque gostava *demasiado* de ti? Isso, sim, é desmoralizador.

— O Mason? Isso foi por ele ser tão carente! — respondo. — Dizia que por altura das festas apanhava o comboio e vinha cá visitar-me. Isto no início do verão, quando só namorávamos há duas ou três semanas.

— Até estava a ser querido. Já sabia que não podia passar um mês sem ti. Por mim, passava bem um mês sem ter de ouvir as histórias do Devon.

Quando a Heather começou a namorar com o Devon, há cerca de dois meses, estava completamente apaixonada por ele.

— Seja como for — prossegue ela —, é por isso que preciso das tais saídas a quatro enquanto cá estiveres. Pode ser uma coisa descontraída; não precisas de te apaixonar nem nada disso.

— Ena, é bom sabê-lo, obrigada — respondo.

— Pelo menos sempre tinha mais alguém com quem conversar...

— Não me importo de ficar a segurar a vela quando fores sair com ele. Até posso interrompê-lo se começar a falar de ostras. Mas este ano já ando stressada que chegue para ainda estar a preocupar-me com um tipo qualquer.

Através da janela, e a várias árvores de distância, o Andrew e outro rapaz da equipa de basebol estão a olhar para nós. Vão conversando e rindo, e nem quando damos por eles param de falar ou desviam os olhos.

— Estão a ver-nos comer? — comento. — Que ridículo.

O Andrew espreita por cima do ombro, provavelmente para saber do meu pai, depois acena-nos. Antes que eu tenha tempo de decidir se hei de retribuir ou não o aceno, já o meu pai lhes grita que voltem ao trabalho. Aproveito a oportunidade para fechar as cortinas.

A Heather tem as sobrancelhas no ar.

— Bom, *este* ainda parece interessante.

Abano a cabeça.

— Ouve, fosse ele quem fosse, ia ser o cabo dos trabalhos, com o meu pai sempre a adejar à nossa volta. Há algum rapaz que valha isso? Porque não estou a ver nenhum do lado de fora desta janela...

A Heather põe-se a tamborilar com os dedos no tampo da mesa.

— Tem de ser alguém que não trabalhe aqui... alguém que o teu pai não possa pôr de serviço aos sanitários.

— Não ouviste aquela parte em que eu disse que não quero namorar com ninguém enquanto cá estiver?

— Ouvi, ouvi — responde a Heather. — Estou simplesmente a ignorá-la.

Claro que está.

— Seja. Então imaginemos, por hipótese, que estou interessada em alguém, coisa que não estou. Que tipo de rapaz achas que iria interessar-se por mim, sabendo que eu estaria fora da vida dele daqui a um mês?

— Não precisas de falar no assunto. Já se sabe que está subentendido, e um mês até é mais tempo do que duram muitos casais. Portanto, não te preocupes com isso. Pensa no caso como um romance natalício.

— «Romance natalício»? Acabaste mesmo de dizer isso? — Reviro os olhos. — Não podes ver tanta televisão nesta altura do ano.

— Pensa no assunto! Era uma relação sem pressões porque tinha um prazo para terminar. E ficavas com uma história fantástica para contar às tuas amigas quando voltasses.

Já percebi que não tenho como ganhar esta discussão. A Heather ainda é mais obstinada do que a Rachel, o que é dizer muito. A única saída é adiar a questão até que nada daquilo seja possível por ser demasiado tarde.

— Vou pensar nisso — respondo.

Oiço o riso descontraído de duas mulheres vindo lá de fora, pelo que afasto a cortina para espreitar o que se passa. Duas senhoras de meia-idade da Associação da Baixa encaminham-se para a tenda com os braços cheios de cartazes.

Embrulho o resto da minha sanduíche para levar comigo e dou um abraço à Heather.

— Vou ficar atenta a um Romeu natalício, mas agora tenho de voltar ao trabalho.

A Heather embrulha igualmente a sua sanduíche e enfia-a dentro do saco dos restos. Sai comigo da caravana e dirige-se ao carro dela.

— Também vou manter-me atenta — grita-me em resposta.

Quando me aproximo, as senhoras da Associação da Baixa estão ao balcão a falar com a minha mãe. A mais velha, com uma longa trança grisalha, empunha um cartaz onde se vê um camião do lixo enfeitado com iluminações de Natal.

— Se pudesse afixar uns quantos, a cidade ia ficar muito agradecida. Este ano, o nosso desfile de Natal vai ser o maior de sempre! Não queremos que falte ninguém.

— Claro — responde a minha mãe, ao que a senhora da trança pousa quatro cartazes em cima do balcão. — A Sierra afixa-os ainda esta tarde.

Agacho-me atrás do balcão e pego na pistola de agrafos. Ao sair da tenda com os cartazes, tenho de reprimir uma gargalhada. Não me parece que um carro do lixo, ainda que festivo, vá atrair uma grande multidão, mas sem dúvida que ajuda a criar um ambiente de terrinha pequena.

Quando eu era mais nova, a família da Heather levou-me algumas vezes a assistir ao desfile, e reconheço que tinha o seu quê de divertimento sentimental. Hoje em dia, quase todos os desfiles que vejo são na televisão, transmitidos a partir de Los Angeles ou Nova Iorque. E não é costume incluírem participantes como a Sociedade dos Donos de Pugs ou os Amigos da Biblioteca, nem tratores a tocar cânticos de Natal *country* em altos berros enquanto percorrem as ruas, embora consiga imaginar uma coisa dessas a acontecer no Oregon.

Afixo o último cartaz num poste de eletricidade de madeira à entrada do nosso lote, cravando um agrafo em cada uma das pontas de cima. Estou a alisá-lo com a mão antes de prender a parte de baixo, quando oiço a voz do Andrew atrás de mim.

— Queres ajuda?

Os meus ombros retesam-se.

— Não é preciso.

Cravo mais dois agrafos nas pontas de baixo. Depois dou um passo atrás e finjo examinar o meu trabalho à espera que o Andrew se vá embora. Quando me volto, percebo que não estava a falar comigo mas com um tipo girríssimo da nossa idade, uns centímetros mais alto do que ele. O rapaz segura uma árvore na vertical com uma das mãos e sacode o cabelo dos olhos com a outra.

— Obrigado, eu desenrasco-me — responde ele, e o Andrew afasta-se.

O rapaz olha para mim e sorri, o que lhe faz surgir uma covinha adorável na bochecha esquerda. Sinto-me corar de imediato, pelo que baixo os olhos para o chão. O meu estômago agita-se, e tenho de respirar fundo e lembrar a mim mesma que um sorriso engraçado não significa absolutamente nada sobre uma pessoa.

— Trabalhas aqui?

A voz dele é suave, faz-me lembrar as velhas baladas românticas que os meus avós costumavam ouvir nesta quadra.

Ergo os olhos e faço por agir de forma profissional.

— Encontraste tudo o que precisas?

O sorriso permanece, tal como a covinha. Passo a mão pelo cabelo, para prender umas madeixas soltas atrás das orelhas, e obrigo-me a não desviar o olhar. Tenho de me conter para não dar um passo em frente.

— Sim, obrigado — diz ele.

A forma como olha para mim — quase como se me estudasse — deixa-me desorientada. Aclaro a garganta e desvio os olhos mas, quando torno a olhar, ele está já a afastar-se, de árvore ao ombro como se não pesasse quase nada.

— Que lindo tom de vermelho, Sierra.

De pé ao lado do poste de eletricidade, o Andrew abana a cabeça na minha direção. Apetece-me responder-lhe com uma tirada sarcástica, mas continuo com a língua presa.

— Sabias que as covinhas não passam de uma deformidade? — continua ele. — Significam que um dos músculos da cara ficou demasiado curto. Até tem o seu quê de repugnante, se pensarmos nisso.

Assento o peso numa das pernas e lanço-lhe o meu melhor ar de «O que é que ainda estás aqui a fazer?». Talvez o resultado tenha sido um pouco mais desagradável do que eu pretendia, mas a verdade é que o Andrew deve estar a precisar de levar com uma bigorna na cabeça se pensa que é com este tipo de ciúmes que me conquista.

Levo a pistola de agrafos de volta para o balcão e fico à espera. Talvez o rapaz da covinha volte para comprar fitas decorativas ou um dos nossos regadores de bico comprido. Ou talvez precise de iluminações ou azevinho. Mas depois sinto-me uma parva. Expliquei à Heather todos os motivos — bons motivos — por que não quero envolver-me com ninguém enquanto cá estiver, e nenhum deles se alterou nos últimos dez minutos. Vou cá estar um mês. Um mês! Não tenho tempo, nem disposição, para namoros.

Ainda assim, a ideia ganhou raízes. Talvez não me importasse de arranjar um namorado com prazo de validade. Talvez não fosse tão picuinhas, como as minhas amigas gostam de dizer, com as suas imperfeições se soubesse que não iria — não poderia — estar com ele durante mais do que umas semanas. E se, por acaso, ele for um borracho com uma covinha adorável, bom, tanto melhor para ele! E para mim.

Nessa tarde envio uma mensagem de texto à Heather: **Em que consistiria ao certo um romance natalício?**

Capítulo 6

O Sol ainda mal nasceu, mas quando acordo tenho duas mensagens à minha espera.

A primeira é da Rachel, a queixar-se do trabalho que dá planear um baile de gala de inverno quando as pessoas sensatas estão a marrar para os exames ou a fazer compras de Natal. Se lá estivesse, sei que facilmente me convenceria a ajudá-la, mas não há muito que eu possa fazer a mil e quinhentos quilómetros de distância. Felizmente, não é difícil conciliar os meus afazeres na venda com os trabalhos de casa. Os professores mandam-me os apontamentos e os suportes visuais das aulas e faço os trabalhos quando as coisas por aqui abrandam um pouco e posso aceder à Internet. Falar uma vez por semana com Monsieur Cappeau está longe de ser a coisa mais divertida do mundo, mas pelo menos não fico destreinada para a parte oral do exame de Francês.

Sentada na cama, leio a segunda mensagem, da Heather: **Por favor, diz que estás a pensar a sério num namorado natalício. O Devon passou a noite inteira a falar da equipa dele de futebol de fantasia. Salva-me! Estou prestes a fazê-lo precisar de uma namorada de fantasia.**

Enquanto me levanto, escrevo: **Ontem veio cá um rapaz mesmo giro comprar uma árvore.**

Já vou a caminho do duche quando ela responde: **Pormenores!**

Sem me dar tempo de desatar o cordão das calças do pijama, nova mensagem: **Deixa estar! Contas-me quando eu levar o almoço.**

A seguir ao duche, visto uma camisola cinzenta e umas calças de ganga. Apanho o cabelo num rabo de cavalo alto, puxo algumas madeixas para ficarem soltas em volta da cara, acrescento um pouco de maquilhagem e saio para o ar fresco da manhã. Na tenda, a minha mãe está a pôr trocos na caixa registadora. Quando me vê, aponta para a minha caneca pascal ainda fumegante em cima do balcão, com uma bengalinha doce a espreitar cá para fora.

— Já estás a pé há muito tempo? — pergunto.

Ela sopra ao de leve a superfície da sua própria bebida.

— Nem toda a gente consegue dormir com aqueles avisos de mensagem no teu telemóvel.

— Oh, desculpa.

O meu pai vem ter connosco e dá um beijo na face a cada uma.

— Bom dia.

— Estava a conversar com a Sierra sobre as mensagens de telemóvel — diz a minha mãe. — Calculo que ela não precise do seu sono de beleza, mas...

O meu pai dá-lhe um beijo nos lábios.

— Tu também não, querida.

Ela ri-se.

— Quem disse que eu estava a falar de mim?

Ele coça a barba grisalha por fazer.

— Concordámos que era importante ela manter-se em contacto com os amigos do Oregon.

Decido não lhes contar que uma das mensagens era da Heather.

— É verdade — responde a minha mãe, após o que me lança um olhar. — Mas talvez possas pedir à vida no Oregon que durma até um pouco mais tarde.

Imagino a Rachel e a Elizabeth naquele preciso momento, provavelmente ao telefone a planearem o resto deste longo fim de semana de Ação de Graças.

— Já que falaram na vida lá no Oregon — digo —, acho que está na altura de me contarem se vamos voltar cá para o ano ou não.

A minha mãe fecha momentaneamente os olhos e sacode a cabeça para trás. Olha para o meu pai.

Ele bebe um longo gole do seu termo.

— Com que então, a escutar as nossas conversas?

Ponho-me a enrolar uma madeixa solta do cabelo.

— Não estava a escutar, *calhou* ouvir as vossas conversas — esclareço. — Até que ponto devo ficar preocupada?

O meu pai bebe mais um gole antes de responder.

— Não há motivo para nos preocuparmos com a quinta — diz por fim. — As pessoas hão de querer sempre árvores de Natal, mesmo que vão comprá-las a uma grande superfície. Mas é possível que deixemos de as vender diretamente.

A minha mãe faz-me uma festa no braço. Tem um ar constrangido.

— Vamos fazer tudo o que pudermos para manter a venda aberta.

— Não é só por minha causa que estou preocupada — digo. — Claro que tenho motivos pessoais para querer que continuemos, mas esta venda existe desde que o avô a abriu. Foi aqui que vocês os dois se conheceram. É a vossa vida.

O meu pai abana lentamente a cabeça, depois acaba por encolher os ombros.

— No fundo, a nossa vida é a quinta. A verdade é que, com todas aquelas madrugadas e serões de trabalho, sempre encarei isto aqui como uma espécie de prémio. Ver a animação das pessoas enquanto procuram a árvore certa. Não vai ser fácil abdicar disso.

Tenho uma enorme admiração por eles por nunca terem deixado que a venda se tornasse num mero negócio.

— Claro que tudo isso continuará a acontecer com as nossas árvores, algures — acrescenta o meu pai —, mas...

Mas serão outros a ter o privilégio de o testemunhar.

A minha mãe solta-me o braço e olhamos ambas para ele. Será sem dúvida quem irá sofrer mais se desistirmos da venda.

— Nestes últimos anos, o negócio mal cobriu os custos — explica. — No ano passado, com os prémios que dei ao pessoal, até acabámos por perder dinheiro. Compensámos o prejuízo com os grossistas, e acho que é para aí que as coisas se encaminham. O teu tio Bruce tem estado a concentrar-se nisso durante a nossa ausência. — Bebe mais um gole. — Não sei se conseguiremos aguentar muito mais até termos de admitir que...

Interrompe-se, incapaz — ou sem vontade — de o dizer.

— Portanto, este pode ser o nosso último Natal na Califórnia — concluo.

A cara da minha mãe é um espelho de doçura.

— Ainda não decidimos nada, Sierra. Mas talvez seja boa ideia torná-lo memorável.

* * *

A Heather entra na caravana carregada com mais dois sacos de restos. Está com um olhar elétrico, e sei que quer saber do giraço que passou por cá ontem. O Devon entra a seguir a ela, de olhos postos no telemóvel. Mesmo com a cabeça curvada, dá para perceber que é bem-parecido.

— Sierra, este é o Devon. Devon, esta é a... Devon, olha para cima!

Ele ergue o olhar e sorri-me. Tem cabelo curto, castanho, e uma cara redonda, mas é o olhar reconfortante que me faz gostar logo dele.

— É um prazer conhecer-te — digo.

— A ti também — responde ele.

Fita-me o tempo suficiente para demonstrar a sua sinceridade, depois mergulha novamente a cara no telemóvel.

A Heather entrega-lhe um dos sacos de comida.

— Querido, vai levar isto ali aos rapazes. E depois ajuda-os a carregar árvores ou assim.

Ele pega no saco e, sem tirar os olhos do telemóvel, sai da caravana. A Heather senta-se à mesa, de frente para mim, e eu passo o meu computador para cima de uma almofada.

— Palpita-me que os teus pais não estavam em casa quando o Devon te foi buscar — digo. Ela faz um ar confuso, pelo que lhe aponto para o cabelo. — Está um bocadinho despenteado atrás.

Ela cora e passa os dedos pelos cabelos em desalinho.

— Ah, isso...

— Então as coisas estão a compor-se entre ti e o Sr. Monossilábico?

— Boa palavra. Realmente, se a escolha for entre ouvi-lo ou beijá-lo, os beijos dão bem melhor uso à boca dele.

Desato a rir.

— Já sei, já sei, sou um ser humano horrível — volve ela. — Mas agora conta-me do rapaz que passou por cá.

— Não faço ideia de quem seja. Não há muito para contar.

— Como era ele? — insiste a Heather, abrindo a tampa de uma caixa de salada de peru com nozes e pedaços de aipo.

Está visto que lá em casa continuam a tentar despachar os restos do jantar de Ação de Graças.

— Só o vi por instantes, mas parecia ser da nossa idade. E tinha uma covinha que...

A Heather chega-se para a frente, de olhos semicerrados.

— Cabelo escuro? Um sorriso de morrer?

Como é que ela sabe?

Puxa do telemóvel, digita rapidamente qualquer coisa, depois mostra-me uma fotografia *online* do mesmíssimo rapaz de quem estou a falar.

— É este? — pergunta-me.

Não parece nada satisfeita.

— Como é que sabias?

— A primeira coisa de que falaste foi da covinha. Isso denunciou-o logo. — Abana a cabeça. — E depois há coisas que parece que só me acontecem a mim... Desculpa, Sierra, mas não. O Caleb não.

Quer dizer que se chama Caleb.

— Porquê?

Ela chega-se para trás e pousa a ponta dos dedos na borda da mesa.

— Simplesmente não é a melhor escolha, acredita. Temos de procurar outro.

Não vou deixar as coisas por ali, e ela sabe-o.

— Corre por aí um boato — diz —, mas tenho quase a certeza de que é verdade. Seja como for, alguma coisa aconteceu.

— Mas o quê? — É a primeira vez que a oiço falar de forma tão enigmática a respeito de alguém. — Estás a deixar-me nervosa.

A Heather abana a cabeça.

— Não quero meter-me no assunto. Detesto ser coscuvilheira. Mas não tenciono sair a quatro com ele.

— Conta-me.

— Nada disto está confirmado, percebes? É só o que ouvi dizer. — Olha-me nos olhos, mas não tenciono abrir a boca enquanto ela não me contar. — Dizem que atacou a irmã com uma faca.

— O quê?! — O meu estômago dá uma cambalhota. — Aquele rapaz é... Ela ainda está viva?

A Heather ri-se, mas não percebo se é por causa do meu ar horrorizado ou porque estava a brincar. Também acabo por me rir um pouco, embora ainda tenha o coração aos pulos.

— Não, não a matou — diz ela. — Tanto quanto sei, está ótima.

Portanto, não estava a brincar.

— Mas já cá não vive — acrescenta. — Não sei se terá sido por causa do ataque, mas a maior parte das pessoas acha que sim.

Deito-me na cama e pouso uma mão na testa.

— Isso é brutal!

A Heather estica a mão por baixo da mesa e dá-me uma palmadinha na perna.

— Procuramos outro.

Apetece-me dizer-lhe que não vale a pena maçar-se. Apetece-me dizer-lhe que já não estou interessada em nenhum romance natalício, sobretudo se o meu radar está tão avariado que o único rapaz que escolhi atacou em tempos a irmã com uma faca.

Depois de terminarmos a salada de peru, saímos à procura do Devon para eu poder voltar ao trabalho. Encontramo-lo sentado a uma mesa de piquenique atrás da tenda, juntamente com alguns dos rapazes, todos eles a depenicar os restos que a Heather trouxe. Também lá está uma rapariga bastante engraçada que nunca vi antes, encostadinha ao Andrew.

— Acho que ainda não nos conhecemos — digo-lhe. — Sou a Sierra.

— Ah, os teus pais são os donos disto! — Estende-me uma mão bem cuidada e cumprimentamo-nos. — Eu sou a Alyssa. Só passei por cá para vir almoçar com o Andrew.

Volto-me para ele. Está vermelho que nem um tomate.

Encolhe os ombros e balbucia:

— Não somos... tu sabes...

A rapariga fica toda atrapalhada. Leva a mão ao peito e olha para o Andrew.

— Vocês os dois são...?

— Não! — respondo de pronto.

Não percebo o que terá passado pela cabeça do Andrew. Se namora com ela, quererá que eu pense que não é a sério? Como se me importasse! Aliás, espero que se torne sério. Talvez a Alyssa consiga fazê-lo esquecer seja lá o que for que sente por mim.

Viro-me para a Heather.

— Vemo-nos mais logo?

— Que tal eu e o Devon virmos buscar-te depois de vocês fecharem? Podíamos ir sair, conhecer outras pessoas... ou *pessoa*. Só precisas de um, certo?

Além de metediça, a Heather nem sequer se esforça por ser subtil.

— Um mês, Sierra — diz ela, erguendo uma sobrancelha. — Num mês pode acontecer muita coisa.

— Esta noite não — respondo. — Talvez um dia destes.

Mas, nos dias que se seguem, não consigo parar de pensar no Caleb.

Capítulo 7

Nos dias de semana, a Heather passa quase sempre por cá a caminho de casa, depois das aulas. Às vezes deixa-se ficar junto ao balcão e dá-me uma ajuda quando aparecem pais com crianças pequenas. Enquanto eu atendo o pai ou a mãe, ela distrai os pequerruchos.

— Ontem à noite, perguntei ao Devon o que é que ele queria pelo Natal — diz-me da banca das bebidas enquanto vai deitando minigomas, uma a uma, no seu chocolate quente.

— E ele, o que é que respondeu?

— Espera, estou a contar. — Depois de mergulhar a décima oitava goma, sorve um golinho. — Limitou-se a encolher os ombros. A conversa toda resumiu-se a isso. Se queres que te diga, antes assim. Imagina que queria alguma coisa cara. Depois, se me perguntasse, *eu* também ia ter de escolher uma coisa cara.

— E isso era um problema porque...

— Não quero que nos ponhamos a oferecer coisas boas um ao outro quando estou para acabar com ele!

— Então que tal uma lembrança feita por vocês? — sugiro. — Uma coisa simples e barata.

— Feita em casa e atenciosa? Isso ainda é pior! — Dirige-se a uma das árvores cobertas de neve artificial e acaricia as bolas de algodão. — Como é que acabamos com alguém que acabou de nos esculpir uma estatueta de madeira ou assim?

— Isso está a ficar demasiado complicado — respondo. Tiro uma caixa com saquinhos de azevinho de debaixo do balcão e pouso-a no banco. — Talvez fosse melhor tratares já do assunto. Seja como for, vais acabar por magoá-lo.

— Não, estou decidida a mantê-lo durante as festas. — Beberica mais um gole e vem plantar-se diante do balcão. — Mas é altura de levar a sério a tarefa de escolher alguém para ti. O desfile está aí à porta e quero que possamos ir sair os quatro.

Estico-me sobre o balcão para reabastecer o escaparate do azevinho.

— Acho que essa ideia do romance natalício não vai resultar. Confesso que pensei nisso quando vi o Caleb, mas já se percebeu que as primeiras impressões não são o meu forte.

A Heather olha-me a direito e acena com a cabeça na direção do parque de estacionamento.

— Lembra-te do que acabaste de dizer, está bem? Porque ele vem aí.

Arregalam-se-me os olhos.

A Heather chega-se para trás e faz-me sinal para me aproximar. Dou a volta ao balcão e ela aponta para uma velha carrinha roxa de caixa aberta. A cabina está vazia.

Se aquela é a carrinha do Caleb, o que terá ele vindo cá fazer? Já comprou uma árvore. Por baixo do taipal traseiro há um auto-colante de uma escola de que nunca ouvi falar.

— Onde é que fica a Secundária de Sagebrush? — pergunto.

Ela encolhe os ombros, com o que faz saltar um dos anéis de cabelo que tinha prendido atrás da orelha.

Esta cidade tem seis escolas primárias, e todos os invernos eu ia para a mesma que a Heather. Os alunos seguem depois para a única escola preparatória, que também frequentei, e a seguir para a única secundária. Foi nessa altura que comecei a fazer os trabalhos da escola *online*.

A Heather espreita para o meio das árvores.

— Oh! Lá está ele. Caramba, é mesmo giro.

— Eu sei — digo com um suspiro.

Evito olhar na mesma direção que ela. Em vez disso, opto por contemplar a biqueira do meu sapato a enterrar-se no solo.

— E vem aí — sussurra a Heather, tocando-me no cotovelo.

Antes que eu tenha tempo de dizer alguma coisa, já ela se escapuliu para o extremo oposto da tenda.

Pelo canto do olho, vejo alguém emergir do meio de duas das nossas árvores. O Caleb avança direito a mim, irradiando o seu sorriso com covinha.

— Chamas-te Sierra?

Apenas consigo fazer que sim com a cabeça.

— Quer dizer que é de ti que os empregados estavam a falar.

— Como assim?

Ele solta uma gargalhada.

— Ora, podia estar outra rapariga qualquer a trabalhar cá hoje.

— Só eu — esclareço. — Os meus pais são donos deste sítio. E também são eles que o gerem.

— Nesse caso, percebo porque é que os rapazes têm medo de falar contigo. — Vendo que eu não respondo, prossegue: — Estive cá um dia destes. Perguntaste-me se precisava de ajuda, lembras-te?

Não sei o que dizer. Ele muda o peso de uma perna para a outra. Como eu continuo sem dizer nada, volta a repetir o gesto, o que quase me faz soltar uma gargalhada. Pelo menos não sou só eu que estou nervosa.

Atrás dele, vejo dois dos rapazes da equipa de basebol a varrer caruma no meio das árvores.

O Caleb coloca-se a meu lado e também fica a vê-los varrer. Mantenho-me imóvel, obrigando-me a não me afastar.

— É mesmo verdade que o teu pai os manda limpar os sanitários se falarem contigo?

— Basta que *pense* que querem falar comigo.

— Então os vossos sanitários devem estar um brinquinho — diz ele, o que deve ser a tirada de engate mais esquisita que alguma vez ouvi, se é que era disso que se tratava.

— Posso ajudar-te nalguma coisa? — pergunto. — Sei que já compraste uma árvore...

— Quer dizer que te lembras de mim.

Parece-me demasiado satisfeito ao dizer aquilo.

— Sou eu que faço o inventário — replico, atirando qualquer recordação que possa ter dele para um plano estritamente comercial — e sou boa naquilo que faço.

— Estou a ver — diz ele, abanando vagarosamente a cabeça. — E que árvore é que comprei?

— Um abeto-nobre — respondo, sem fazer a menor ideia se será verdade.

Agora parece impressionado.

Contorno o balcão, colocando o azevinho e a caixa registadora entre nós.

— Podemos ajudar-te em mais alguma coisa?

Ele estende-me a etiqueta de uma árvore.

— Esta é maior do que a outra, por isso os rapazes já estão a pôr-ma na carrinha.

Dou por mim a olhá-lo nos olhos durante demasiado tempo, pelo que me obrigo a desviar o olhar para os escaparates mais próximos.

— E não precisas de uma grinalda? São fresquinhas. Ou de enfeites?

Parte de mim só quer vender-lhe a árvore para que se vá embora e este embaraço termine, mas outra parte quer que fique.

Ele não diz nada durante vários segundos, o que me obriga a fitá-lo novamente. Está a examinar todos os artigos existentes na tenda. Talvez precise mesmo de mais alguma coisa. Ou talvez esteja apenas à procura de um pretexto para se demorar um pouco mais. Até que repara nas bebidas e o seu sorriso ganha um brilho ainda maior.

— Aceito de bom grado um chocolate quente.

Dirige-se à banca e tira um copo de plástico da torre de copos virados ao contrário. Um pouco mais adiante, vejo a Heather a espreitar por entre as árvores enfeitadas com neve artificial, bebericando o seu próprio chocolate quente. Quando percebe que dei por ela, abana a cabeça e, mexendo apenas os lábios, diz-me: «Má ideia», após o que torna a esgueirar-se lentamente para trás dos ramos.

O meu coração dá um pinote ao vê-lo abrir o invólucro de uma bengalinha doce para mexer o chocolate em pó. Quando a larga, esta continua a girar no remoinho da bebida.

— Também é como faço o meu.

— E porque não havias de fazer?

— Parece uma espécie de *mochaccino* de trazer por casa — explico.

Ele inclina a cabeça para o lado e contempla a bebida com um novo olhar.

— Até lhe podíamos chamar assim, mas parece-me um bocado insultuoso.

Passa o copo para a outra mão e estica o braço por cima do balcão para me cumprimentar.

— É um prazer conhecer-te oficialmente, Sierra.

Olho para a mão dele, depois para ele, e hesito durante uma fração de segundo. Nesse instante, vejo que os ombros lhe descaem um pouco. Sei que não tenho o direito de o julgar por causa de um boato de que a Heather nem sequer tem a certeza.

— És o Caleb, não és?

O sorriso esmorece.

— Quer dizer que já te falaram de mim.

Sinto-me petrificar. Mesmo não sendo este o rapaz com quem vou ter um romance natalício, não merece ser condenado por alguém que só há pouco ficou a saber o nome dele.

— Devo ter ouvido o teu nome a um dos rapazes que te ajudaram — digo.

Ele sorri, mas a covinha não aparece.

— Ora bem, quanto é que te devo?

Registo a venda e ele puxa da carteira, que está repleta de notas. Estende-me duas de vinte e imensas de um.

— Não cheguei a trocar as minhas gorjetas de ontem à noite — explica, corando ao de leve.

A covinha volta a cavar-lhe a bochecha.

Preciso de toda a minha força de vontade para não lhe perguntar onde é que trabalha de modo a poder por lá passar acidentalmente de propósito.

— As notas de um fazem-nos sempre jeito — digo.

Conto-as e dou-lhe cinquenta cêntimos de troco.

Ele guarda as moedas no bolso e o rubor desaparece. Recuperou a confiança.

— Talvez voltemos a ver-nos antes do Natal.

— Sabes onde me encontrar — respondo.

Não sei se aquilo soou a convite ou se foi precisamente essa a minha intenção. Será que quero voltar a vê-lo? Não me compete a mim deslindar a história dele, mas não consigo deixar de pensar na forma como deixou descair os ombros quando não lhe apertei logo a mão.

Ele enfia a carteira no bolso de trás das calças e sai da tenda. Espero um pouco, depois esgueiro-me de trás do balcão para o ver ir-se embora. A caminho da carrinha, dá uns dólares a um dos rapazes.

A Heather aproxima-se de mim e ficamos as duas a vê-lo fechar o taipal traseiro da carrinha juntamente com um dos empregados.

— Dali de onde eu estava, a cena pareceu-me embaraçosa para ambos — comenta ela. — Desculpa, Sierra. Não devia ter-te dito nada.

— Não, passa-se ali alguma coisa — respondo. — Não sei quanto da tal história será verdade, mas sem dúvida que aquele tipo carrega um peso qualquer.

Ela olha para mim com uma sobrancelha arqueada.

— Continuas interessada nele, não continuas? Até estás a pensar envolver-te.

Rio-me e volto para o meu posto atrás do balcão.

— Acho-o giro, só isso. Não é suficiente para me envolver.

— Ora aí está uma decisão muito sensata — comenta a Heather. — Mas desde que te conheço que nunca te vi tão atrapalhada ao pé de um rapaz.

— Ele também estava atrapalhado!

— Teve os seus momentos, mas quem ganhou esse concurso foste tu.

* * *

Depois de um telefonema em que descrevo, em francês, os acontecimentos da semana a Monsieur Cappeau, a minha mãe deixa-me sair do trabalho mais cedo. A Heather organiza todos os anos uma maratona cinematográfica protagonizada pela última vedeta por quem se encantou e um balde de pipocas que mais parece não ter fundo. O meu pai disse-me que podia levar a carrinha dele, mas decido ir a pé. Lá em casa, teria pegado de imediato nas chaves para fugir ao frio. Aqui, mesmo em finais de novembro, está relativamente agradável na rua.

A caminhada leva-me a passar diante da única outra venda de árvores de propriedade familiar. As árvores e a tenda vermelha e branca ocupam três filas do parque de estacionamento de um supermercado. Passo sempre por lá algumas vezes durante a época natalícia para os cumprimentar. Tal como os meus pais, os Hopper raramente saem dali uma vez iniciadas as vendas.

Com os braços enterrados na metade superior de uma árvore, o Sr. Hopper conduz naquele momento um cliente até ao parque de estacionamento. Comprimo-me entre os carros estacionados e aproximo-me deles para o primeiro olá deste ano. O tipo que carrega o tronco da árvore pousa-o sobre o taipal traseiro de uma carrinha roxa de caixa aberta.

Caleb?

O Sr. Hopper empurra o resto da árvore para dentro do compartimento de carga. Volta-se na minha direção e eu não consigo rodopiar dali para fora a tempo.

— Sierra?

Solto um longo suspiro e dou novamente meia-volta. O Sr. Hopper, de blusão cor de laranja e preto aos quadrados e gorro de orelhas a condizer, vem ter comigo e aperta-me num abraço caloroso. Aproveito o momento para olhar para o Caleb, que está encostado à carrinha e me sorri com os olhos.

Eu e o Sr. Hopper pomos rapidamente as novidades em dia e prometo passar por lá mais vezes antes do Natal. Quando ele regressa à venda, o Caleb ainda está a olhar para mim, ao mesmo tempo que beberica qualquer coisa por um copo de plástico com tampa.

— Então conta lá qual é o teu vício — digo. — As árvores de Natal ou as bebidas quentes?

A covinha enterra-se-lhe na bochecha e eu aproximo-me dele. Tem o cabelo espetado à frente, como se carregar todas aquelas árvores não lhe deixasse tempo para o pentear. Antes que possa responder à minha pergunta, o Sr. Hopper e um dos empregados largam uma segunda árvore na carrinha.

O Caleb olha para mim e encolhe os ombros.

— A sério, que se passa? — insisto.

Ele fecha o taipal traseiro da carrinha com a maior das descontrações, como se não fosse muitíssimo estranho encontrá-lo ali, noutra venda de árvores.

— Também gostava de saber o que te traz a *ti* por cá — responde ele. — Andas a investigar a concorrência?

— Ora, no Natal não há concorrência. Mas, já que deves ser um entendido, qual das nossas vendas é a melhor?

Ele sorve mais um gole da bebida e eu fico a ver-lhe a maçã de Adão a subir e a descer enquanto engole o líquido.

— A tua família bate-os aos pontos — declara. — Estes tipos não tinham bengalinhas doces.

Finjo-me revoltada.

— Como se atrevem?!

— Podes crer. Talvez seja melhor passar a comprar-vos só a vocês.

Bebe mais um gole, seguido de silêncio. Estará a insinuar que vai comprar ainda mais árvores? Isso representa mais oportunidades para dar de caras com ele e não sei o que sentir a esse respeito.

— Que tipo de pessoa compra tantas árvores num só dia? — pergunto. — Ou mesmo num só Natal?

— Respondendo à tua primeira pergunta — volve ele —, sou viciado em chocolate quente. Mas imagino que, a ter um vício, esse não seja dos piores. Quanto à segunda pergunta, quando se tem uma carrinha, o que não falta são pretextos para a encher. Este verão, por exemplo, ajudei três colegas da minha mãe a mudar de casa.

— Estou a ver. Quer dizer que és tu o tal tipo. — Aproximo-me de uma das árvores dele e puxo suavemente as agulhas. — Aquele com quem toda a gente pode contar para dar uma ajuda.

Ele pousa os braços no rebordo do compartimento de carga.

— Isso surpreende-te?

Está a testar-me porque sabe que ouvi qualquer coisa a respeito dele. E tem razão em testar-me, porque eu própria não sei como responder.

— Devia surpreender?

Ele baixa os olhos para as árvores e percebo que ficou desiludido por eu me ter esquivado à pergunta.

— Presumo que estas árvores não sejam todas para ti — digo.

Ele sorri.

Inclino-me para a frente, sem saber se devia fazê-lo, mas ao mesmo tempo incapaz de me conter.

— Bom, se tencionas comprar mais alguma, conheço bastante bem os donos da outra venda. Acho que consigo arranjar-te um desconto.

Ele pega na carteira, uma vez mais repleta de notas de um dólar, e tira umas quantas.

— Na verdade, já lá fui duas vezes desde que te vi a pendurar aquele cartaz do desfile, mas tu não estavas.

Estaria a admitir que esperava ter-me encontrado? Não lho posso perguntar, claro, pelo que aponto para a carteira.

— Os bancos deixam-te trocar todas essas notas de um por qualquer coisa maior, sabias?

Ele revira a carteira nas mãos.

— Que queres que te diga, sou preguiçoso.

— Pelo menos conheces os teus defeitos — comento. — Isso é saudável.

Ele torna a enfiar a carteira no bolso.

— Conhecer os meus defeitos é a única coisa em que sou bom.

Se fosse mais ousada, aproveitava aquela frase para lhe perguntar pela irmã, mas facilmente uma pergunta dessas o faria enfiar-se na carrinha e ir-se embora.

— Defeitos, hã? — Dou um passo em direção a ele. — Comprar estas árvores todas e ajudar as pessoas a mudar de casa, o Pai Natal deve ter-te posto no topo da lista dos meninos malcomportados.

— Vendo as coisas nesses termos, parece que não sou assim tão mau.

Estalo os dedos.

— Se calhar achas a tua gulodice um pecado gravíssimo.

— Não, não me lembro de falarem desse na igreja. Mas falam na preguiça, e preguiçoso sei que sou. Ainda não comprei um pente para substituir o que perdi há uns meses.

— E olha no que deu — comento, olhando para o cabelo dele. — Isso é quase imperdoável. És capaz de ter de porfiar um pouco mais para conseguires as tais árvores com desconto.

— *Porfiar?* — exclama ele. — Quer dizer, é uma boa palavra, mas acho que nunca a usei numa frase.

— Oh, por favor, não me digas que achas que é uma palavra difícil.

Ele ri-se, e o seu riso é tão perfeito que tudo o que quero é prolongá-lo. Mas esta nossa descontração provocadora não é boa. Por muito giro ou descontraído que ele seja, não posso esquecer-me das apreensões da Heather.

Como se conseguisse ver estes pensamentos a girar-me no cérebro, a cara dele adquire subitamente um ar ressentido. Volta a pousar os olhos nas árvores.

— O que foi? — pergunta-me.

Se continuarmos a encontrar-nos, há de haver sempre um assunto — este boato — a pairar sobre nós.

— Olha, é evidente que ouvi qualquer coisa...

As palavras secam-se-me na garganta. Mas terei mesmo de dizê-las? Podemos simplesmente voltar a ser a miúda que vende árvores e o cliente. O assunto não precisa de vir à baila.

— Tens razão, é bastante óbvio — diz ele. — É sempre.

— Mas não quero acreditar em nada se...

Ele tira as chaves do bolso e continua sem me olhar.

— Então não te preocupes com isso. Podemos ser simpáticos um com o outro, continuo a comprar-te as minhas árvores, mas...

Cerra os dentes. Percebo que está a tentar levantar os olhos e olhar para mim, mas não consegue.

Não há mais nada que eu possa dizer. Não me contou que aquilo que ouvi era mentira. As próximas palavras têm de partir dele.

Dirige-se à cabina da carrinha, entra e dá um puxão na porta, fechando-a.

Chego-me para trás.

Ele liga o motor, depois faz-me um ligeiro aceno e arranca.

Capítulo 8

Aos sábados, só começo a trabalhar depois do meio-dia, por isso a Heather passa cedo a buscar-me e digo-lhe para irmos ao Breakfast Express. Ela fita-me com um olhar estranho, mas vira o carro nessa direção.

— Já sabes se podes ir ao desfile connosco? — pergunta-me.

— Não deve haver problema. A cidade toda vai lá estar. Não devemos ter nenhuma enchente até aquilo acabar.

Penso no aceno triste que o Caleb me lançou ontem à noite ao arrancar e no peso que tinha sobre os ombros e o impedia de olhar para mim. Mesmo que haja bons motivos para não me envolver, continuo a querer ver a carrinha dele estacionar outra vez diante da venda.

— O Devon acha que devias convidar o Andrew para ir ao desfile — diz a Heather. — Sim, já sei o que vais dizer...

Ainda bem que os olhos não me saltaram das órbitas para cima do tabliê dela.

— Explicaste-lhe que era uma péssima ideia?

Ela encolhe um ombro.

— Ele acha que devias dar-lhe uma oportunidade. Não estou a dizer que concordo, mas não há dúvida de que o Andrew gosta de ti.

— Pois eu não gosto dele nem um bocadinho. — Enterro-me no assento. — Caramba, pareço mesmo má.

A Heather para junto ao passeio em frente ao Breakfast Express, um café tipo década de 1950 instalado em duas carruagens de comboio desativadas. Numa funciona o café propriamente dito, a outra serve de cozinha. Por baixo de ambos os vagões, as rodas de metal estão presas a carris a sério, assentes sobre umas travessas de madeira já muito gastas. Melhor ainda, servem pequenos-almoços — *só* pequenos-almoços — durante todo o dia. Antes de desligar o carro, a Heather olha para as janelas das carruagens.

— Ouve, não ia dizer-te que não, porque sei que adoras este sítio.

— Tudo bem — respondo, sem perceber onde ela quer chegar.

— Se preferes ir a outro lado qualquer...

— Mas antes de entrarmos — continua ela —, é melhor que saibas que o Caleb trabalha aqui.

Fica à espera que eu assimile a informação, mas tenho alguma dificuldade em digeri-la.

— Oh...

— Não sei se está de serviço hoje, mas pode ser que esteja. Portanto, decide como tencionas comportar-te.

O meu coração bate cada vez mais depressa à medida que me aproximo das escadas da carruagem. Subo os degraus atrás da Heather, que abre a porta vermelha de metal.

As paredes estão decoradas até ao teto com discos de vinil e fotografias de séries de televisão e filmes antigos. De ambos os lados da coxia central há mesas para não mais de quatro pessoas e almofadas vermelhas de napa salpicadas com fagulhas prateadas. Por agora, apenas três das mesas estão ocupadas.

— Talvez ele cá não esteja — digo. — Talvez hoje seja o dia de...

Não chego a terminar a frase. A porta da cozinha abre-se e é o Caleb quem a transpõe. Está fardado com uma camisa branca, calças de caqui e um bivaque de papel. Leva uma bandeja com dois pequenos-almoços até uma das mesas e pousa um prato diante de cada cliente. Baixa a bandeja, deixando-a pender ao longo do corpo, e volta-se na nossa direção. Dá uns passos, depois reconhece-me e pisca os olhos, fixando-os ora em mim ora na Heather. Esboça um sorriso cauteloso, mas pelo menos sorri.

Enfio as mãos nos bolsos do blusão.

— Caleb. Não sabia que trabalhavas aqui.

Ele tira dois menus de uma prateleira junto à Heather. O sorriso esmorece.

— Terias vindo se soubesses?

Não sei o que responder.

— Este era o sítio preferido dela em miúda — diz a Heather.

— É verdade — confirmo. — Sobretudo pelas panquecas *Dólar de Prata*.

— Não precisas de te explicar — responde o Caleb.

E começa a avançar pela coxia.

Seguimo-lo até uma mesa no extremo mais distante da carruagem. Tal como todas as outras por que passamos, esta também tem a sua própria janela retangular. Deste lado, as janelas dão para a rua onde estacionámos.

— É a melhor de todo o comboio — sentencia ele.

Eu e a Heather deslizamos cada uma para seu lado da mesa.

— O que é que a torna tão especial? — pergunto.

— Fica mais próxima da cozinha. — O sorriso reaparece. — É sempre a primeira a ser servida de café acabado de fazer. Além disso, para mim torna-se mais fácil conversar com as pessoas que conheço.

Ao ouvir aquilo, a Heather pega num dos menus e começa a ler. Sem desviar os olhos, empurra o outro para junto de mim. Não sei se a intenção era despachar o Caleb, mas foi o que pareceu.

— Se quiseres fazer uma pausa, estamos por aqui — digo-lhe.

Ele volta-se para a Heather, que não tira os olhos do menu. Durante uns segundos, ninguém diz nada, até que o Caleb desiste e desaparece atrás da porta da cozinha.

Obrigo a Heather a pousar o menu.

— O que foi aquilo? Aposto que ele ficou a pensar que foste tu que me contaste o boato. E nem sequer sabes se é verdade.

— Não sei que *parte* é verdade — responde ela. — Desculpa, fiquei sem saber o que dizer. Estou preocupada contigo.

— Porquê? Por eu o achar giro? Tanto quanto sei, é tudo o que tem a favor dele.

— Mas está interessado em ti, Sierra. Vejo-o todos os dias na escola e nunca é assim tão falador. Mas pronto, tudo bem. Tu é que escusavas de te ter atirado a ele de forma tão descarada quando...

Levanto a mão.

— Alto aí! Primeiro que tudo, descarada coisíssima nenhuma. Segundo, nem sequer o conheço, por isso não tens com que te preocupar.

A Heather volta a pegar no menu, mas percebo que não está a lê-lo.

— Eis o que sei sobre o Caleb — declaro. — Trabalha neste café e compra montes de árvores de Natal. Portanto, embora seja provável que continue a dar de caras com ele, a história acaba aí. Não preciso de o ver mais do que isso e não quero saber mais do que isso. Entendido?

— Entendido — diz a Heather. — Desculpa.

— Ótimo. — Recosto-me no assento. — Assim talvez consiga apreciar as minhas panquecas *Dólar de Prata* sem este nó no estômago.

A Heather faz-me um meio-sorriso.

— Essas panquecas é que te vão dar um nó no estômago.

Pego no meu menu e dou-lhe uma vista de olhos, mesmo já sabendo o que vou pedir. Sempre tenho para onde olhar enquanto insisto no assunto.

— Além do mais, seja o que for que tenha acontecido, ainda o martiriza.

A Heather bate com o menu na mesa.

— Falaste com ele sobre isso?

— Não chegámos a ter oportunidade — respondo —, mas percebia-se-lhe na linguagem corporal.

Ela dá uma espreitadela à porta da cozinha. Quando se volta novamente para mim, encosta as mãos às têmporas.

— Porque é que as pessoas são tão complicadas?

Rio-me.

— É, não é? Seria bem mais fácil se fossem todas como nós.

— Muito bem, antes que ele volte, eis o que sei acerca do Caleb. E é só aquilo de que tenho a certeza, nada de boatos.

— Perfeito.

— O Caleb e eu nunca fomos amigos, mas não posso dizer que não tenha sido sempre simpático comigo. Deve ter... ou ter *tido*... outro lado, mas nunca lho vi.

Aponto para o menu dela.

— Então não sejas tão fria com ele.

— Não foi de propósito. — Chega-se para diante e pousa a mão sobre a minha. — Quero que te divirtas enquanto cá estás, mas não vais consegui-lo com um tipo que carrega mais peso do que um camião TIR.

A porta abre-se e o Caleb sai da cozinha de bloco de notas e lápis em punho. Para ao nosso lado.

— Estão a contratar pessoal? — pergunta a Heather.

Ele pousa as suas ferramentas de escrita.

— Estás interessada?

— Não, mas o Devon precisa de um emprego — explica ela. — Recusa-se a procurá-lo, mas sei que ia apimentar-lhe um bocadinho mais a vida.

— És namorada dele — digo com uma gargalhada. — Não é essa a tua função?

A Heather dá-me um pontapé por baixo da mesa.

— Ou será que estás a tentar livrar-te dele? — pergunta o Caleb.

— Não foi nada disso que eu disse — responde a Heather um pouco depressa de mais.

O Caleb ri-se.

— Quanto menos eu souber, melhor. Mas hei de perguntar ao gerente quando ele cá estiver.

— Obrigada — diz a Heather.

Ele volta-se para mim.

— Se estás a contar com um chocolate quente, convém que saibas que não temos bengalinhas doces. Talvez não esteja à altura dos teus padrões.

— Pode ser café — respondo. — Mas com montes de natas e açúcar.

— Eu vou querer o chocolate quente — declara a Heather. — Podes pôr-lhe umas gomas extra?

O Caleb faz que sim com a cabeça.

— Volto já.

Mal ele se afasta, a Heather inclina-se para a frente.

— Ouviste? Quer estar à altura dos teus padrões.

Inclino-me também para ela.

— É empregado de mesa — digo. — É o trabalho dele.

Ao regressar, o Caleb traz uma caneca de louça encimada por uma gigantesca pilha de gomas. Pousa-a na mesa e algumas entornam-se.

— Não te preocupes, estou a fazer mais café — diz-me.

A porta do extremo oposto da carruagem abre-se. Ele olha para ver quem entrou e os seus olhos deixam perceber um misto de surpresa e felicidade. Volto-me também e vejo uma mãe com duas gémeas — talvez dos seus seis anitos — a sorrir ao Caleb. As miúditas são franzinas e vestem ambas camisolas com capuz, esfiapadas nos punhos e um tamanho acima. Uma delas empunha bem alto um desenho a lápis de cor de uma árvore de Natal, para que o Caleb o veja.

— Não me demoro — sussurra-nos ele. Dirige-se às miúditas e é presenteado com o desenho. — Que lindo. Obrigado.

— É como a árvore que nos deste — diz uma das catraias.

— Agora está toda decorada — acrescenta a outra. — Ficou igualzinha a esta.

O Caleb olha atentamente para o desenho.

— Não se lembram da última vez que tiveram uma árvore de Natal — explica a mãe, ajustando a alça da carteira no ombro. — Eu própria mal me lembro de ter tido uma. E quando chegaram a casa depois das aulas, a cara delas... ficaram simplesmente...

— Obrigado pelo desenho — diz-lhes o Caleb, encostando-o ao peito. — Mas o prazer foi meu.

A mãe respira fundo.

— As miúdas queriam agradecer-te pessoalmente.

— Rezámos uma oração por ti — diz uma delas.

O Caleb curva ligeiramente a cabeça na direção da pequena.

— Fico muito sensibilizado.

— Ligámos para o banco alimentar e o sujeito que atendeu explicou-nos que fazes isto por conta própria — prossegue a mãe. — Disse-nos que trabalhavas aqui e que não te ias importar se passássemos por cá.

— Bom, quanto a isso, estava certíssimo — responde o Caleb. — Aliás... — Chega-se para o lado e aponta para a mesa mais próxima. — Que me dizem a uns chocolates quentes?

As miúditas aplaudem entusiasticamente, mas a mãe interrompe-as:

— Não podemos demorar-nos. Temos de...

— Ponho-os em copos para levar — diz-lhe o Caleb.

Quando a mãe não recusa, ele começa a dirigir-se na nossa direção, e eu volto-me novamente para a Heather.

— É por isso que compra aquelas árvores todas? Para as oferecer a famílias que nem sequer conhece? — sussurro assim que ele entra na cozinha.

— Não comentou nada contigo quando as comprou?

Olho pela janela, para os carros que passam. Cobrei-lhe o preço tabelado por aquela primeira árvore e de certeza que o Sr. Hopper tem feito o mesmo. Mas ei-lo aqui a trabalhar num café e a comprar árvore atrás de árvore. Nem sei bem como conciliar esta nova informação com a outra história que ouvi a respeito dele.

O Caleb regressa da cozinha. Numa das mãos traz um porta-copos de cartão com três copos para levar. Na outra empunha uma caneca de café, que pousa diante de mim antes de prosseguir até junto da pequena família. Fixo os olhos na Heather enquanto beberico o café, já mexido com a combinação perfeita de natas e açúcar.

Por fim, ele volta e detém-se diante da nossa mesa.

— Que tal está o café? — pergunta. — Mexi-o na cozinha porque não conseguia trazer as bebidas delas e a tua mais as natas e o açúcar.

— Está perfeito — respondo, ao mesmo tempo que, por baixo da mesa, dou um pontapé no sapato da Heather.

Ela olha para mim e eu inclino a cabeça ligeiramente para o lado, a pedir-lhe que se arrede um pouco. Se convidasse o Caleb para se sentar ao meu lado, seria um sinal claro de que estou interessada nele. Se for a Heather a convidá-lo, depois de ter dito que namora com o Devon, tudo não passa de uma conversa amistosa.

A Heather chega-se para o lado.

— Senta-te, rapazinho das árvores.

Ele faz um ar ao mesmo tempo admirado e satisfeito com o convite. Olha de relance para as outras mesas, depois senta-se à minha frente.

— Há muito tempo que ninguém me dá um desenho de uma árvore de Natal feito a lápis de cor — comenta a Heather.

— Não estava nada à espera — diz o Caleb. Pousa o desenho no meio da mesa, voltando-o para mim. — Está mesmo bom, não está?

Contemplo a árvore, depois olho para ele. Continua de olhos postos no desenho.

— Tu, Caleb, és um homem polifacetado — digo.

Sem levantar os olhos do desenho, ele responde:

— Acho que se impõe assinalar que acabaste de usar a palavra *polifacetado* numa frase.

— E não é a primeira vez — ri-se a Heather.

O Caleb volta-se para ela.

— Deve ser a primeira pessoa neste café que alguma vez disse tal coisa.

— São ridículos, vocês os dois — respondo. — Heather, diz-lhe que já usaste a palavra *porfiar* numa frase. São só três sílabas.

— Claro que... — Interrompe-se e volta-se para o Caleb. — Não, por acaso acho que nunca usei.

E chocam os punhos.

Estico-me e arranco aquele bivaque ridículo da cabeça do Caleb.

— Nesse caso, devia tentar usar palavras mais interessantes, cavalheiro. E comprar um pente.

Ele estende a mão.

— O meu chapéu, se faz favor? Ou então, da próxima vez que comprar uma árvore, pago-a todinha em notas de um dólar, cada uma voltada para seu lado.

— Tudo bem — respondo, conservando o chapéu fora do alcance dele.

O Caleb põe-se de pé, de mão estendida para o chapéu, e eu lá acabo por lho devolver, ao que ele volta a encavalitar o pirosíssimo adereço no alto da cabeça.

— Se fores comprar alguma árvore, não penses que também te vou oferecer um desenho — digo-lhe —, mas hoje estou de serviço do meio-dia às oito.

A Heather fita-me com um ar espantado e um meio-sorriso nos lábios. Depois, quando o Caleb se afasta para ir atender os outros clientes, diz-me:

— Praticamente acabaste de o convidar para passar por lá.

— Eu sei — respondo, erguendo a minha caneca. — Isto, *sim*, era eu a atirar-me a ele de forma descarada.

* * *

Chego ao trabalho uma hora antes do que tinha combinado com a minha mãe, o que vem mesmo a calhar. A venda está cheia de clientes e o camião de caixa aberta com o novo carregamento de árvores vindas da quinta chegou mais cedo. De luvas calçadas, subo lá para cima no escadote montado na parte traseira. Avanço cuidadosamente pela camada superior de árvores, todas envoltas em redes e dispostas transversalmente sobre a camada anterior. As agulhas molhadas roçam-me no fundo das calças. Deve ter chovido durante boa parte da viagem, e as árvores soltam um aroma que me faz lembrar o Oregon.

Mais dois empregados vêm juntar-se a mim lá em cima, tentando mexer os pés o menos possível para não partirem nenhum ramo. Engancho os dedos na rede de uma árvore, flito os joelhos e faço-a deslizar para a borda do camião, onde outro empregado agarra nela e trata de a levar para a pilha situada atrás da tenda.

Quando faço descer a árvore seguinte, o Andrew pega nela e, em vez de ser ele a levá-la, passa-a a outro.

— Nós tratamos disto! — grita-me, batendo as mãos uma na outra.

Quase lhe respondo que aquilo não é nenhuma corrida, mas o meu pai pousa-lhe uma mão no ombro.

— Rápido, os sanitários precisam de ser reabastecidos — diz-lhe. — E avisa-me se achares que estão a precisar de uma limpeza mais profunda. A decisão é tua.

Quando começo a sentir os músculos cansados, paro um pouco para esticar as costas e recuperar o fôlego. Mesmo exausta, na venda é fácil manter sempre um sorriso. Observo os clientes que circulam pelo meio das árvores e a alegria nos seus rostos é evidente até ali de cima.

Vivi toda a vida rodeada por estas imagens. Mas agora tomo consciência de que as únicas pessoas que vejo são aquelas que *irão* ter uma árvore no Natal. As que não vejo são as famílias que, mesmo querendo tê-la, não têm dinheiro para a comprar. É a essas que o Caleb vai levar as nossas árvores.

Pouso as mãos nas ancas e olho em redor. Para lá da nossa venda — para lá da última casa da cidade —, Cardinals Peak ergue-se para o azul-pálido e límpido do céu. Perto do cume estão as minhas árvores, impercetíveis daqui de baixo.

O meu pai sobe a escada para me ajudar a passar mais algumas árvores aos empregados. Depois de descer umas quantas, pousa as mãos nos joelhos e volta-se para mim.

— Achas que fui demasiado duro com o Andrew? — pergunta.

— Não te preocupes. Ele sabe que não estou interessada.

O meu pai faz um sorriso deleitado e desce mais uma árvore.

Eu espraio os olhos pelo terreno da venda, observando os empregados.

— Acho que aqui toda a gente sabe que sou fruto proibido.

Ele endireita-se e limpa as mãos molhadas às calças de ganga.

— Não me parece que te coloquemos demasiadas restrições, querida. Ou achas que sim?

— Em casa, não. — Desço outra árvore. — Mas aqui? Palpita-me que não te ias sentir nada à vontade se eu andasse com alguém.

Ele agarra em mais uma árvore, mas depois detém-se a olhar para mim e não a passa para o lado de lá.

— Isso é porque sei como é fácil apaixonarmo-nos por alguém em pouco tempo. E depois ter de partir é muito difícil, acredita.

Desço mais duas árvores, até que reparo que ele continua a olhar para mim.

— Está bem — digo. — Já percebi.

Com as árvores finalmente descarregadas, o meu pai descalça as luvas e enfia-as no bolso de trás das calças. Dirige-se à caravana para passar pelas brasas e eu encaminho-me para a tenda para ajudar a atender os clientes. Puxo o cabelo para trás e ainda estou a apanhá-lo num carrapito quando avisto, de pé junto ao balcão, o Caleb vestido com a sua roupa normal.

Deixo cair o cabelo para os ombros e aliso algumas madeixas para a frente.

Passo por ele a caminho do balcão.

— Outra vez de volta para alegrar o Natal dos outros?

Ele sorri.

— Nem mais.

Com um aceno de cabeça, faço-lhe sinal para me seguir até à banca das bebidas. Coloco um copo de plástico para ele ao lado da minha caneca pascal e rasgo uma saqueta de chocolate em pó.

— Conta-me, o que é que te levou a começar com esta coisa das árvores?

— É uma longa história — diz ele, e o sorriso esmorece-lhe um pouco. — Se quiseres a versão simples, o Natal foi sempre muito importante na minha família.

Sei que a irmã já não vive com ele; talvez isso faça parte da versão longa da história. Estendo-lhe o copo com o chocolate quente e uma bengalinha doce para o mexer. A covinha reaparece-lhe quando vê a minha caneca pascal, e ambos sorvemos um gole enquanto olhamos um para o outro.

— Os meus pais deixavam que eu e a minha irmã escolhêssemos a árvore que quiséssemos — prossegue. — Depois convidavam os amigos e decorávamos a casa todos juntos. Fazíamos um panelão de chili e a seguir íamos cantar cânticos de Natal de porta em porta. Parece mesmo piroso, não parece?

Aponto à nossa volta, para as árvores enfeitadas com neve artificial.

— A minha família *sobrevive* à custa de tradições natalícias pirosas. Mas isso não explica porque compras árvores para outras pessoas.

Ele bebe outro gole.

— A minha paróquia faz todos os anos por esta altura uma «recolha solidária». Angariamos coisas tipo casacos e escovas de dentes para famílias carenciadas. É fantástico. Mas às vezes também é simpático oferecer às pessoas coisas que elas querem e não apenas bens essenciais.

— Percebo-te perfeitamente.

Ele dá uma sopradela na sua bebida.

— A minha família já não celebra o Natal como era costume. Montamos uma árvore, mas pouco mais.

Apetece-me perguntar-lhe porquê, mas tenho a certeza de que isso também faz parte da versão não simples.

— Resumindo, fui trabalhar para o Breakfast Express e percebi que podia gastar as gorjetas com essas famílias que gostavam de ter uma árvore de Natal mas não têm dinheiro para a comprar. — Mexe o chocolate quente com a bengalinha doce. — Se as gorjetas fossem maiores, ias ver-me ainda mais vezes.

Sorvo uma minigoma e lambo-a do lábio.

— Podias arranjar outro frasco de gorjetas — sugiro. — Desenhavas-lhe uma arvorezinha e punhas-lhe um bilhete a explicar para que era o dinheiro.

— Pensei nisso. Mas gosto de usar o meu próprio dinheiro. Ia sentir-me mal se, de alguma forma, essas gorjetas extra deixassem de ir para uma obra de caridade que dá às pessoas aquilo de que realmente precisam.

Pouso a minha caneca na bancada e aponto para o cabelo dele.

— Por falar em coisas de que as pessoas precisam, não te mexas.

Corro atrás do balcão a buscar um saquinho de papel e estendo-o ao Caleb, que soergue uma sobrancelha.

Pega no saco, olha para o interior e ri-se a bom rir quando tira lá de dentro o pente roxo que eu lhe trouxe da drogaria.

— Está na altura de começar a corrigir os teus defeitos — digo-lhe.

Ele enfia o pente no bolso de trás das calças e agradece-me. Antes que eu tenha tempo de lhe explicar que primeiro era suposto passá-lo pelo cabelo, a família Richardson entra na tenda.

— Já estava a estranhar ainda não terem aparecido! — Dou um abraço ao Sr. e à Sra. Richardson. — Não é costume virem logo a seguir ao Dia de Ação de Graças?

Os Richardson são uma família de oito elementos que nos compra a sua árvore de Natal desde o tempo em que tinham apenas dois filhos. Todos os anos nos trazem uma lata de bolachas caseiras e ficam à conversa comigo enquanto as crianças discutem sobre qual das árvores é a mais perfeita. Hoje, os miúdos começam todos por me dizer olá antes de correrem lá para fora para iniciarem a sua busca.

— Tivemos uma avaria no carro a caminho do Novo México — explica o Sr. Richardson. — Passámos o Dia de Ação de Graças num quarto de motel à espera de uma correia de ventoinha.

— Graças a Deus havia piscina, caso contrário os miúdos tinham-se matado uns aos outros. — A Sra. Richardson estende-me a lata deste ano, azul e salpicada de flocos de neve. — Desta vez experimentámos uma receita nova. Encontrámo-la *online* e toda a gente jura que é deliciosa.

Levanto a tampa e escolho um boneco de neve algo deformado e com montes de pepitas agarradas à espessa cobertura. O Caleb espreita para o interior da lata, pelo que lha estendo e ele tira uma rena mutante de dentes salientes.

— Este ano os mais novos deram uma ajuda, como já devem ter percebido — diz a Sra. Richardson.

Acompanho a primeira dentada com um gemido.

— Ena, que maravilha... Estão mesmo uma delícia!

— Saboreiem-nas bem — ri-se a Sra. Richardson —, porque para o ano vou voltar à receita tradicional.

O Caleb apanha uma migalha que ameaça cair-lhe do lábio.

— São incríveis.

— Uma senhora lá no meu emprego diz que devíamos experimentar fazer tabletes de chocolate caseiras — aventa o Sr. Richardson. — Parece que é tão fácil que nem os miúdos conseguem estragar a receita.

Tenta meter a mão na lata para roubar uma bolacha, mas a Sra. Richardson puxa-lhe o braço para trás.

O Caleb surripia mais uma e eu lanço-lhe um olhar ameaçador.

— Olha lá! Acabaste de ultrapassar o teu quinhão.

Sei que ele ia adorar meter-se comigo por ter dito *quinhão*, e é divertido vê-lo conter-se, mas prefere ficar a comer a bolacha.

— Comam as que quiserem — diz a Sra. Richardson. — Posso dar-vos a receita, a ti e ao teu namorado, e...

Ao ouvir a palavra *namorado*, o Sr. Richardson dá um toque no braço da mulher. Eu sorrio para lhe fazer perceber que não faz mal. Além do mais, uma das crianças pôs-se lá fora aos berros.

A Sra. Richardson solta um suspiro.

— Foi ótimo voltar a ver-te, Sierra.

O Sr. Richardson lança-nos um aceno de cabeça antes de sair.

— O Pai Natal está-te a ver, Nathan! — grita ao chegar lá fora.

O Caleb rouba outra bolacha e enfia-a na boca.

Aponto para ele.

— O Pai Natal está-te a ver, Caleb.

Ele ergue as mãos com um ar inocente e dirige-se à banca das bebidas para ir buscar um guardanapo e passá-lo pela boca.

— Devias vir comigo entregar a árvore desta noite — diz-me.

Quase me engasgo com a minha bolacha apenas meio engolida. Ele amassa o guardanapo e atira-o para o caixote verde do lixo.

— Se não quiseres, não...

— Ia adorar — respondo. — Mas logo à noite trabalho.

Ele olha-me nos olhos com uma expressão pouco convencida.

— Não precisas de inventar desculpas, Sierra. Basta seres sincera comigo.

Aproximo-me dele.

— Trabalho até às oito. Já te tinha dito, lembras-te?

Será que é sempre assim tão defensivo?

Ele morde o lábio e olha lá para fora.

— Sei que há coisas de que devíamos falar — diz —, mas ainda não, está bem? Simplesmente, se puderes, não acredites em tudo o que ouves.

— *Vou* contigo noutro dia, Caleb. Pode ser? Muito em breve.

— Espero que ele se volte outra vez para mim. — A menos que *tu* não queiras que eu vá.

Ele pega noutro guardanapo para limpar as mãos.

— Claro que quero. Acho que ias gostar bastante.

— Ótimo, porque significa muito para mim que queiras que eu vá.

Ele reprime um sorriso, mas a covinha denuncia-o.

— Plantaste as árvores. Mereces ver a alegria que dão a estas famílias.

Agito a minha bengalinha doce na direção das árvores.

— Vejo-a aqui todos os dias.

— Isto é diferente — diz ele.

Mexo a minha bebida com a bengalinha e fico a examinar as espirais que se formam no líquido. Sinto que isto vai ser mais do que duas pessoas a passarem apenas uns momentos juntas. Sinto que estou a ser convidada para sair. Se foi isso que ele fez, sem ter nada a ver com as árvores, uma parte de mim ia adorar dizer que sim. Mas o que é que sei realmente acerca dele? E ele sabe ainda menos a meu respeito.

Tira o pente do bolso e abana-o à minha frente.

— Não vou usar isto enquanto não te comprometeres com uma data precisa.

— Eh lá, agora estás a jogar duro. Deixa-me pensar. Este fim de semana vai ser muito movimentado por aqui, portanto a seguir ao trabalho vou estar exausta. Que tal na segunda-feira depois de saíres da escola?

Ele olha para cima, como se estivesse a verificar a sua agenda mental.

— Ora bem, nesse dia não trabalho. Está combinado! Venho buscar-te a seguir ao jantar.

Saímos juntos da tenda e eu decido mostrar-lhe algumas das minhas árvores preferidas. Seja lá quanto for o dinheiro das gorjetas que quer gastar hoje, tenciono garantir que fica com a melhor. Começo a dirigir-me para um abeto-balsâmico que trago debaixo de olho, mas ele encaminha-se para a zona de estacionamento.

Estaco.

— Onde é que vais?

Ele volta-se.

— Ainda não tenho dinheiro que chegue para outra árvore — responde. O sorriso é caloroso mas travesso. — E já levo o que queria.

Capítulo 9

Domingo à noite, as coisas acalmam, pelo que me retiro para a caravana para conversar *online* com a Rachel e a Elizabeth. Abro o portátil e afasto as cortinas junto à mesa para ir vendo se sou precisa lá fora. Quando os rostos das minhas amigas surgem no ecrã, o meu coração sofre com a distância que nos separa. Daí a uns minutos, contudo, já me estou a rir enquanto a Rachel descreve a tentativa da professora de Espanhol de pôr a turma a fazer *empanadas*.

— Pareciam discos de hóquei queimados — diz ela. — A sério! A seguir à aula, estivemos literalmente a jogar hóquei no corredor.

— Tenho tantas saudades vossas.

Estendo a mão para tocar na cara delas no ecrã, e elas fazem o mesmo.

— Que tal estão a correr as coisas? — pergunta a Elizabeth.

— Não quero ser metediça, mas há alguma novidade relativamente ao ano que vem?

— Bom, de facto puxei o assunto. Os meus pais querem muito que isto por aqui resulte, mas até agora não sei se é para aí que as coisas se encaminham. De certeza que isso vos deixa felizes, mas...

— Nada disso — atalha a Elizabeth. — Aconteça o que acontecer, o resultado será sempre agridoce.

— Jamais iríamos desejar que a venda acabasse, mas claro que adorávamos ter-te aqui connosco — acrescenta a Rachel.

Olho pela janela. Há apenas três clientes a deambular pelo meio das árvores.

— Não me parece que estejamos a ter tanto movimento como no ano passado — digo-lhes. — Os meus pais analisam as vendas todas as noites, mas até tenho medo de lhes perguntar.

— Então não perguntes — declara a Elizabeth. — O que tiver de ser, será.

Sei que ela tem razão, claro, mas de cada vez que me ausento para fazer trabalhos da escola ou simplesmente para uma pausa, dou por mim a pensar se não poderia fazer mais. Perder a venda ia ser um golpe muito duro, sobretudo para o meu pai.

A Rachel debruça-se para o ecrã.

— Agora é a minha vez, está bem? Nem imaginam as palermices que tenho de aturar por causa do baile de gala de inverno. Estou metida com uma cambada de amadores!

E lança-se numa história sobre ter mandado dois caloiros a uma loja de artesanato comprar material para fazer flocos de neve. Voltaram com purpurina.

— Qual é o problema? — pergunto.

— Purpurina! Será que não percebem que precisamos de qualquer coisa *onde* pôr a purpurina? Não vamos atirá-la ao ar!

Imagino-me num baile assim; colegas de escola, de vestidos e *smokings*, arremessam punhados de purpurina enquanto dançam. A purpurina cai em cascata, banhada pelas luzes rodopiantes. A Rachel e a Elizabeth riem-se e rodopiam também, de braços no ar. E vejo o Caleb, com a cabeça inclinada para trás e os olhos fechados, a sorrir.

— Entretanto... conheci uma pessoa — digo. — Enfim, mais ou menos.

Segue-se uma pausa que parece durar uma eternidade.

— Um rapaz, é isso? — pergunta a Rachel.

— Por enquanto somos só amigos. Acho.

— Olha para ti a corar! — exclama a Elizabeth.

Escondo a cara entre as mãos.

— Não sei. Talvez não seja nada. Sabem, ele é...

A Rachel interrompe-me:

— Não! Não-não-não-não-*não*. Não tens autorização para ser picuinhas com as imperfeições dele. Sobretudo quando se vê que estás com uma paixonite aguda.

— Desta vez não estou a ser picuinhas. A sério! É um tipo super-querido que oferece árvores de Natal a pessoas que não têm dinheiro para as comprar.

A Rachel inclina-se para trás e cruza os braços.

— Mas...

— Aí vem a picuinhice... — diz a Elizabeth.

Olho para uma e para a outra, ambas nas suas caixinhas no meu ecrã. Ambas à espera de que eu lhes conte qual é o lado negativo.

— Mas... este tipo superquerido talvez tenha perseguido a irmã com uma faca.

Ficam ambas boquiabertas.

— Ou talvez a tenha apenas ameaçado com ela — acrescento. — Não sei. Não lhe perguntei.

A Rachel leva um punho à cabeça e a seguir desdobra os dedos como se o seu cérebro tivesse acabado de explodir.

— Uma faca, Sierra?

— Pode ser só um boato — respondo.

— Mas isso é um boato muito grave — diz a Elizabeth. — Qual é a opinião da Heather?

— Foi ela que me contou.

A Rachel volta a aproximar-se do ecrã.

— Deves ser a pessoa mais exigente que conheço no que diz respeito a rapazes. Como é que isto pode estar a acontecer?

— Ele sabe que eu ouvi dizer qualquer coisa, mas fecha-se em copas sempre que o assunto vem à baila.

— Tens de lhe perguntar — declara a Elizabeth.

A Rachel aponta-me um dedo.

— Mas num lugar público.

Têm razão. Claro que têm razão. Tenho de saber mais pormenores antes de me permitir aproximar-me mais dele.

— E trata disso antes de o beijares — acrescenta a Rachel.

Rio-me.

— Para isso acontecer, temos de estar sozinhos.

Sinto que se me arregalam os olhos ao lembrar-me de que vamos estar sozinhos amanhã. A seguir às aulas, vou com o Caleb entregar uma árvore.

— Pergunta-lhe — diz a Rachel. — Se tudo não passar de um mal-entendido, é uma história mesmo fantástica para contares quando voltares.

— Não vou apaixonar-me por um rapaz só para tu teres qualquer coisa para contar às tuas amigas do teatro.

— Confia na tua intuição — declara a Elizabeth. — Talvez a Heather não tenha percebido bem o tal boato. Não teria de estar numa instituição especial qualquer se tivesse apunhalado a irmã?

— Eu não disse que ele a tinha apunhalado. Não sei ao certo o que aconteceu.

— Estás a ver? — conclui a Elizabeth. — Até eu já baralhei a história toda.

— Vou poder perguntar-lhe amanhã. Vamos os dois entregar uma árvore de Natal.

A Rachel inclina-se novamente para trás.

— Levas uma vida estranha, miúda.

* * *

Embora os meus pais ainda estejam na caravana a terminar um jantar tardio, sinto que têm os olhos fixos em mim e no Caleb enquanto nos dirigimos para a carrinha. Com o olhar deles fixo em nós e a mão do Caleb a escassos centímetros da minha, o pequeno percurso parece um dos mais longos da minha vida.

Subo para o lugar do passageiro e o Caleb fecha-me a porta. Atrás de mim, na caixa aberta da carrinha, está outra árvore. É um abeto-nobre a que fiz um valente desconto — desculpa, pai —, e estamos prestes a arrancar rumo a um destino que desconheço, mas onde alguém anseia por esta árvore de Natal. Em todo o meu tempo aqui na venda, época após época, nunca segui uma árvore desde o momento em que deixa de nos pertencer até àquela que passará a ser a sua casa.

— Falei às minhas amigas desta tua distribuição de árvores — digo. — Acham que é uma coisa mesmo querida.

O Caleb ri-se e liga a carrinha.

— *Distribuição* de árvores, hã? Sempre achei que estava a entregá-las.

— Quer dizer a mesma coisa! Continuas a chatear-me por causa do meu vocabulário?

Não lhe digo que isso até me agrada.

— Pode ser que apanhe algum desse teu palavreado antes de voltares para o Oregon.

Estico-me para ele e dou-lhe uma pequena cotovelada no ombro.

— Isso querias tu!

Ele sorri-me e põe a carrinha em andamento.

— Acho que vai depender da quantidade de vezes que te veja.

Olho-o de relance e sinto um calor percorrer-me o corpo enquanto interiorizo aquelas palavras.

Quando chegamos à rua principal, pergunta-me:

— Fazes alguma ideia de quantas serão?

Gostava de ter uma resposta para lhe dar mas, antes de poder fazer previsões sobre o nosso tempo juntos, há coisas que tenho de saber. Só queria que fosse *ele* a puxar o assunto, como disse que faria.

— Depende — digo. — Quantas árvores achas que ainda vais oferecer este ano?

Ele olha pela janela para a faixa do lado, mas o retrovisor reflete-lhe o sorriso.

— Estamos na quadra natalícia, por isso as gorjetas são bastante decentes. Ainda assim, devo dizer que mesmo as árvores com desconto são um bocado caras. Sem ofensa.

— Bom, não posso fazer-te um desconto maior do que já faço, portanto talvez tenhas de carregar na dose de charme lá no emprego.

Saímos para a estrada nacional que segue para norte. Anoitece, e a pirâmide rugosa de Cardinals Peak recorta-se contra a crescente escuridão do céu.

Aponto para o alto da colina.

— Aposto que não sabes que tenho seis árvores de Natal a crescer ali em cima.

Ele mira-me de relance, depois olha pela janela para os contornos escuros e indefinidos da colina.

— Tens uma plantação de árvores de Natal em Cardinals Peak?

— Não se trata propriamente de uma plantação — esclareço. — Mas tenho plantado uma todos os anos.

— A sério? Como é que te lembraste de começar uma coisa dessas?

— Por sinal, é uma história que começou tinha eu cinco anos.
Ele faz pisca, espreita por cima do ombro e desliza para a faixa do lado.

— Não escondas nada — diz. — Quero saber a história toda.

Os faróis dos carros que passam por nós iluminam-lhe o sorriso curioso.

— Está bem. — Agarro-me à tira do cinto de segurança que me enlaça o peito. — Lá no Oregon, quando tinha cinco anos, plantei uma árvore com a minha mãe. Já antes tinha plantado dezenas delas, mas mantivemos esta separada. Construímos-lhe uma cerca e tudo. Seis anos depois, tinha eu onze, cortámo-la e oferecemo-la à maternidade do nosso hospital.

— E fizeram muito bem.

— Não é nada que se pareça com aquilo que tu fazes, Sr. Caridade — replico. — Todos os anos, pelo Natal, os meus pais ofereciam uma árvore à maternidade para agradecer pelo meu nascimento. Parece que foi preciso bastante tempo para eu aceder a juntar-me a este mundo.

— A minha mãe também conta que a minha irmã foi muito picuinhas para nascer.

Rio-me.

— As minhas amigas iam adorar saber que me descreveste dessa forma.

Ele volta-se para mim, mas nem por sombras lhe vou explicar aquilo.

— Adiante. Nesse ano decidimos plantar uma árvore que fosse realmente uma prenda minha. Na altura adorei a ideia. Mas entretanto passaram-se seis anos e eu tinha tratado tão bem daquela árvore durante toda a sua vida... durante quase toda a *minha* vida... que me fartei de chorar quando a cortámos. A minha mãe conta que me ajoelhei diante do toco e chorei durante uma hora.

— Oh!

— Se gostas de histórias sentimentais, espera até eu te contar o que aquela árvore também chorou. Enfim, mais ou menos. Ao crescer, as árvores sugam água pelas raízes, certo? E, depois de cortadas, por vezes as raízes continuam a mandar água para o toco em pequenas gotas de resina.

— Como lágrimas? — exclama o Caleb. — Isso é de partir o coração!

— Pois é!

Os faróis dos carros que vêm em sentido contrário refletem-se no interior da cabina e denunciam o sorriso trocista estampado na cara dele.

— Mas também tens de reconhecer que é uma história um tanto peganhenta — diz.

Reviro os olhos.

— Já ouvi todas as piadas resinosas que te possam ocorrer, meu menino.

Ele volta a fazer pisca e saímos na saída seguinte. É uma curva apertada e tenho de me agarrar à porta.

— É por isso que cortamos cerca de três centímetros à base das árvores antes de as pessoas as levarem — acrescento. — Dessa forma ficam com um corte limpo que continua a sugar água. Se estiver selada com resina, a árvore não consegue beber.

— E isso não...? — Contém-se. — Sim, estou a perceber, é uma ideia inteligente.

— E pronto. Depois de levarmos a minha árvore para o hospital, o meu pai deu-me essa rodela que tinha cortado da base do tronco. Levei-a para o meu quarto, pintei-lhe uma árvore de Natal e ainda hoje a tenho em cima da cómoda.

— Adoro essa ideia — diz o Caleb. — Acho que nunca guardei nada assim tão simbólico. Mas como é que isso conduz à tua pequena plantação no cimo da montanha?

— Ora bem, no dia seguinte, estávamos a preparar tudo para a viagem até cá... Ou melhor, já tínhamos arrancado de casa quando eu comecei outra vez a chorar. Tomei consciência de que devia ter plantado outra árvore para substituir a que cortámos. Mas tínhamos de seguir viagem, por isso obriguei a minha mãe a parar na nossa estufa, peguei num rebento ainda no vaso, pu-lo no banco de trás e prendi-o com o cinto de segurança.

— E depois plantaste-o aqui.

— Desde então, passei a trazer uma árvore comigo todas as épocas. O meu plano sempre foi cortar essa primeira árvore que plantámos no ano que vem e oferecê-la à família da Heather. Todos os anos lhes oferecemos uma, mas essa vai ser especial.

— É uma bela história.

— Obrigada. — Olho pela janela do meu lado enquanto atravessamos uns quarteirões com vários hotéis de dois andares. Depois fecho os olhos, sem saber bem como dizer isto. — Mas e se... Não sei... E se oferecesses essa árvore a alguém que precise dela?

Atravessamos mais um quarteirão em silêncio. Por fim, olho para ele, à espera de lhe ver um sorriso sincero no rosto. Acabei de lhe propor que oferecesse a primeira árvore que plantei na Califórnia. Em vez disso, ele tem os olhos postos na estrada, perdido nos seus pensamentos.

— Pensei que fosses gostar da ideia — digo-lhe.

O Caleb pestaneja, depois olha para mim. Esboça um sorriso cauteloso.

— Obrigado.

A sério?, apetece-me dizer. *É que não pareces lá muito satisfeito.* Ele baixa um pouco a janela e o vento revolve-lhe o cabelo.

— Desculpa — acaba por dizer. — Estava a imaginar a tua árvore em casa de um estranho. Já tens planos para ela. Bons planos. Não os mudes por minha causa.

— Pois, mas talvez seja isso que eu quero.

O Caleb entra com a carrinha no parque de estacionamento de um complexo de apartamentos de quatro andares. Encontra um lugar vago próximo do edifício, vira e estaciona.

— Que tal assim: para o ano, vou estar atento à família perfeita. Quando voltares, podemos ir juntos entregar-lhes a árvore lá a casa.

Tento esconder qualquer incerteza quanto ao próximo ano.

— E se para o ano eu não quiser estar contigo?

O rosto dele fecha-se, e arrependo-me imediatamente do que disse. Estava à espera de uma resposta sarcástica mas, em vez disso, vejo-me obrigada a tentar recompor as coisas.

— Quer dizer, e se para o ano tiveres ficado sem dentes? Bem sabes que tens aquele vício das bengalinhas doces e do chocolate quente...

Ele sorri e abre a porta.

— Sabes o que te digo? Vou passar o ano inteiro a lavar os dentes com vigor redobrado.

O ambiente desanuvia-se.

Desço da carrinha com um sorriso nos lábios e dirijo-me à parte de trás. As janelas dos apartamentos estão quase todas escuras, mas algumas têm luzes de Natal a emoldurá-las. O Caleb vem ter comigo ao taipal traseiro, que desce, escondendo o autocolante da Secundária de Sagebrush. Começa a puxar a árvore pelo tronco, e eu enfio as mãos no meio dos ramos para o ajudar.

— Agora que estou a aperfeiçoar a tua higiene *e* o teu vocabulário — digo —, há mais alguma coisa em que precises de ajuda?

Ele faz-me o seu sorriso com covinha e acena com a cabeça na direção dos apartamentos.

— Começa a andar. Ias ter de desimpedir por completo a tua agenda para conseguires ajudar-me.

Sigo à frente, e carregamos a árvore até à entrada do prédio. Fecho os olhos e rio-me, sem querer acreditar no que estive prestes a deixar escapar. Espreito por cima do ombro e consigo não lhe dizer «Considera-a desimpedida».

Capítulo 10

A árvore mal cabe ao alto no elevador. O Caleb dá uma cotovelada no botão do terceiro andar e começamos a subir. Quando a porta se abre, comprimo-me para sair primeiro, depois o Caleb inclina a árvore para a frente e eu agarro-a. Carregamo-la até ao fundo do corredor, onde ele bate à última porta com o joelho. Cravado no óculo com um pionés, um anjo de cartolina recortada, provavelmente feito por uma criança, empunha uma faixa a dizer «Feliz Navidad».

Uma mulher corpulenta e de cabelo grisalho com um vestido estampado vem abrir a porta. Depois chega-se para trás, encantada e surpreendida.

— Caleb!

— Feliz Natal, senhora Trujillo — diz ele, ainda a segurar no tronco.

— O Luis não me contou que vinhas. E com uma árvore!

— Quis que fosse surpresa — explica o Caleb. — E apresento-lhe a minha amiga Sierra.

A Sra. Trujillo parece prestes a envolver-me num abraço, mas vê que tenho as mãos um tanto ocupadas.

— É um prazer conhecer-te — diz ela.

Enquanto carregamos a árvore lá para dentro, vejo-a piscar o olho ao Caleb ao mesmo tempo que acena com a cabeça na minha direção, mas finjo não reparar.

— No banco alimentar disseram-me que gostava de ter uma árvore de Natal — diz o Caleb —, portanto é com todo o gosto que lha trago.

A mulher cora e dá-lhe uma série de palmadinhas no braço.
— Oh, que menino tão querido. Tão bom coração!

Arrasta os chinelos pela sala, ao mesmo tempo sala de estar e sala de jantar, depois agacha-se, esticando o padrão floral do vestido sobre a barriga, e tira uma base de árvore de debaixo do sofá.

— Ainda nem montámos a árvore artificial. O Luis anda tão atarefado com a escola. E agora trouxeste-me uma árvore a sério!

Eu e o Caleb seguramos a árvore entre os dois enquanto ela afasta umas revistas com o pé e coloca a base num canto, tudo isto enquanto vai repetindo o quanto adora o cheiro das árvores de Natal.

Olha para o Caleb, leva a mão ao peito e cerra-a.
— Obrigada, Caleb. Obrigada, obrigada, obrigada.
— Acho que ele já ouviu, mãe — brada uma voz do outro lado da sala.

Um rapaz mais ou menos da nossa idade, que deve ser o Luis, entra vindo de um corredorzito apertado.
— Olá, pá — diz-lhe o Caleb.
— Luis! Olha o que o Caleb nos trouxe!

O Luis olha para a árvore com um sorriso embaraçado.
— Obrigado por teres cá vindo — diz.

A Sra. Trujillo toca-me no braço.
— Andas na mesma escola que eles?
— Por acaso, vivo no Oregon — respondo.
— Os pais dela têm uma venda de árvores na cidade — explica o Caleb. — Foi de lá que esta veio.
— A sério? — Ela olha para mim. — Andas a treinar o Caleb para fazer as vossas entregas?

O Luis ri-se, mas a Sra. Trujillo parece confusa.
— Não — diz o Caleb. Volta-se para mim. — Não propriamente. Nós...

Eu devolvo-lhe o olhar.
— Sim, continua.

Ia adorar ouvi-lo explicar o que é que nós somos.

Ele faz um sorriso afetado.
— Tornámo-nos bons amigos nestes últimos dias.

A Sra. Trujillo levanta ambas as mãos.

— Já percebi. Faço demasiadas perguntas. Caleb, importas-te de levar um pouco de *turrón* aos teus pais da minha parte?

— Com todo o gosto! — diz ele. E olha para a Sra. Trujillo como se ela tivesse acabado de lhe oferecer um copo de água no meio do deserto. — Tens de provar isto, Sierra.

A Sra. Trujillo bate as palmas.

— Sim! Também tens de levar um pouco para a tua família. Fiz tanto. Mais logo vou com o Luis levar algum aos vizinhos.

Manda o filho ir buscar uns guardanapos e depois estende a cada um de nós um pedaço do que parece um nogado de amendoim, só que com amêndoas. Parto um pedacinho e enfio-o na boca — que delícia! O Caleb já devorou quase metade do dele.

A Sra. Trujillo sorri de contentamento. Coloca mais uns quantos pedaços em sacos de sanduíches, para levarmos para casa. Ao encaminharmo-nos para a porta, ambos lhe agradecemos pelo *turrón*. Já com a porta aberta, ela dá um longo abraço ao Caleb, expressando mais uma vez a sua gratidão pela árvore.

Enquanto esperamos pelo elevador, de saquinhos de *turrón* na mão, pergunto:

— Quer dizer que o Luis é teu amigo?

— Tinha esperança de que a coisa não se tornasse embaraçosa — diz ele, fazendo que sim com a cabeça. — O banco alimentar mantém uma lista de artigos onde as pessoas podem assinalar aquilo de que precisam. Às vezes peço-lhes para perguntarem a algumas famílias se gostavam de ter uma árvore de Natal, é assim que consigo as moradas. Quando vi a deles, perguntei ao Luis se não havia problema, mas...

— Não pareceu lá muito entusiasmado. Achas que ficou constrangido?

— Aquilo passa-lhe. Sabe que a mãe gostava de ter uma árvore. E posso garantir-te que não há senhora mais amorosa.

A porta do elevador abre-se no piso térreo e o Caleb faz-me sinal para sair primeiro.

— Fica sempre tão agradecida por tudo — prossegue ele. — Não julga ninguém. Uma pessoa assim merece receber de vez em quando aquilo que deseja.

De volta à carrinha, seguimos rumo à estrada nacional e encetamos o caminho de regresso à venda.

— Porque é que fazes isto? — pergunto, decidindo que as árvores são uma forma segura de avançar aos poucos para áreas mais pessoais.

Ele conduz durante meio quarteirão sem responder.

— Realmente contaste-me das tuas árvores no alto da colina... — diz por fim.

— Portanto é justo que me respondas.

— O motivo por que o faço é parecido com o que explica que o Luis não vá ficar chateado. Sabe que estou a ser sincero. Durante uns tempos, depois de os meus pais se divorciarem, estávamos na mesma situação que os Trujillo. A minha mãe mal ganhava o suficiente para nos comprar umas lembranças, quanto mais uma árvore de Natal.

Acrescento aquilo à lista, pequena mas crescente, de coisas que sei sobre o Caleb.

— Como é que estão as coisas agora? — pergunto.

— Estão melhor. A minha mãe é chefe do departamento dela e voltámos a ter árvore de Natal. Aquela primeira que comprei na vossa venda foi para nós. — Olha por instantes para mim e sorri. — Ainda não se excede nas decorações, mas sabe que as árvores eram muito importantes para nós em miúdos.

Relembro todas aquelas notas de um dólar da sua primeira visita.

— Mas foste tu que pagaste a árvore.

— Não toda. — Ri-se. — Apenas tratei de conseguir uma maior.

Apetece-me perguntar-lhe pela irmã. Mas o perfil dele parece tão sereno, assim com a cara voltada para o para-brisas. A Heather tem razão. Seja o que for que esteja a acontecer aqui, não tem de durar para lá do Natal. Se gosto da companhia dele, para quê estragar tudo? Perguntar-lhe apenas o faria retrair-se de novo.

Ou talvez, para ser sincera, não queira saber a resposta.

— Ainda bem que fizemos isto — digo. — Obrigada.

Ele sorri com gosto, depois faz pisca para sair da estrada nacional.

* * *

O Caleb disse-me que passaria outra vez pela venda no final da semana. Quando a carrinha roxa finalmente aparece, deixo-me ficar na tenda em vez de ir ter com ele. Escusa de saber como estava ansiosa por vê-lo chegar. De certa forma, espero que tenha sido também por isso que não apareceu logo no dia seguinte; estava a esconder a mesma ansiedade.

Quando já passou tempo mais do que suficiente para ele vir ter comigo, espreito lá para fora. O Andrew está a dizer-lhe qualquer coisa, e enfatiza as suas palavras apontando repetidamente um dedo para o chão. O Caleb, com um olhar tenso fixo algures ao longe, tem as mãos enterradas nos bolsos do blusão. A dada altura, o Andrew aponta para a nossa caravana — onde o meu pai está ao telefone com o tio Bruce —, ao que o Caleb fecha os olhos e deixa pender os ombros. Depois o Andrew afasta-se em direção às árvores com um ar de quem vai deitar alguma abaixo.

Apresso-me a retroceder para trás do balcão. Passados uns segundos, o Caleb entra na tenda. Não sabe que assisti à discussão com o Andrew e comporta-se como se estivesse tudo normal.

— Vou a caminho do trabalho — diz, e eu fico a saber que ele consegue fingir aquele sorriso com covinha. — Mas não podia passar por aqui sem vir dizer-te olá.

Não estamos sozinhos há mais de um minuto quando o meu pai pousa as luvas de trabalho em cima do balcão e roda a tampa do seu termo. Vai reabastecê-lo de café e, sem erguer os olhos, pergunta:

— Vieste buscar outra árvore?

— Desta vez não — responde o Caleb. — Vim só dizer olá à Sierra.

Já com o termo cheio, o meu pai volta-se para o Caleb enquanto aperta vagarosamente a tampa.

— Desde que não te demores. Ela tem muito que fazer por aqui, além das coisas da escola.

Dá uma palmada no ombro do Caleb ao passar por ele e eu fico para morrer de vergonha. Conversamos durante mais alguns minutos na tenda, depois eu acompanho-o à carrinha. Ele abre a porta do lado do condutor mas, antes de entrar, acena com a cabeça na direção do cartaz que eu estava a pendurar da primeira vez que o vi.

— É amanhã à noite — diz. — Vou lá estar com uns amigos. Devias aparecer.

Aparecer? Fico com vontade de me meter com ele por não ter coragem de me convidar diretamente.

— Vou pensar nisso — respondo.

Depois de ele se ir embora, dirijo-me de novo para a tenda, com os olhos no chão e um sorriso nos lábios.

Antes de chegar ao balcão, o meu pai aparece à minha frente.

— Sierra... — Sabe que eu não quero ouvir o que ele vai dizer a seguir, mas tem de o dizer na mesma. — Tenho a certeza de que ele é um bom rapaz, mas por favor pensa bem antes de começares alguma coisa. Tens muito que fazer e a seguir vamo-nos embora e...

— Não estou a começar nada. Fiz um amigo, pai. Para de ser esquisito.

Ele ri-se e bebe um gole de café.

— Porque é que não voltas antes a brincar às princesas?

— *Nunca* fiz de princesa.

— Estás a brincar comigo? Sempre que a mãe da Heather vos levava a ver o desfile, punhas o teu vestido mais espampanante, para fingires que eras a Rainha de Inverno.

— Nem mais! — digo. — Rainha, não princesa. Educaste-me melhor do que isso.

O meu pai curva-se numa vénia, como se estivesse na presença de um membro da realeza. Depois afasta-se em direção à caravana e eu volto para a tenda. Lá dentro, encostado ao balcão, está o Andrew.

Passo para a parte de trás e chego as luvas do meu pai para o lado.

— De que é que tu e o Caleb estavam a falar lá fora?

— Reparei que ele tem vindo cá muito — diz o Andrew.

Cruzo os braços.

— E daí?

O Andrew abana a cabeça.

— Achas que ele é um tipo fantástico porque compra árvores de Natal para oferecer às pessoas. Mas não o conheces.

Apetece-me retorquir que *ele* é que não sabe nada sobre o Caleb, mas a verdade é que provavelmente sabe mais do que eu. Estarei a ser parva por ainda não o ter confrontado com o boato?

— Se o teu pai não quer que nenhum dos empregados te convide para sair — prossegue o Andrew —, jamais iria aprovar o Caleb.

— Para! Isto não tem nada a ver contigo!

Ele baixa os olhos.

— No ano passado fui um palerma. Deixei aquele bilhetinho idiota na tua janela quando devia ter-te convidado diretamente.

— Andrew — digo numa voz mais calma —, não é por causa do meu pai, nem do Caleb, nem de mais ninguém. Não tornemos o facto de trabalharmos juntos ainda mais constrangedor do que já é, está bem?

Ele volta a olhar para mim e a sua expressão endurece.

— Não continues isto com o Caleb. Estás a ser ridícula se pensas que vocês os dois podem ser amigos. Ele não é quem tu pensas. Não sejas...

— Diz, vá!

Os olhos estreitam-se-me. Se me chamar estúpida, o meu pai despede-o em menos de um segundo.

Mas ele não acaba o que ia a dizer e sai de rompante.

Capítulo 11

Na noite do desfile, vou até à baixa com a Heather e o Devon. A mãe dela faz parte da comissão organizadora e pediu-nos que chegássemos cedo. Assim que nos vê aparecer na tenda azul com o letreiro «Inscrições», entrega a cada um de nós um saco com faixas para os participantes e uma prancheta com uma folha para conferirmos os nomes. A maior parte dos grupos já se registou, mas todos os anos surgem novas associações que se perfilam para desfilar e se esquecem de fazer o respetivo registo.

O Devon volta-se para a Heather.

— A sério? Temos mesmo de fazer isto?

— Sim, Devon. É uma das regalias de ser meu namorado. Se não gostas...

E indica as pessoas que vão a passar.

Sem se deixar desencorajar pelo desafio implícito nas palavras dela, o Devon planta-lhe um beijo na cara.

— Vale o esforço — diz.

Ao afastar-se, olha para mim com um discreto sorriso trocista. Sim, tem consciência de que por vezes ela é algo irritante.

— Antes de registarmos seja quem for — diz-me a Heather —, vamos buscar um café. Está a ficar frio.

Abrimos caminho por entre um agitado grupo de escuteiros, depois descemos um quarteirão e meio até um café fora do percurso do desfile. A Heather manda o Devon entrar e fica cá fora comigo à espera.

— Tens de falar com ele — digo-lhe. — Prolongar isto não é bom para ninguém.

Ela inclina a cabeça para trás e solta um suspiro.

— Eu sei. Mas ele precisa de subir as notas este período. Não quero ser eu a desviar-lhe a atenção.

— Heather...

— Já sei, já sei! Sou do piorio!

Olha-me nos olhos, mas depois vê qualquer coisa ao longe, atrás de mim.

— Por falar em conversas inadiáveis, acho que está ali o Caleb.

Rodo sobre mim própria. Do outro lado da rua, sentado nas costas do banco de uma paragem de autocarro, está o Caleb com mais dois rapazes. Um deles parece-me ser o Luis. Decido esperar que o Devon traga os nossos cafés enquanto ganho coragem para ir até lá.

Um autocarro ronca até à paragem e receio ter perdido a minha oportunidade. Mas, quando ele arranca, o Caleb e os amigos continuam lá sentados, a conversar e a rir. O Caleb esfrega energicamente as mãos e enfia-as nos bolsos do blusão. O Devon sai e estende-me um dos cafés, mas eu abano a cabeça.

— Mudança de planos — explico. — Importam-se de registar as pessoas sem mim? Podemos encontrar-nos depois.

— Claro — diz a Heather.

O Devon solta um suspiro, claramente chateado por eu poder baldar-me às tarefas do desfile enquanto ele tem de ficar. Antes que se possa queixar, porém, a Heather volta-se para ele e atira-lhe:

— Porquê? Porque sim!

Quando saio do café, trago uma bebida quente em cada mão. Atravesso a rua devagar para não entornar os copos. Antes de chegar ao pé do Caleb vejo, uns bons metros à frente do sítio onde ele está, um rapaz alto vestido com o uniforme branco de uma banda filarmónica a sair de um carro. Logo a seguir a ele vem uma rapariga ligeiramente mais velha num uniforme da claque feminina com a mascote dos Buldogues estampada no peito.

— Jeremiah! — grita outro elemento da banda, correndo até eles de flauta em punho.

A atenção do Caleb desvia-se dos amigos sentados no banco para os elementos da banda. O Jeremiah abre a mala do carro e tira um tambor de parada com uma alça comprida. A seguir fecha a mala, passa a alça por cima de um dos braços e enfia duas baquetas no bolso de trás das calças.

Abrando o passo à medida que me aproximo do banco. O Caleb ainda não se voltou na minha direção; continua concentrado nos elementos da banda e na rapariga da claque. O carro arranca e vejo a senhora que vai ao volante debruçar-se e olhar para o Caleb. Ele faz-lhe um sorriso hesitante, depois baixa os olhos.

O carro afasta-se e oiço o flautista a falar de uma rapariga com quem vai encontrar-se a seguir ao desfile. Quando passam diante do banco, o Jeremiah olha de relance para o Caleb. Não posso afirmá-lo com certeza, mas acho que há um vago ar de tristeza no rosto de ambos.

A rapariga da claque aproxima-se e agarra no Jeremiah pelo cotovelo, apressando-o. É ao segui-los com o olhar que o Caleb finalmente me avista.

— Vieste — diz ele.

Estendo-lhe uma das bebidas.

— Pareceu-me que estavas com frio.

Ele bebe um gole e tapa a boca logo de seguida, já que por pouco não solta uma gargalhada.

— *Mochaccino*! Que mais havia de ser? — diz depois de engolir.

— E não daqueles de trazer por casa — acrescento.

O Luis e o outro rapaz chegam-se para diante para verem qualquer coisa ao fundo da rua, atrás de mim. Estacionada no cruzamento está uma limusina descapotável cor-de-rosa e branca. Naquele momento, alguém mantém a porta de trás aberta e uma aluna do liceu com um vestido azul reluzente e uma faixa azul-clara é ajudada a subir para o banco traseiro.

— Aquela não é a Christy Wang? — pergunto.

Há alguns anos, quando eu vinha para cá para a escola primária, a Christy era a única pessoa que nunca me deixava sentir bem-vinda. Não era uma verdadeira californiana, dizia ela. Deve ter mudado muito para conseguir ser eleita Rainha de Inverno. Ou talvez isso tenha mais a ver com o facto de ficar incrível naquele vestido.

— Está um dia fantástico para um desfile, senhoras e senhores — diz o Luis a imitar um apresentador. — Realmente fantástico! E a Rainha de Inverno deste ano é sem dúvida um borrachinho. Palpita-me que o Pai Natal a colocou bem lá no cimo da sua lista de meninas muito, *muito* bem-comportadas.

O rapaz sentado ao lado do Luis desmancha-se a rir.

O Caleb empurra-os um contra o outro na brincadeira.

— Então, meu? Respeitinho. É a nossa rainha.

— Que diabo estão vocês a fazer? — pergunto.

Quem responde é o rapaz que não conheço.

— Desfile comentado. Todos os anos há uma estranha falta de cobertura televisiva, por isso fazemos este favor à cidade. Sou o Brent, já agora.

Estendo-lhe a minha mão livre.

— Sierra.

O Caleb olha para mim, embaraçado.

— É uma tradição anual.

O Brent aponta-me um dedo.

— És a miúda das árvores de Natal. Posso garantir-te que já ouvi falar muito de ti.

O Caleb bebe um longo trago e encolhe os ombros, fingindo inocência.

— É bom voltar a ver-te, Luis — digo.

— A ti também — responde ele em voz baixa, talvez ainda um pouco constrangido.

Depois empertiga-se a olhar para um homem que passa à nossa frente com um sapato desapertado.

— E agora o vosso aplauso para o Clube dos Ditadores de Modas. Atem bem o atacador de um dos sapatos e deixem o outro desapertado. Se tiverem pinta, podem crer que a coisa pega. Com este tipo? Não me parece...

— Vê lá não tropeces, ó dita modas! — grita o Brent.

O homem olha para trás, ao que o Brent sorri e lhe acena.

Durante alguns segundos, nenhum deles diz nada; limitam-se a ficar sentados a ver passar as pessoas. O Caleb bebe mais um gole e eu vou-me chegando lentamente para trás.

— Onde é que vais? — pergunta ele. — Deixa-te ficar.

— Não faz mal. Não quero interromper o vosso relato.

O Caleb olha para os amigos. Há uma qualquer comunicação masculina silenciosa, após o que ele se volta para mim.

— Nã. Está tudo bem.

O Brent faz um gesto com as mãos a enxotar-nos.

— Vão e divirtam-se, miúdos.

O Caleb despede-se dos amigos chocando os punhos com eles e depois conduz-me até ao percurso do desfile.

— Mais uma vez, obrigado pela bebida.

Passamos por algumas lojas que ficaram abertas até mais tarde. Volto-me para ele na esperança de propiciar uma conversa descontraída. Ele fita-me e sorrimos um ao outro, mas depois voltamo-nos outra vez para a frente. Sinto-me tão sem jeito na companhia do Caleb, tão tímida e insegura.

Por fim, pergunto-lhe a única coisa que me deixou realmente a pensar.

— Quem era aquele tipo ali atrás?

— O Brent?

— O percussionista da banda filarmónica.

Ele bebe um novo gole e avançamos mais alguns passos em silêncio.

— O Jeremiah. É um velho amigo.

— E prefere marchar no desfile a vir fazer os comentários convosco? — pergunto. — Isso é chocante!

Ele sorri.

— Não, talvez não. Mas, mesmo que pudesse, também não ficava connosco.

Após uma longa hesitação, não resisto a perguntar:

— Há aí alguma história?

A resposta é imediata:

— É uma longa história, Sierra.

Estou claramente a intrometer-me, mas para quê ponderar sequer uma amizade com ele se não posso fazer uma simples pergunta? E nem se trata de uma pergunta descabida. Tem a ver com uma coisa que aconteceu mesmo à minha frente. Se ele se fecha em copas por causa de algo tão insignificante, não sei se quero continuar com isto. Já me afastei por muito menos.

— Se quiseres, podes voltar para junto dos teus amigos — digo-lhe. — Seja como for, tenho de ir ajudar a Heather.

— Preferia ir contigo.

Paro.

— Caleb, acho que hoje devias ficar com os teus amigos.

Ele fecha os olhos e coça o cabelo.

— Deixa-me tentar outra vez.

Fico a olhar para ele, à espera.

— O Jeremiah era o meu melhor amigo. Depois aconteceram umas coisas, de que já deves ter ouvido parte, e os pais acharam que ele não devia continuar a dar-se comigo. A irmã é uma espécie de vigilante, uma versão miniatura da mãe, e arranja sempre maneira de estar por perto.

Revejo mentalmente a forma como a mãe do Jeremiah olhou para o Caleb enquanto se afastava ao volante do carro e a irmã o escoltava passeio abaixo. Apetece-me perguntar-lhe mais pormenores, mas tem de ser ele a *querer* contar-me. A única forma de nos aproximarmos é ele convidar-me a entrar.

— Se achas que precisas mesmo de saber o que aconteceu, eu conto-te — diz o Caleb —, mas não agora.

— Então em breve — respondo.

— Mas não aqui. É um desfile de Natal! E temos os nossos *mochaccinos*. — Olha para qualquer coisa atrás de mim e esboça um sorriso afetado. — Seja como for, não ias conseguir ouvir metade com o barulho da banda.

Como que a pedido, a banda filarmónica irrompe numa ruidosa interpretação de «O Menino do Tambor» e tenho de gritar para me fazer ouvir:

— Bem lembrado!

Encontramos a Heather e o Devon a um quarteirão do local onde começa o desfile. O Devon tem a prancheta com o registo das inscrições apertada contra o peito, quase como um bebé agarrado à sua manta preferida, e a Heather está a fulminá-lo com o olhar.

— Que se passa? — pergunto.

— A Rainha de Inverno pediu-lhe o número de telemóvel! — atira ela. — Comigo aqui!

Os lábios do Devon deixam escapar um sorrisinho e eu por pouco não faço o mesmo. Está visto que a Christy Wang continua a mesma.

E também dou por mim a pensar se toda aquela conversa da Heather sobre acabarem não será apenas isso mesmo... conversa. Tem de sentir alguma coisa por ele, ainda que só o revele sob a forma de ciúmes.

Seguimo-los até um pequeno intervalo entre duas famílias sentadas no passeio a assistir ao desfile. A Heather é a primeira a sentar-se e eu encaixo-me ao lado dela. O Devon deixa-se ficar de pé. Ele e o Caleb chocam os punhos, depois o Caleb senta-se também ao meu lado.

— A sério que ela lhe pediu o número de telemóvel? — pergunto.

— Sim! — silva a Heather. — Comigo ali ao lado dele!

O Devon debruça-se para nós.

— Mas eu não lho dei. Disse-lhe que já tinha namorada.

— *Tinhas* é capaz de ser a palavra certa — responde a Heather.

— É *de facto* uma bela Rainha de Inverno — comenta o Caleb.

Percebo o tom trocista na voz dele, mas dou-lhe uma cotovelada à mesma.

— Nada fixe.

Ele sorri e pestaneja com um ar de Sr. Inocente. Antes que a Heather possa acrescentar alguma coisa ou o Devon enterrar-se num buraco ainda maior, a banda filarmónica dos Buldogues contorna a esquina, com a claque feminina à cabeça. A multidão aplaude a compasso a versão instrumental de «Jingle Bell».

Vejo passar o Jeremiah, brandindo vigorosamente as suas baquetas. Pomo-nos todos a bater as palmas ao ritmo da música, mas aos poucos vou parando e detenho-me a observar o Caleb. Depois de toda a gente se ter voltado para ver o grupo seguinte, os olhos dele continuam fixos na banda. O som dos tambores é agora distante, mas ele continua a acompanhar o ritmo, tamborilando com os dedos nos joelhos.

* * *

O Caleb fecha o taipal traseiro depois de carregar mais uma árvore na carrinha.

— De certeza que tens tempo para isto? — pergunta.

Na verdade, não tenho. Todos os anos, a seguir ao desfile, a venda enche-se de gente, mas nós voltámos diretamente para cá e eu pedi à minha mãe se podia ir com o Caleb fazer esta entrega. Ela deu-me meia hora.

— Não há problema nenhum — respondo. Ele vê chegar mais dois carros e lança-me um olhar cético. — Pronto, talvez não seja o momento mais conveniente, mas apetece-me ir.

Ele faz o seu sorriso com covinha e dirige-se à porta do condutor.

— Ótimo.

Estacionamos diante de uma casa pequena e escura apenas a escassos minutos de distância e saímos. Ele agarra no meio da árvore e eu pego no tronco. Subimos uns degraus de cimento até à porta da frente e ajustamos um pouco melhor a pega. O Caleb toca à campainha e eu sinto o meu coração bater mais depressa. Sempre gostei de vender árvores de Natal, mas surpreender as pessoas oferecendo-lhes uma é todo um outro nível de emoção.

A porta abre-se de pronto. Um sujeito visivelmente irritado reparte um olhar furioso entre o Caleb e a árvore. Atrás dele, uma mulher de aspeto exausto fulmina-me com um olhar idêntico.

— O banco alimentar disse que vinham mais cedo — atira ele. — Perdemos o desfile à vossa espera!

O Caleb baixa os olhos por instantes.

— Peço imensa desculpa. Disse-lhes que só passávamos por cá a seguir ao desfile.

Espreito para dentro da casa e vejo um parque de bebé na sala de estar, com uma criança ainda de fraldas a dormir lá dentro.

— Não foi isso que nos disseram. Quer dizer que estavam a mentir? — diz a mulher. Abre um pouco mais a porta e acena com a cabeça para o interior da casa. — Montem-na ali na base.

Eu e o Caleb entramos com a árvore, que agora parece dez vezes mais pesada, e montamo-la num canto escuro enquanto eles nos observam. Depois de a ajeitarmos várias vezes para a deixarmos o mais direita possível, chegamo-nos para trás e ficamos a olhar para ela, ladeados pelo indivíduo. Vendo que ele não tem nada a objetar, o Caleb encaminha-se de novo para a porta e faz-me sinal para o seguir.

— Espero que passem um bom Natal — diz ele.

— Não começa lá muito bem — resmunga a mulher. — Perdemos o desfile por causa disto.

Faço menção de dar meia-volta.

— Ouvimos à primeira...

O Caleb agarra-me na mão e puxa-me para a porta.

— Uma vez mais, as nossas desculpas.

Sigo atrás dele, a abanar a cabeça. Quando voltamos a entrar na carrinha, descarrego:

— Nem sequer disseram obrigado. Nem uma vez!

O Caleb põe o motor a trabalhar.

— Perderam o desfile. Sentem-se frustrados.

Pestanejo.

— Estás a brincar? Levaste-lhes uma árvore à borla!

Ele engata a marcha-atrás e recua cuidadosamente para a rua.

— Não faço isto para ganhar uma medalha. Têm um bebezinho e provavelmente estão cansados. Perder o desfile, com mal-entendido ou sem ele, deve ter sido frustrante.

— Mas tu fazes isto com o teu dinheiro e no teu tempo livre...

O Caleb volta-se para mim e sorri.

— Portanto, tu só o fazias se as pessoas te dissessem como eras fantástica?

Apetece-me rir e gritar com a forma ridícula como aquele casal se comportou. Com a forma ridícula como o Caleb está a comportar-se agora! Em vez disso, fico sem palavras, e ele sabe-o. Ri-se, depois espreita por cima do ombro para mudar de faixa.

Gosto do Caleb. De cada vez que o vejo, fico a gostar ainda mais. E isso só pode conduzir ao desastre. Vou-me embora no final do mês, ele fica, e o peso de tudo o que há por dizer entre nós começa a ser um fardo demasiado pesado para carregar por muito mais tempo.

De regresso à venda, o Caleb para a carrinha no parque de estacionamento mas deixa o motor a trabalhar.

— Só para que saibas, tenho plena consciência de que eles se portaram de forma indecente para quem recebeu uma árvore à borla. Mas preciso de acreditar que toda a gente tem direito a um dia mau.

As luzes que rodeiam a venda projetam sombras no interior da carrinha. Ele olha para mim. Tem as feições meio escondidas, mas os seus olhos captam a luz e pedem compreensão.

— Tens razão — digo.

Capítulo 12

É o dia mais movimentado na venda até agora. Mal tenho tempo de ir à casa de banho, quanto mais de almoçar. Limito-me a depenicar de uma tigela de macarrão com queijo ali mesmo ao balcão, nos raros momentos livres em que não tenho nenhum cliente para atender. Esta manhã, Monsieur Cappeau mandou-me um *e-mail* a pedir-me que lhe ligasse amanhã ou depois *pour pratiquer*, mas é algo que está muito lá no fundo da minha lista de coisas para fazer.

A entrega de árvores de hoje voltou a chegar cedo, não apenas antes de abrirmos, mas antes mesmo de qualquer dos empregados ter chegado. O meu pai ligou a alguns dos elementos mais fiáveis da equipa de basebol a pedir-lhes para virem mais cedo, pelo que sempre éramos uns quantos a descarregar a nova remessa.

Embora exausta de descarregar tantas árvores ainda antes do pequeno-almoço, dou graças pelo movimento extra. Dá a sensação de que as coisas estão a melhorar, e talvez seja possível manter a venda aberta no ano que vem.

De pé ao lado da minha mãe junto à caixa registadora, aponto lá para fora, na direção do Sr. e da Sra. Ramsay. Tento uma espécie de venda natalícia comentada, como o Caleb e os amigos no desfile.

— Senhoras e senhores, parece que os Ramsay estão a discutir se hão de gastar ou não um pouco mais e comprar este deslumbrante pinheiro-branco.

A minha mãe olha para mim com um ar de quem se pergunta se estarei boa da cabeça, mas eu continuo.

— Já não é a primeira vez que assistimos a isto, e não creio estar a revelar nenhum segredo se vos disser que a Sra. Ramsay *vai* levar a sua avante. Nunca foi grande fã do abeto-azul, diga o Sr. Ramsay o que disser.

A minha mãe ri-se, ao mesmo tempo que me faz sinal para falar baixo.

— Parece estar iminente uma decisão — prossigo.

Agora estamos ambas pregadas à cena que se desenrola no meio das nossas árvores.

— A senhora Ramsay está neste momento a esbracejar — anuncio —, insistindo com o marido para se decidir de uma vez por todas, se é que não quer chegar a casa de mãos a abanar. O senhor Ramsay compara as agulhas de ambas as árvores. Qual será a decisão, senhoras e senhores? Qual será a decisão? E... o vencedor... é... o pinheiro-branco!

Tanto eu como a minha mãe levantamos os braços, ao que eu aproveito para trocar uma palmada vitoriosa com ela.

— A senhora Ramsay volta a ganhar! — proclamo.

O casal entra na tenda e a minha mãe esgueira-se lá para fora, mal contendo o riso. Quando o Sr. Ramsay pousa a última nota de vinte dólares em cima do balcão, eu e a Sra. Ramsay trocamos um sorriso cúmplice. Mas detesto ver alguém sair nem que seja minimamente desanimado, pelo que digo ao Sr. Ramsay que fez uma excelente escolha. Os pinheiros-brancos mantêm as agulhas durante mais tempo do que muitas das outras árvores. Não vão precisar de as aspirar antes da chegada dos netos.

Antes de ele voltar a guardar a carteira, a Sra. Ramsay tira-lha da mão e estende-me uma gorjeta de dez dólares pela minha ajuda. Saem ambos satisfeitos, ainda que ela o repreenda num tom bem-disposto, dizendo-lhe que é demasiado sovina para seu próprio bem.

Fito a nota de dez dólares e uma ideia difusa começa a ganhar forma. É raro receber gorjetas, já que a maior parte das pessoas as dá aos empregados que lhes carregam as árvores para os carros.

Envio uma mensagem à Heather: **Podemos fazer umas bolachas logo à noite em tua casa?** A nossa caravana é um bom segundo lar, mas não está preparada para um frenesim culinário.

A Heather responde quase de imediato: **Claro!**

Apresso-me a enviar uma mensagem ao Caleb: **Se fores fazer alguma entrega amanhã, também quero ir. Até tenho um contributo adicional para além da minha deleitante personalidade. Aposto que nunca usaste esta palavra numa frase!**

Ele responde poucos minutos depois: **De facto não. E sim, podes.**

Torno a guardar o telemóvel, sorrindo para comigo. A expectativa de passar mais tempo na companhia do Caleb dá-me alento para o resto da tarde e princípio da noite. Mas depois de fecharmos, enquanto conto o dinheiro da caixa registadora, sei que desta vez as coisas não podem ficar apenas pelas árvores e as bolachas. Se já me sinto tão feliz agora, não me é difícil imaginar as coisas a tornarem-se mais intensas, e preciso de saber ao certo o que se passou com a irmã dele. O próprio Caleb admitiu que alguma coisa aconteceu, mas sabendo eu tudo o que sei sobre ele, e tudo o que vi, não consigo imaginar que seja tão mau como algumas pessoas creem.

Pelo menos, tenho esperança de que não seja.

* * *

No dia seguinte, o tempo arrasta-se a meio gás. Eu e a Heather ficámos acordadas até tarde, a conversar e a fazer bolachas natalícias em casa dela. O Devon apareceu mesmo a tempo de juntar a cobertura e os enfeites e ajudar-nos a provar cerca de uma dúzia. Agora que pude atestá-lo em primeira mão, tenho de concordar que as histórias dele são sem dúvida entediantes. Mas os seus dotes para enfeitar bolachas *quase* compensaram esse facto.

Acabo de explicar a um cliente como calcular o preço das nossas árvores a partir das fitas coloridas atadas em todas elas. Assim que ele percebe e continua a sua busca, agarro-me a uma e fecho por instantes os olhos, pesados como chumbo. Ao abri-los, vejo chegar a carrinha do Caleb e sinto-me de imediato totalmente desperta.

O meu pai também repara na carrinha. Quando volto para a tenda, vai ter comigo à caixa registadora. Tem umas quantas agulhas espetadas no cabelo.

— Continuas a dar-te com este rapaz? — pergunta ele.

O tom é embaraçosamente óbvio.

Sacudo-lhe algumas agulhas do ombro.

— O dito rapaz chama-se Caleb — digo — e não trabalha aqui, por isso não tens como assustá-lo para deixar de falar comigo. Além do mais, hás de reconhecer que é o nosso melhor cliente.

— Sierra...

Não conclui a frase, mas quero que perceba que não estou cega relativamente às circunstâncias que nos envolvem.

— Eu sei, só vamos cá ficar mais umas semanas. Não precisas de o dizer.

— Simplesmente não quero que te enchas de esperanças. Nem ele, já agora. Lembra-te de que nem sequer sabemos se iremos voltar no ano que vem.

Engulo o nó que sinto na garganta.

— Talvez não faça sentido — digo. — E bem sei que não costumo ser assim, mas é que... gosto dele.

Pela forma como ele se retrai, quem estivesse a assistir à cena haveria de pensar que lhe tinha dito que estava grávida.

Depois abana a cabeça.

— Sierra, tem...

— Cuidado? Era esse o lugar-comum de que estavas à procura?

Ele desvia o olhar. O mais irónico, mesmo que nenhum de nós o diga, é que ele e a minha mãe se conheceram precisamente assim. Nesta *mesma* venda.

Sacudo-lhe outra agulha do cabelo e dou-lhe um beijo na face.

— Espero que acredites que costumo ter.

O Caleb dirige-se ao balcão e pousa a etiqueta da sua próxima árvore.

— A família desta noite vai receber uma beldade — diz. — Reparei nela a última vez que cá estive.

O meu pai sorri-lhe e dá-lhe uma palmada educada no ombro, após o que se afasta sem dizer uma palavra.

— Significa que estás a conquistá-lo — explico. Tiro uma lata de bolachas em forma de trenó da prateleira por baixo da caixa registadora e vejo o Caleb erguer as sobrancelhas. — Podes parar de salivar. São para quem vai receber a árvore.

— A sério, fizeste-as para lhas oferecer?

Foi como se o sorriso dele iluminasse toda a tenda, juro.

Depois de entregarmos a árvore e as bolachas à família dessa noite, o Caleb pergunta-me se gostaria de provar a melhor panqueca da cidade. Digo-lhe que sim, e ele leva-nos a um café aberto durante vinte e quatro horas que provavelmente não é remodelado desde meados da década de 1970. Uma longa fiada de janelas iluminadas por luzes cor de laranja enquadra uma dúzia de espaços semifechados e respetivas mesas. Há apenas duas pessoas lá dentro, sentadas em extremos opostos da sala.

— Precisamos de atualizar as vacinas do tétano para aqui entrar? — pergunto.

— É o único sítio da cidade onde se pode comer uma panqueca do tamanho da nossa cabeça — responde ele. — E não me digas que nunca tiveste esse sonho.

No interior do café, um letreiro escrito à mão colado à caixa registadora com fita-cola indica «Sente-se onde desejar». Sigo o Caleb até uma mesa junto à janela, passando por baixo de ornamentos natalícios vermelhos suspensos do teto com linha de pesca. Deslizamos para uns assentos cujos estofos de napa verde já viram melhores dias, ainda que muito provavelmente não neste século. Depois de pedirmos ambos a «mundialmente famosa» panqueca, cruzo as mãos em cima da mesa e olho para ele. Pegou no enorme frasco de melaço pousado junto aos guardanapos e pôs-se a abrir e a fechar a tampa com o polegar.

— Não há nenhuma banda a tocar — incito. — Se conversarmos, acho que vou conseguir ouvir-te sem problemas.

Ele para de brincar com o frasco e recosta-se no assento.

— Tens a certeza de que queres ouvir isto?

Sinceramente, não sei. Ele sabe que ouvi os boatos. Talvez não tenha ouvido a verdade. Se a verdade é melhor para ele, devia agarrar-se à oportunidade de ma contar.

Puxa uma cutícula do polegar.

— Podes começar por explicar porque é que ainda não usaste o teu pente novo — digo.

A piada cai em saco roto, mas espero que ele ao menos perceba que estou a fazer um esforço.

— Usei-o esta manhã — responde, passando os dedos pelo cabelo. — Talvez o que compraste seja defeituoso.

— Duvido.

Ele bebe um gole de água. Depois de mais alguns momentos de silêncio, pergunta:

— Que tal se, para começar, me contasses o que ouviste?

Mordo o lábio, ponderando o que dizer.

— As palavras exatas? — pergunto. — Bom, ouvi que atacaste a tua irmã com uma faca.

Ele fecha os olhos. O seu corpo balouça-se quase impercetivelmente para trás e para diante.

— E que mais?

— Que ela já não vive aqui.

Sinto-me culpada pelo simples facto de reparar na faca de manteiga pousada em cima do guardanapo, junto à mão dele.

— Vive no Nevada com o nosso pai — responde-me. — Entrou este ano para a secundária.

Olha na direção da cozinha, talvez na esperança de que a empregada venha interromper a nossa conversa. Ou talvez queira chegar ao fim sem interrupções.

— E tu vives com a vossa mãe.

— Sim — diz ele. — Mas claro que não foi assim desde o princípio.

A empregada pousa duas canecas vazias em cima da mesa e a seguir enche-as com café. Pegamos ambos em pacotinhos de natas e açúcar.

Ele ainda está a mexer a bebida quando decide continuar:

— Quando os meus pais se separaram, a minha mãe sofreu bastante. Perdeu muito peso e chorava imenso, o que é normal, suponho. Eu e a Abby ficámos os dois com ela enquanto eles resolviam as coisas.

Para e bebe um gole de café. Eu pego no meu e vou soprando o vapor.

— Eu e a minha irmã tivemos um advogado próprio, o que acontece nalguns casos. — Sorve outro gole, depois segura a caneca com ambas as mãos e fica a olhar para ela. — Foi quando tudo começou. Fui eu que achei que devíamos ficar com a nossa mãe. Convenci a Abby de que era isso que devíamos fazer. Disse-lhe que ela precisava de nós e que o nosso pai estava bem.

Sorvo um gole do meu café enquanto ele continua de olhos fixos no dele.

— Mas a verdade é que não estava nada bem — prossegue o Caleb. — Acho que a dada altura me apercebi disso, mas mantive a esperança de que se recompusesse. Provavelmente, se o visse todos os dias, com um ar tão desfeito e magoado como a minha mãe, talvez o tivesse escolhido a ele.

— Porque é que achas que não estava bem? — pergunto.

A empregada traz as panquecas, que são realmente do tamanho das nossas cabeças. Mas nem isso dá azo à conversa descontraída que o Caleb decerto esperava quando escolheu este sítio. Ainda assim, proporcionam alguma distração enquanto conversamos. Espalho melaço sobre a minha e começo a cortá-la ao meio com uma faca de manteiga e um garfo.

— Antes de eles se separarem, toda a nossa família ficava quase histérica nesta altura do ano — diz ele. — Éramos fanáticos do Natal, desde as decorações às atividades na igreja. Às vezes, até o pastor ia cantar connosco de porta em porta. Mas quando o meu pai se mudou para o Nevada, percebi que a vida dele como que parou. Vivia numa casa escura e deprimente. Além de não ter iluminações de Natal, metade das luzes normais estavam fundidas. Já se tinha mudado há meses e nem sequer tinha desembalado a maior parte dos caixotes.

Interrompe-se para dar algumas garfadas na panqueca, sempre sem tirar os olhos do prato. Pondero dizer-lhe que não precisa de me contar mais nada. O que quer que tenha acontecido, gosto do Caleb que está agora sentado à minha frente.

— Depois da nossa primeira visita a casa dele, a Abby passava a vida a chatear-me com o assunto. Estava furiosa comigo por vê-lo lidar tão mal com a situação e por eu a ter obrigado a escolher a nossa mãe. E não se calava. «Olha o que lhe fizeste!», dizia-me.

Sinto vontade de explicar ao Caleb que o pai não é responsabilidade dele, mas decerto ele sabe disso. Aposto que a mãe já lho disse milhares de vezes. Pelo menos, espero que sim.

— Que idade é que vocês tinham? — pergunto.

— Eu andava no oitavo ano. A Abby andava no sexto.

— Ainda me lembro do sexto ano — digo. — Provavelmente ela estava a tentar perceber como tudo se encaixava nessa vossa nova vida.

— Mas culpava-me a mim por as coisas *não estarem* a encaixar-se. Eu próprio me culpava, porque em parte era verdade. Mas andava no oitavo ano. Como é que havia de saber o que era melhor para todos?

— Talvez esse melhor nem existisse — digo.

Pela primeira vez em longos minutos, o Caleb ergue o olhar. Tenta sorrir e, embora o sorriso mal se note, acho que por fim acredita que eu quero de facto perceber.

Bebe um gole de café, debruçando-se para a frente em vez de erguer a caneca. Nunca o vi assim tão frágil.

— O Jeremiah era meu amigo há anos... o meu melhor amigo... e sabia como a Abby andava a chatear-me por causa disto. Chamava-lhe a Bruxa Má do Oeste.

— Isso é que é ser um bom amigo — digo, cortando mais um pedaço de panqueca.

— E dizia-o à frente dela, o que, claro está, a deixava ainda mais furiosa. — Ri-se um pouco, mas quando para fica a olhar pela janela. O seu reflexo no vidro escuro transmite uma sensação fria. — Um dia passei-me. Já não aguentava as acusações dela e simplesmente passei-me.

Espeto um pedaço de panqueca a escorrer melaço com o garfo, mas não o levo à boca.

— E isso quer dizer o quê?

Ele olha para mim. Mais do que qualquer raiva que ainda pudesse subsistir, todo o seu corpo reflete dor e sofrimento.

— Não fui capaz de continuar a ouvi-la. Não sei de que outra forma descrevê-lo. Um dia ela gritou comigo, as mesmas coisas que gritava sempre: que eu tinha destruído a vida do nosso pai, e a dela, e a da nossa mãe. E um interruptor qualquer dentro de mim... ligou-se. — A voz treme-lhe. — Corri para a cozinha e agarrei numa faca.

O meu garfo mantém-se imóvel sobre o prato, os meus olhos cravados nos dele.

— Quando ela viu isto, fugiu a correr para o quarto. E eu corri atrás dela.

Mantém a caneca numa das mãos. Com a outra, dobra mecanicamente o guardanapo sobre a faca de manteiga. Não chego a perceber se tem consciência do gesto. Caso tenha, não sei se o fará para o meu bem ou para o dele.

— Entrou no quarto e bateu com a porta e... — Chega-se para trás, fecha os olhos e pousa as mãos no colo. O guardanapo abre-se. — Golpeei a porta com a faca vezes sem conta. Não queria fazer-lhe mal. *Jamais* seria capaz de lhe fazer mal. Mas não conseguia parar de esfaquear a porta. Ouvi-a gritar e chorar ao telefone com a nossa mãe. Por fim, larguei a faca e simplesmente deixei-me cair no chão.

— Oh, meu Deus.

As palavras saem-me num sussurro, ou talvez ecoem apenas dentro da minha cabeça.

Ele ergue os olhos para mim. O seu olhar *suplica* compreensão.

— Quer dizer que sempre é verdade — digo.

— Sierra, juro-te que nunca antes me tinha acontecido nada assim, nem voltou a acontecer. E garanto-te que jamais lhe teria feito mal. Nem sequer verifiquei se ela tinha trancado a porta, porque não era disso que se tratava. Acho que apenas precisava de demonstrar como tudo aquilo estava a magoar-me também a mim. Nunca agredi fisicamente ninguém na minha vida.

— Continuo sem perceber o motivo.

— Acho que quis assustá-la — diz ele. — Só isso. E consegui. Assustei-me *a mim*. Assustei a minha mãe.

Nenhum de nós diz nada. Tenho as mãos firmemente enlaçadas entre os joelhos. Todo o meu corpo se retesa.

— De modo que a Abby foi viver com o meu pai e eu fiquei a viver aqui, com as consequências e os boatos.

Sinto-me sem ar. Não sei como conciliar o Caleb que conheci e cuja companhia adorei com esta pessoa destroçada ali sentada à minha frente.

— Continuas a vê-la? À tua irmã?

— Quando vou visitar o meu pai ou quando ela vem visitar-nos a nós.

Olha para o meu prato e certamente repara que há vários minutos que não como nada.

— Durante quase dois anos, sempre que ela vinha a casa íamos a um conselheiro familiar. Hoje diz que percebe e me perdoou, e acho que está a ser sincera. É uma miúda fantástica. Ias adorá-la.

Por fim, meto uma garfada na boca. Já não tenho fome, mas também não sei o que dizer.

— Parte de mim continua a ter esperança de que ela mude de ideias e venha viver para cá outra vez, mas nunca poderia pedir-lhe isso — diz ele. — Tem de ser *ela* a querê-lo. Agora tem uma vida nova e novos amigos. Suponho que, a haver um lado positivo, está no facto de o meu pai ter a companhia dela.

— Nem sempre tem de haver um lado positivo — digo —, mas ainda bem que encontraste um.

— Mesmo assim, isto afetou muito a minha mãe. Por minha causa... e desta vez sem a menor dúvida... um dos filhos dela foi-se embora. Perdeu anos do crescimento da filha e a culpa é toda minha. Hei de viver com isso para sempre.

Pela forma como o queixo dele se retesa, percebo que chorou muitas vezes por causa disto. Reflito em tudo o que me contou. Como a situação tem sido difícil para a mãe e para a irmã, e também para ele. Sei que tudo isto devia assustar-me um pouco, mas não assusta, porque acredito que ele jamais faria mal a alguém. Tudo nele me faz acreditar nisso.

— Porque é que os teus pais se separaram? — pergunto.

Ele encolhe os ombros.

— Tenho a certeza de que há muita coisa que não sei, mas a minha mãe disse-me uma vez que vivia numa ansiedade permanente, sempre à espera de que ele a corrigisse por isto ou por aquilo. Enquanto estiveram juntos, acho que passou a maior parte do tempo a sentir-se mal consigo própria.

— E a tua irmã? O teu pai também a trata assim?

— Nem por sombras — diz ele, soltando finalmente uma gargalhada. — A Abby dava-lhe logo o troco. Basta ele dizer-lhe alguma coisa sobre a forma como está vestida para ela se lançar logo num discurso sobre a desigualdade feminina, de tal forma que ele acaba por retirar tudo o que disse e pedir desculpa.

É a minha vez de rir.

— É cá das minhas.

A empregada vem até à nossa mesa para tornar a encher-nos as canecas de café e vejo a ruga de preocupação reaparecer na testa do Caleb quando ergue os olhos para ela.

— Obrigado — diz-lhe.
Quando ela se afasta, pergunto:
— E como é que o Jeremiah se encaixa nesta história?
— Teve o azar de estar em minha casa quando tudo aconteceu. — Volta a olhar pela janela. — E ficou tão assustado como nós. Quando foi para casa, acabou por contar tudo à família, o que não tem mal nenhum. Mas a mãe dele decidiu que não podíamos continuar a ser amigos.
— E ainda o proíbe de te ver?
As pontas dos dedos dele mal tocam na borda da mesa.
— Não posso levar-lhe a mal — diz. — Eu sei que não sou perigoso, mas ela está apenas a proteger o filho.
— *Pensa* que está a protegê-lo — respondo. — Há uma diferença.
Ele redireciona o olhar da janela para a mesa. Tem os olhos semicerrados.
— O que lhe levo a mal é ter falado do assunto a outros pais — diz. — Transformou-me numa *coisa* a evitar. Só ouviste falar nisto passados estes anos todos por causa da família dele. Estaria a mentir se dissesse que isso não me magoa... e muito.
— Sim, isso nunca me devia ter chegado aos ouvidos.
— Além de que exagerou tudo — prossegue ele. — Provavelmente para que os outros pais não achassem que ela estava a dramatizar. É por isso que, para pessoas como o Andrew, ainda hoje continuo a ser um louco de faca em punho.
Pela primeira vez, apercebo-me da raiva que guarda por causa disto.
Ele fecha os olhos e ergue uma das mãos.
— É melhor retirar o que disse. Não quero que penses mal da família do Jeremiah. Nem sei ao certo se ela exagerou alguma coisa. A história pode ter ido mudando à medida que se espalhou.
Penso no aviso da Heather e no ar incrédulo e boquiaberto da Rachel e da Elizabeth quando lhes contei. Toda a gente teve uma reação tão rápida. Mesmo sem nunca terem ouvido o Caleb, já todos tinham uma opinião.
— Mesmo que tenha sido ela, não importa — acrescenta ele. — Tinha um motivo para dizer o que disse. Tinham todos um motivo. Nada disso muda aquilo que eu fiz para o desencadear.

— Mas continua a ser injusto — respondo.

— Durante muito tempo, sempre que andava pelos corredores da escola ou ia até à baixa e alguém que eu conhecia olhava para mim sem dizer nada, mesmo que esse olhar não tivesse o *menor* significado, dava por mim a pensar no que essas pessoas teriam ouvido ou no que estariam a pensar.

Abano a cabeça.

— Sinto muito, Caleb.

— O mais estúpido é que conheço o Jeremiah e podia ter continuado amigo dele. Ele estava lá. Assistiu a tudo. De certeza que ficou assustado, mas conhecia-me suficientemente bem para saber que eu jamais faria mal à Abby. Só que agora já se passou tempo de mais. Quando tudo aconteceu, eu era ainda mais novo do que a Abby é agora.

— Não acredito que a mãe dele continue preocupada por o filho já crescido se dar contigo — observo. — Sem ofensa, mas ele é uns bons centímetros mais alto do que tu.

O Caleb solta uma gargalhada.

— Mas preocupa-se. E a irmã também. A Cassandra é quase uma sombra do irmão. Basta ele ser simpático, que ela aparece logo para o levar.

— E tu deixas que isso continue a acontecer?

Ele fita-me com um olhar entorpecido.

— As pessoas são livres de pensarem o que quiserem. Tive de me conformar com isso. Posso tentar combatê-lo, mas é fatigante. Posso sentir-me magoado, mas é uma tortura. Ou posso decidir que quem fica a perder são elas.

Seja como for que ele decida encarar a situação, é óbvio que esta continua a fatigá-lo e a torturá-lo.

— Ficam *mesmo* a perder — digo-lhe. Estendo a mão e pouso os dedos sobre os dele. — E aposto que esperarias ouvir palavras mais grandiosas vindas de mim, mas és um tipo muito fixe, Caleb.

Ele sorri.

— Tu também és muito fixe, Sierra. Não há muitas raparigas que fossem tão compreensivas.

Tento aligeirar as coisas.

— De quantas raparigas é que precisas?

— Esse é outro problema. — O sorriso volta a desaparecer. — Além de ter de explicar o meu passado à rapariga, se é que ela não o ouviu já, teria de o explicar também aos pais. Se viverem aqui, mais tarde ou mais cedo acabam por ouvir os boatos.

— E tens tido de dar muitas explicações?

— Não, porque nunca estive com ninguém tempo suficiente para descobrir se vale a pena dá-las.

Fico sem fôlego. Quer dizer que no *meu* caso vale? É isso que ele está a confessar?

Chego as mãos para trás.

— É por isso que estás interessado em mim? Porque me vou embora?

Ele deixa pender os ombros e recosta-se no assento.

— Queres ouvir a verdade?

— Creio que é esse o objetivo desta noite.

— No princípio, sim, achei que podíamos esquivar-nos ao drama e aproveitar simplesmente a companhia um do outro.

— Só que entretanto eu ouvi os boatos. Mas tu ficaste a saber disso e ainda assim continuaste a aparecer.

Apercebo-me de que ele está a reprimir um sorriso.

— Talvez tenha sido pela forma como usas a palavra *porfiar* numa frase.

E pousa as mãos no meio da mesa, de palmas voltadas para cima.

— De certeza que foi isso — digo, pousando as minhas mãos nas dele.

Esta noite, saiu-nos um peso de cima. A ambos.

— E não te esqueças — diz ele com um sorriso inocente — de que também fazes uns belos descontos nas árvores de Natal.

— Ah, então é por isso que continuas a aparecer. E se eu decidir que tens de começar a pagar o preço tabelado?

Ele torna a recostar-se, e sei que está a ponderar até onde pode ir na brincadeira.

— Acho que ia ter de começar a pagar o preço tabelado.

Soergo-lhe uma sobrancelha.

— Então palpita-me que é mesmo só por minha causa.

Ele passa o polegar pelos meus dedos.

— É só por tua causa.

Capítulo 13

Depois de eu apertar o cinto, o Caleb liga a carrinha. Saímos do parque de estacionamento do café e é então que ele diz:
— Agora é a tua vez. Adorava ficar a saber de uma ocasião em que *tu* te tenhas passado.
— Eu? — exclamo. — Oh, eu estou sempre controlada.
Fico contente, pela forma como sorri, que ele perceba que estou a brincar.
Entramos na estrada nacional em silêncio. O meu olhar reparte-se entre as luzes descontínuas dos carros que vêm em sentido contrário e o imponente contorno de Cardinals Peak, mesmo à saída da cidade. Volto a olhar para o Caleb, e o perfil dele alterna entre a silhueta e uma expressão feliz, e depois entre a silhueta e um ar preocupado. Estará a perguntar-se se haverá agora alguma diferença no que sinto em relação a ele?
— Dei-te muitas munições ali no café — diz.
— Para usar contra ti? — pergunto.
Como ele não responde, fico um pouco aborrecida por pensar que eu seria capaz de fazer uma coisa dessas. Talvez nenhum de nós conheça o outro há tempo suficiente para ter a certeza seja do que for.
— Nunca faria isso — digo.
A partir de agora, é com ele se acredita em mim ou não.
Percorremos mais de um quilómetro até ele responder:
— Obrigado — diz simplesmente.
— Fico com a sensação de que já deve ter havido bastantes pessoas a fazê-lo.

— Foi por isso que deixei de contar a verdade a quase toda a gente — explica-me. — As pessoas acreditam no que querem, e eu estou farto de me explicar. As únicas a quem devo alguma coisa são a Abby e a minha mãe.

— Também não eras obrigado a contar-me. Podias ter decidido...

— Eu sei — diz ele. — Contei-te porque quis.

Fazemos o resto do caminho de regresso à venda em silêncio, e espero que ele se sinta agora menos sobrecarregado. Sempre que sou dolorosamente sincera com alguma das minhas amigas, fico com uma incrível sensação de leveza. Isso só acontece porque confio nelas. E ele pode confiar em mim. Se a irmã diz que lhe perdoa, porque haveria eu de o recriminar? Sobretudo sabendo até que ponto está arrependido.

Paramos na zona de estacionamento da venda. As iluminações a imitar flocos de neve que rodeiam o perímetro estão apagadas, mas os postes de iluminação continuam acesos por uma questão de segurança. Também não há luz dentro da caravana e todas as cortinas estão corridas.

— Antes de te ires embora, há outra coisa que preciso de saber — digo.

Ele volta-se para mim sem desligar o motor.

— Por altura do Natal, vais-te embora para ir visitar a Abby e o teu pai?

Primeiro ele baixa o olhar, mas os seus lábios não tardam a deixar escapar um sorriso. Sabe que faço aquela pergunta por não querer que ele se vá embora.

— Este é o ano da minha mãe — explica. — A Abby vem passar o Natal connosco.

Não quero esconder por completo o meu entusiasmo, mas faço por manter alguma compostura.

— Ainda bem — digo.

Ele olha para mim.

— Hei de ver o meu pai nas férias da Páscoa.

— Será que vai sentir-se muito só no Natal?

— Um pouco, sem dúvida — responde o Caleb. — Mas outra coisa boa no facto de a Abby lá viver é que o obriga a entrar no espírito natalício. Este fim de semana vai levá-lo a comprar uma árvore.

— É mesmo enérgica — comento.

Ele fixa os olhos no para-brisas.

— Estava ansioso por fazer isso com eles no ano que vem — diz —, mas agora já não sei. Acho que boa parte de mim só vai querer ir-se embora quando faltarem poucos minutos para o Natal.

— Por causa da tua mãe? — pergunto.

Sinto-me mais leve a cada segundo que passa sem uma resposta. Estará ele a dizer que vai querer ficar por minha causa? Apetece-me perguntar-lhe — devia perguntar-lhe —, mas tenho demasiado receio. Se disser que não, vou sentir-me ridícula e presunçosa. Se disser que sim, vou ter de lhe contar que é possível que o próximo ano não seja nada parecido com este.

Ele sai para o ar frio da noite e dá a volta até à minha porta. Pega-me na mão e ajuda-me a sair. Ficamos alguns momentos de mãos dadas, muito pertinho um do outro. Neste instante, sinto-me mais próxima dele do que alguma vez me senti de qualquer rapaz. Mesmo indo cá ficar por pouco tempo. Mesmo não sabendo quando voltarei.

Peço-lhe para voltar amanhã. Ele responde que sim. Solto-lhe a mão e encaminho-me para a caravana, com a esperança de que o silêncio consiga atenuar a agitação que me vai na cabeça.

* * *

Nos últimos três anos, tenho passado um dia na escola com a Heather antes das férias de Natal. Começou como um desafio durante uma das suas maratonas cinematográficas; estávamos curiosas em saber se a escola autorizaria. A minha mãe ligou para lá a perguntar e, como a diretora tinha sido professora na escola primária que eu frequentava todos os invernos, não viu inconveniente.

— A Sierra é uma boa miúda — disse ela.

Agora a Heather está diante do seu cacifo, a olhar para um espelhinho fixo do lado de dentro da porta e a passar *eyeliner* nos olhos.

— Quer dizer que o puseste a falar do assunto enquanto comiam panquecas? — pergunta-me.

— Panquecas enormes — acrescento. — E a Rachel tinha-me dito para o fazer num lugar público, por isso...

— O que é que ele disse?

Encosto-me ao cacifo do lado.

— A história não é minha, não ta posso contar. Mas continua a dar-lhe uma oportunidade, está bem?

— Tenho-te deixado sair desacompanhada. Diria que isso é dar-lhe uma oportunidade. — Fecha a tampa do *eyeliner*. — Quando soube que andavam a pavonear-se pela cidade a entregar árvores como se fossem o Pai e a Mãe Natal, achei que os boatos deviam ser exagerados.

— Obrigada — digo-lhe.

Ela fecha o cacifo.

— Portanto, agora que vocês os dois são um casalinho, está na altura de te relembrar o que me levou a encorajar um romance natalício.

Olhamos ambas para o fundo do movimentado corredor, onde o Devon está de pé num círculo de rapazes seus amigos.

— Já ultrapassaste o episódio da Rainha de Inverno? — pergunto.

— Acredita que o fiz sofrer à conta disso. E muito. Mesmo assim, olha para ele! Devia estar aqui comigo. Se gostasse realmente de mim, era o que...

— Para! — exclamo. — Não estás a dizer coisa com coisa. Primeiro queres acabar, mas dizes que nunca lhe farias isso durante o Natal. Depois, se ele *não* te dá atenção, ficas toda agastada.

— Não fico nada toda...! Espera, isso quer dizer o mesmo que amuada?

— Sim.

— Pronto, fico agastada.

Agora tudo faz sentido. O problema nunca foi o Devon ser maçador. Tudo se resume ao facto de a Heather precisar de sentir que ele gosta dela.

Sigo-a pelos corredores a caminho da aula seguinte. Somos alvo do olhar de alunos e professores que não sabem quem eu sou, ou de pessoas que me reconhecem e se lembram de que estamos outra vez nesta altura do ano.

— Tu e o Devon passam imenso tempo juntos — digo-lhe —, e sei que andam sempre enrolados, mas será que ele sabe que gostas mesmo dele?

— Sabe — responde a Heather. — Eu é que não sei se ele gosta de *mim*. Quer dizer, ele diz que sim. E telefona-me todas as noites, mas só para falar de futebol de fantasia, nunca sobre nada de importante, como perceber o que é que eu possa querer pelo Natal.

Deixamos o bulício do corredor e entramos na aula de Inglês. O professor sorri-me e faz-me um aceno de cabeça, depois aponta para uma cadeira já colocada ao lado da carteira da Heather.

Ao soar do segundo toque, o Jeremiah desliza sala adentro e senta-se na carteira mesmo em frente à dela. O meu coração começa a bater mais depressa. Recordo o seu ar triste ao passar pelo Caleb no dia do desfile.

Enquanto o professor liga o quadro eletrónico, o Jeremiah aproveita para se voltar para mim. Tem uma voz cavada.

— Então és tu a nova namorada do Caleb.

Sinto-me corar e fico uns instantes sem reação.

— Quem é que te disse isso?

— É uma cidade pequena — responde ele. — E conheço muita da rapaziada da equipa de basebol. A reputação do teu pai é lendária.

Tapo a cara com as mãos.

— Oh, céus.

Ele ri-se.

— Não há crise. Fico contente por andares com ele. Acho perfeito.

Baixo as mãos e examino-o cuidadosamente. O professor diz qualquer coisa sobre *Um Sonho de Uma Noite de Verão* ao mesmo tempo que vai mexendo no computador, e à nossa volta todos começam a revolver os cadernos.

— Perfeito porquê?

Ele vira-se ligeiramente.

— Por causa da cena dele com as árvores. E da tua cena das árvores. É fixe.

Oiço a Heather sussurrar:

— Não me arranjes sarilhos. Tenho de voltar para cá amanhã.

O mais discretamente que consigo, pergunto:

— Porque é que já não te dás com ele?

O Jeremiah baixa os olhos para a carteira, depois encosta o queixo ao ombro para olhar outra vez para mim.

— Ele contou-te que éramos amigos?

— Ele contou-me montes de coisas. É mesmo muito bom tipo, Jeremiah.

Ele volta-se outra vez para a frente.

— É complicado.

— Será mesmo? — insisto. — Ou a tua família é que complica as coisas?

Ele encolhe-se um pouco, depois lança-me um olhar como quem se pergunta: «Quem é esta miúda?»

Penso no que os meus pais diriam se soubessem da forma como o Caleb se passou, mesmo tendo sido há vários anos. Desde que me lembro, sempre deram grande importância ao perdão, à convicção de que as pessoas podem mudar. Quero acreditar que se manteriam fiéis a esses princípios, mas, tratando-se de mim e de quem eu gosto, não estou certa de como reagiriam.

Olho de relance para a Heather e encolho os ombros à laia de pedido de desculpa, mas esta pode ser a única oportunidade que tenho de falar com o Jeremiah.

— Voltaste a falar com eles sobre o assunto? — pergunto.

— Não querem ver-me metido nesse tipo de problema — responde ele.

Deixa-me tão triste — e furiosa — que os pais dele, ou seja quem for, considerem o Caleb como um *tipo* de problema.

— Certo, mas continuavas a ser amigo dele se pudesses?

Ele dá uma olhadela ao professor, que continua às voltas com o computador, depois volta-se novamente para mim.

— Eu estava lá. Vi o que aconteceu. O Caleb estava zangado à brava, mas não acho que fosse fazer-lhe mal.

— Não achas? *Sabes* que não faria.

As mãos dele estão agarradas ao tampo da carteira.

— Não posso saber — responde. — E tu não estavas lá.

Aquelas palavras atingem-me em cheio. O problema nunca foi apenas a família do Jeremiah. É também ele; e tem razão, eu não estava lá.

— Quer dizer que nenhum de vocês tem direito a mudar, é isso?

A Heather dá-me uma palmadinha no braço e eu volto a recostar-me na cadeira. O Jeremiah passa o resto da aula de olhos postos numa página em branco do seu caderno, mas não escreve nem uma palavra.

* * *

Só vejo o Caleb no final do dia. Está a sair da ala de Matemática com o Luis e o Brent. Despedem-se uns dos outros com palmadas nas costas e afastam-se cada um na sua direção. Ele sorri ao ver-me e vem ter comigo.

— Sabes, a maior parte das pessoas o que quer é *sair* da escola — diz-me. — Que tal correu o teu dia?

— Teve alguns momentos interessantes. — Encosto-me a uma das paredes do corredor. — Já sei que provavelmente vais dizer que nunca usaste a palavra *árduo* numa frase, mas foi sobretudo isso.

— De facto, essa nunca usei. — Encosta-se à parede a fazer-me companhia, puxa do telemóvel e começa a digitar. — Vou procurá-la mais logo.

Rio-me, e depois reparo na Heather a caminhar na nossa direção. O Devon vem uns passos atrás, a falar ao telemóvel.

— Vamos até à baixa — diz ela. — Fazer compras. Querem vir connosco?

O Caleb volta-se para mim.

— É contigo. Hoje não trabalho.

— Claro — digo para a Heather. A seguir volto-me para o Caleb. — Deixa o Devon levar o carro dele. Sempre podes aproveitar para procurar a tua palavra do dia.

— Se continuas a gozar comigo, não te pago um *mochaccino* — responde ele.

Depois, como se fosse a coisa mais natural do mundo, pega-me na mão e saímos da escola atrás dos nossos amigos.

Capítulo 14

O Caleb só larga a minha mão para poder abrir a porta de trás do carro do Devon. Depois de eu me sentar, torna a fechá-la e dá a volta pelo outro lado. Sentada no banco do pendura, a Heather vira-se e faz-me um sorriso cúmplice.
Dou-lhe a única resposta adequada a uma situação destas:
— Cala-te.
Mas ela põe-se a contorcer as sobrancelhas e quase dou uma gargalhada. A verdade é que adoro a forma como tomou a decisão de deixar de pôr o Caleb em causa. Ou isso ou está simplesmente feliz da vida por ter a nossa companhia para o passeio com o Devon.
— Então o que é que vamos comprar? — pergunta o Caleb mal entra também.
— Prendas de Natal — explica o Devon. Liga o carro e depois olha para a Heather. — Acho eu. É isso, não é?
Ela fecha os olhos e encosta a cabeça ao vidro da janela.
Tenho de dar umas dicas ao Devon sobre o seu papel de namorado.
— Certo, mas para quem é que *tu* vais comprar prendas, Devon?
— Provavelmente para a minha família — diz ele. — E tu?
Está visto que a coisa vai ser bem mais difícil do que eu pensava, pelo que mudo de tática.
— Heather, se pudesses ter o que quisesses pelo Natal, o que é que escolhias? De todas as coisas possíveis.
A Heather percebe logo o que eu estou a fazer, até porque não é tão ridiculamente distraída como o Devon.

— Ora aí está uma ótima pergunta, Sierra. Sabes, nunca fui pessoa de pedir muito, por isso talvez...

O Devon vai mexendo no rádio enquanto conduz. Preciso de todas as minhas forças para me controlar e não dar um pontapé no banco dele. O Caleb está a olhar pela janela, à beira do riso. Pelo menos percebe o que se passa.

— Talvez o quê? — pergunto, pegando na deixa da Heather.

Ela olha diretamente para o Devon.

— Era simpático receber qualquer coisa atenciosa, tipo um dia para fazer as minhas coisas preferidas: um filme, uma caminhada, talvez um piquenique em Cardinals Peak. Qualquer coisa tão simples que até um palerma fosse capaz de fazer.

O Devon volta a mudar de estação de rádio. Agora apetece-me dar uma palmada na nuca daquela sua cabeça oca, mas ele está a conduzir e prezo muito os outros passageiros.

O Caleb chega-se para diante e pousa uma mão no ombro do Devon ao mesmo tempo que olha para a Heather.

— Isso parece mesmo divertido, Heather. Talvez alguém te ofereça esse dia especial.

O Devon olha para o Caleb pelo espelho retrovisor.

— Deste-me um toque no ombro?

A Heather debruça-se para a frente e quase encosta a cara à dele.

— Estávamos a falar daquilo que eu quero pelo Natal, Devon!

O Devon sorri-lhe.

— Tipo uma daquelas velas aromáticas? É uma coisa que tu adoras!

— É preciso ser mesmo muito perspicaz — diz ela, tornando a recostar-se no banco. — Tenho a cómoda e a secretária cheias delas.

O Devon sorri, dá-lhe uma palmadinha no joelho e volta a concentrar-se na estrada.

Eu e o Caleb começamos por nos rirmos baixinho, mas depois não conseguimos conter-nos e largamos a rir à gargalhada. Encosto-me ao ombro dele, a enxugar as lágrimas dos cantos dos olhos. A dada altura, a Heather junta-se a nós... um pouquinho. Até o Devon começa a rir, embora eu não consiga perceber porquê.

* * *

Todos os invernos, um casal de aposentados abre na baixa uma loja sazonal chamada A Caixa de Velas. É quase sempre num sítio diferente — uma loja que de contrário ficaria vazia durante a quadra natalícia. Mantém-se aberta mais ou menos durante o mesmo período que a nossa venda, mas os donos vivem aqui durante todo o ano. As festivas mesas e prateleiras do estabelecimento estão repletas de velas aromáticas e decorativas enfeitadas com pinhas, purpurina e outros motivos embutidos na cera. O que mais atrai à loja pessoas que de outra forma passariam por ela sem lhe prestar atenção é o fabrico de velas na própria montra.

Hoje, a dona está sentada num banco rodeada por tinas com cera derretida de diferentes cores. Para criar uma vela, mergulha repetidamente um pavio na cera. A cada imersão, em que alterna camadas de vermelho e branco, a vela vai ficando mais espessa. Termina a que está a fazer agora com um mergulho na tina de cera branca, após o que a pendura num gancho fazendo uma presilha com o pavio. Enquanto a cera ainda está quente, passa uma faca pelos lados, removendo a camada exterior e pondo a descoberto os sucessivos estratos de vermelho e branco. A pouco mais de dois centímetros da base, para de cortar a cera e pressiona uma tira de encontro à vela num padrão ondulado. O processo continua, passando a faca e enrolando a tira, até dar a volta completa à vela.

Acho que era capaz de passar horas a olhar para aquilo.

O Caleb, contudo, não para de interromper o meu transe hipnótico.

— De qual é que gostas mais? — pergunta ele, erguendo velas diante da minha cara.

Primeiro quer que eu cheire uma embalagem com a fotografia de um coco no rótulo, depois outra com mirtilos.

— Não sei. Já cheirei demasiadas — respondo. — Agora cheiram-me todas ao mesmo.

— Nem pensar! O cheiro dos mirtilos não tem nada a ver com o dos cocos.

Uma a uma, volta a empunhar as velas diante do meu nariz.

— Procura qualquer coisa com canela — digo-lhe. — Adoro velas de canela.

Ele deixa cair o queixo, fingindo-se horrorizado.

— A canela é um aroma básico, Sierra. Toda a gente gosta de canela! A ideia é passar para uma coisa mais sofisticada.

Faço um sorriso trocista.

— Não me digas?

— Sem dúvida. Espera um pouco.

Antes que eu tenha tempo de voltar a deixar-me hipnotizar pelo processo de fabrico das velas, já o Caleb está de volta com outra embalagem. Tapou a fotografia com a mão, mas a cera é vermelho--escura.

— Fecha os olhos — diz ele. — Concentra-te.

Torno a fechar os olhos.

— A que é que cheira? — pergunta-me.

Agora sou *eu* que me rio.

— A alguém que escovou os dentes há pouco tempo e tem a cara quase encostada à minha.

Ele dá-me uma cotovelada no braço e eu — ainda de olhos fechados — inspiro fundo. Depois abro-os e olho diretamente para os dele. Sinto-o tão, tão perto. A voz sai-me aspirada, quase um sussurro:

— Gosto. Diz-me o que é.

O sorriso dele é caloroso.

— Tem um pouco de menta, algumas árvores de Natal. E um pouco de chocolate, acho.

No rótulo da embalagem, em letras manuscritas douradas, lê-se «Um Natal Muito Especial». O Caleb volta a fechar a tampa.

— Faz-me pensar em ti.

Humedeço os lábios.

— Queres que a compre para ta oferecer?

— Ora aí está uma pergunta difícil — murmura ele, com as nossas caras a escassos centímetros uma da outra. — Acho que o mais certo é dar em doido se acender esta coisa no meu quarto.

— Malta! — interrompe o Devon. — Eu e a Heather vamos até à praça tirar fotografias com o Pai Natal. Querem vir?

A Heather deve ter-se apercebido do momento que estava a acontecer entre mim e o Caleb. Pega na mão do Devon e puxa-o para junto dela.

— Deixa estar. Podemos vir ter com eles mais logo.

— Não, nós também vamos — diz o Caleb.

Estende-me a mão e eu agarro nela. Na verdade, adorava desaparecer com ele para algum lado onde não nos interrompessem. Em vez disso, saímos para ir tirar uma fotografia sentados ao colo de um estranho.

Quando chegamos à praça, a fila serpenteia para o exterior da Casa de Gengibre do Pai Natal, cruza o largo e dá meia volta a uma fonte de desejos com um urso de bronze a estender a pata para a água.

O Devon atira uma moeda e acerta na pata do urso.

— Três desejos! — exclama ele.

Enquanto o Devon e o Caleb conversam, a Heather aproxima-se de mim.

— Quer-me parecer que vos tinha dado jeito ficarem sozinhos lá na loja.

— É essa a alegria do Natal — respondo-lhe. — Estamos sempre rodeados... completamente rodeados... por família e amigos.

Quando por fim chegamos à entrada da cabana, um sujeito bochechudo vestido de duende conduz o Devon e a Heather até ao Pai Natal, que está encavalitado num descomunal trono de veludo. Aconchegam-se os dois no colo dele. O homem, que tem uma genuína barba branca cor de neve, enlaça-os como se fossem duas criancinhas. É pateta, mas adorável. Encosto-me ao ombro do Caleb e ele põe os braços à minha volta.

— Lembro-me de que adorava tirar fotografias com o Pai Natal — diz-me. — Os meus pais vestiam-me a mim e à Abby com camisas iguais e usávamos a fotografia desse ano para os postais de Natal da família.

Pergunto-me se recordações como esta serão agora agridoces para ele.

Ele olha-me nos olhos e toca-me com um dedo na testa.

— Dá para ver as engrenagens a girarem aí dentro. Não, não me importo de falar da minha irmã.

Sorrio e encosto-lhe a testa ao ombro.

— Mas obrigado — acrescenta. — Adoro que estejas a tentar perceber-me.

O Devon e a Heather dirigem-se à caixa registadora, atrás da qual está outro duende. Quando é a nossa vez de nos sentarmos no colo do Pai Natal, vejo o Caleb tirar o pente roxo do bolso e passá-lo algumas vezes pelo cabelo.

Um duende, por sinal uma rapariga, de máquina fotográfica em punho aclara a garganta:

— Estão prontos?

— Desculpe — digo-lhe, parando de olhar para o Caleb.

O duende tira várias fotografias. Começamos com umas caretas, mas depois endireitamo-nos e pomos os braços à volta dos ombros do Pai Natal. O sujeito que desempenha o papel alinha em tudo com uma jovialidade que nunca esmorece. Até solta um «Ho, ho, ho!» antes de cada fotografia.

— Desculpe se somos pesados — digo-lhe.

— Não choraram nem fizeram chichi — responde ele. — Já é uma grande vantagem.

Quando saltamos do colo dele, o Pai Natal entrega uma bengalinha doce a cada um. Sigo o Caleb até ao balcão para vermos as nossas fotografias no ecrã do computador. Escolhemos aquela em que estamos encostados ao Pai Natal, e o Caleb compra uma cópia para cada um de nós. Enquanto esperamos que as imprimam, pede também um porta-chaves.

— A sério? — exclamo. — Vais andar por aí na tua carrinha máscula com uma fotografia do Pai Natal no porta-chaves?

— Primeiro, é uma fotografia *nossa* com o Pai Natal — sentencia ele. — Segundo, é uma carrinha roxa, o que faz de ti a primeira pessoa a chamar-lhe máscula.

A Heather e o Devon estão lá fora à nossa espera, e o Devon tem o braço à volta dos ombros dela. Querem ir comer qualquer coisa, de modo que eu e o Caleb seguimo-los, embora eu tenha de o guiar pelo braço enquanto ele coloca a fotografia no seu porta-chaves novo. Consigo evitar com sucesso uma quase colisão. Depois fico tão distraída com o seu ar concentrado enquanto introduz a nossa fotografia num objeto para o qual vai olhar todos os dias que acabamos por esbarrar em alguém.

O rapaz deixa cair o telemóvel.

— Ups. Desculpa, Caleb.

O Caleb agarra no telemóvel e entrega-lho.
— Não há problema.
Seguimos caminho, e o Devon sussurra:
— Na escola, aquele tipo está sempre com a cara enterrada no telemóvel. Devia tentar levantar os olhos de vez em quando.
— Estás a gozar? — atira-lhe a Heather. — És a última pessoa que...
O Devon põe uma mão no ar como se fosse um escudo.
— Estou a gozar!
— Estava a falar com a Danielle — diz o Caleb. — Vi o nome dela no ecrã.
— Ainda? — A Heather põe-me ao corrente. — A Danielle vive no Tennessee. Ele conheceu-a no verão durante uma colónia de férias teatral e ficaram completamente apaixonados.
— Como se isso fosse durar — comento.
Os olhos do Caleb estreitam-se e eu sinto-me estremecer, já arrependida do que disse. Aperto-lhe o braço com mais força, mas ele continua a olhar fixamente em frente. Sinto-me péssima, mas não é possível que ele acredite que uma relação à distância como aquela pode ter futuro. Ou será que acredita?
Isto — eu e o Caleb — só pode acabar de uma maneira, connosco magoados. E já sabemos a data em que isso irá acontecer. Quanto mais deixarmos as coisas avançarem, maior será o sofrimento.
Então o que é que estou aqui a fazer?
Paro.
— Sabem que mais, acho que devia voltar para o trabalho.
A Heather coloca-se à minha frente. Percebe o que está a acontecer.
— Sierra...
Paramos todos, mas apenas o Caleb se recusa a olhar para mim.
— Não tenho ajudado tanto quanto devia — digo. — Além do mais, dói-me um bocado o estômago, por isso...
— Queres que a gente te leve? — pergunta o Devon.
— Eu faço-lhe companhia — diz o Caleb. — Também perdi o apetite.
Fazemos os trinta minutos da caminhada de regresso à venda num silêncio quase total. Decerto ele sabe que não me dói o estômago

coisíssima nenhuma, porque nunca me pergunta se estou bem. Mas, quando finalmente surge ao longe a tenda, até dói. Não devia ter dito nada.

— Tenho o pressentimento de que toda aquela história da minha irmã te incomoda mais do que queres admitir — diz ele.

— Não é nada disso — respondo. Paro de andar e pego-lhe na mão. — Não sou o tipo de pessoa capaz de usar o teu passado contra ti dessa forma, Caleb.

Ele passa a mão pelo cabelo.

— Então porque é que disseste aquilo há bocado, sobre relações à distância?

Respiro fundo.

— Achas mesmo que a relação deles vai resultar? Não quero ser cínica, mas duas vidas, dois conjuntos de amigos, dois estados diferentes? Desde o início que as probabilidades estão contra eles.

— Ou seja, estão contra nós.

Largo a mão dele e desvio o olhar.

— Conheci aquele tipo antes de ele começar a namorar com a Danielle e fico contente por eles. É pouco prático e não a vê nem vai dançar com ela todos os dias, mas estão sempre a conversar. — Faz uma pausa e semicerra os olhos por breves instantes. — Nunca te imaginei uma pessimista.

Pessimista? Sinto-me enfurecer.

— Isso só prova que não nos conhecemos há muito tempo.

— Pois não — diz ele —, mas conheço-te há tempo suficiente.

— Ah, sim?

Não consigo disfarçar o tom sarcástico.

— Ele e a Danielle têm um grande obstáculo pela frente, mas esforçam-se por contorná-lo — prossegue o Caleb. — Tenho a certeza de que sabem mais um sobre o outro do que a maior parte das pessoas. Estás a dizer que deviam centrar-se apenas na única dificuldade?

Pisco os olhos.

— Olha quem fala! Evitas as raparigas daqui porque não queres ter de lhes dar explicações sobre o teu passado. Diria que é uma atitude bastante centrada na dificuldade.

A frustração dele é evidente.

— Não foi isso que eu disse. Disse-te que nunca estive com ninguém tempo suficiente para descobrir se vale a pena explicar-me. Mas contigo *vale*. Sei que sim.

Sinto a cabeça à roda com o que ele acabou de dizer.

— A sério? Achas que isto entre nós é possível?

O olhar dele é decidido.

— Acho — responde.

O olhar não tarda a suavizar-se e o sorriso que me faz é sincero e delicado.

— Penteei o cabelo por ti, Sierra.

Baixo os olhos e rio-me, depois afasto o cabelo da cara.

Ele passa-me o polegar pelo rosto. Ergo o queixo e sustenho a respiração.

— A minha irmã chega este fim de semana — diz-me. A sua voz denota algum nervosismo. — Quero que a conheças. E à minha mãe. Pode ser?

Olho-o no fundo dos olhos para lhe responder.

— Sim.

Com essa única palavra, sinto que estou a responder a mais uma dúzia de perguntas que ele já não precisa de me fazer.

Capítulo 15

Ao chegar à caravana, desabo em cima da cama. Pouso a minha fotografia com o Caleb na mesa e fico a olhar para ela de lado enquanto repouso a cabeça na horrorosa camisola feita almofada.

Depois soergo-me nos joelhos e empunho a fotografia junto às minhas molduras do Oregon. Primeiro mostro-a à Elizabeth. Imitando a voz dela o melhor que consigo, pergunto:

— Porque é que estás a fazer isto? Estás aí para vender árvores e passar uns tempos com a Heather.

E respondo:

— Tenho estado, mas...

Volto à Elizabeth:

— Isto não leva a lado nenhum, Sierra, independentemente do que ele diga sobre centrarem-se no possível.

Cerro os olhos.

— Não sei, miúdas. Talvez leve.

Passo para a fotografia da Rachel. A primeira coisa que ela faz é assobiar e apontar para a covinha dele.

— Pois... — suspiro. — Acreditem que não facilita nada as coisas.

— Afinal, qual é a pior coisa que pode acontecer? — diz ela.

— Ficares com o coração despedaçado. E daí? Parece-me que é isso que vai acontecer de qualquer forma.

Volto a estender-me na cama, apertando a fotografia do Caleb contra o peito.

— Eu sei.

Vou até lá fora ver se a minha ajuda estará a ser precisa na tenda. Há pouco movimento, pelo que preparo um chocolate quente na minha caneca pascal e volto para a caravana para fazer os trabalhos de casa. Ao passar pelos nossos abetos mais altos, vejo o Andrew a arrastar uma mangueira de jardim pelo meio deles. Depois da discussão do outro dia, decido fazer as pazes com ele, para bem do trabalho.

— Obrigado por verificares se precisam de água — digo. — Estão com ótimo aspeto.

Mas ele ignora-me por completo. Roda a agulheta e começa a pulverizar as árvores. Está visto que não vale a pena ser amistosa.

De volta à caravana, pego no portátil e revejo a análise de um capítulo que escrevinhei ontem à noite. Depois verifico o *e-mail* e percebo que Monsieur Cappeau está aborrecido por eu me ter baldado à nossa última conversa, pelo que a reagendo antes de desligar o computador.

Ao espreitar por entre as cortinas, vejo o meu pai a aproximar-se do Andrew e a fazer-lhe sinal para lhe passar a mangueira. Demonstra como quer as árvores pulverizadas e volta a devolver-lha. O Andrew acena afirmativamente com a cabeça e o meu pai sorri e dá-lhe uma palmada no ombro. Depois desaparece no meio da nossa floresta de árvores. Porém, em vez de retomar a pulverização, o Andrew lança um olhar de relance à caravana.

Chego-me rapidamente para trás e deixo cair a cortina.

Decido fazer o jantar para a família. Corto legumes do McGregor's e cozo-os numa enorme panela de sopa. Enquanto esta ferve, vejo chegar outro camião de caixa aberta carregado de árvores. O tio Bruce desce da cabina. Enquanto alguns empregados cercam de imediato o camião e galgam o escadote para começarem a descarregar as árvores, o tio Bruce dá uma corrida até à caravana.

— Ena, cheira mesmo bem aqui dentro! — exclama assim que abre a porta. — Lá fora cheira a resina e a rapazinhos adolescentes.

Pede licença e desaparece na casa de banho enquanto eu continuo a tratar da sopa. Adiciono algumas especiarias que encontro no armário e mexo tudo com uma colher de pau. O tio Bruce reaparece e prova um pouco antes de voltar para junto das árvores. Encosto-me ao balcão e fico a olhar para a porta enquanto ele a fecha atrás de si. São estes momentos que me dão vontade de continuar a fazer isto para o resto da vida. Quando os meus pais estiverem demasiado velhos, serei eu a decidir o destino da nossa plantação de árvores e se abrimos ou não alguma venda.

Depois de descarregado o camião, o meu pai fica lá fora a orientar os empregados, mas a minha mãe e o tio Bruce vêm ter comigo à caravana. Ficam de tal forma encantados com a sopa, que sorvem como lobos esfomeados, que nem comentam o facto de eu me ter baldado ao trabalho pesado.

Enquanto se serve de uma segunda tigela, o tio Bruce conta-nos que a tia Penny encheu a árvore de Natal de iluminações sem as experimentar primeiro.

— Quem é que faz uma coisa dessas? — exclama.

Quando por fim as acendeu, metade das lâmpadas estavam fundidas, por isso agora têm uma árvore iluminada apenas a meio gás.

Depois de comer, o tio Bruce vai até lá fora substituir o meu pai, enquanto a minha mãe se enfia no pequeno quarto para passar pelas brasas antes da azáfama da noite. O meu pai entra e eu estendo-lhe uma tigela de sopa. Mas ele fica parado à entrada, aparentemente agitado, como se quisesse falar comigo sobre qualquer coisa. Em vez disso, abana a cabeça e encaminha-se para o quarto.

* * *

Na tarde seguinte, quando o movimento abranda, retribuo uma chamada da Rachel.

— Não vais acreditar no que aconteceu! — diz ela.

— Algum ator viu o teu *post* sobre o baile de gala de inverno e aceitou?

— Ora, não é nada que às vezes não façam, é boa imprensa, portanto ainda não perdi a esperança. Mas isto é muito melhor.

— Então desembucha.

— A miúda que entra n'*Um Conto de Natal*, a que faz de Fantasma do Natal Passado, está com mononucleose! Quer dizer, isso não é bom, claro. Mas sou eu que vou substituí-la, o que é fantástico!

Rio-me.

— Pelo menos reconheces que ter mononucleose não é bom.

Ela ri-se também.

— Eu sei, eu sei, mas é mononucleose, não cancro. Seja como for, bem sei que é em cima da hora, mas o espetáculo de domingo à noite é o único que ainda não está esgotado.
— Ou seja... amanhã? — pergunto.
— Já estive a verificar e podes apanhar um comboio à meia-noite e...
— Meia-noite de hoje?
— Dá tempo de sobra para cá chegares — diz ela.
Devo ter feito uma pausa demasiado longa, porque a Rachel pergunta se ainda ali estou.
— Vou perguntar — respondo —, mas não posso prometer nada.
— Não, claro que não. Mas tenta. Tenho saudades tuas, e a Elizabeth também. E podes ficar em minha casa. Já perguntei aos meus pais. E depois podes contar-nos tudo sobre o Caleb. Tens estado demasiado calada a esse respeito...
— Tivemos a tal conversa sobre a irmã dele — digo. — Acho que me contou tudo.
— Portanto, presumo que não seja um psicopata de faca em punho?
— Não contei grande coisa a ninguém porque ainda me parece tudo muito complicado — confesso. — Não tenho a certeza do que sinto, nem do que quero sentir.
— Se isso já é confuso de ouvir — comenta a Rachel —, imagino que seja ainda mais confuso de pensar.
— Agora que sei que não é errado gostar dele — prossigo —, fico obcecada a pensar se isso resolve alguma coisa. Só vou cá ficar mais umas semanas.
— Hum... — Oiço a Rachel a tamborilar nas costas do seu telemóvel. — Dá ideia de que não estás a contar esquecê-lo quando te vieres embora.
— Nesta altura, já não sei se isso será possível.
Depois de desligar, encontro a minha mãe na tenda, a pendurar grinaldas acabadinhas de fazer. Por cima da *T-shirt* de trabalho, traz um avental verde-escuro a dizer «Começa a cheirar mesmo a Natal». Oferecemo-lo ao meu pai na noite de Natal do ano passado — oferecemos-lhe sempre qualquer coisa pirosa antes de voltarmos para casa, onde estão as prendas a sério.
Ajudo-a a ajeitar alguns dos ramos das grinaldas. Por fim, atiro de rajada:

— Posso apanhar um comboio para ir no domingo ver a Rachel fazer de Fantasma do Natal Passado?

A minha mãe imobiliza-se a meio do ajeitar de uma grinalda.

— Pareceu-me ouvir-te dizer qualquer coisa sobre a Rachel e um fantasma ou...

— Sei que a altura é péssima. Este fim de semana vai ser tão movimentado aqui na venda. Se não dá jeito, não tenho de ir.

Não refiro que não me está particularmente a apetecer. Não quero desperdiçar dois possíveis dias na companhia do Caleb enfiada sozinha num comboio.

A minha mãe dirige-se a um caixote de cartão pousado em cima do balcão e corta a fita-cola com um x-ato.

— Vou falar com o teu pai — responde. — Pode ser que arranjemos maneira de ires.

— Oh...

Depois de abrir o caixote, estende-me várias caixinhas de fita prateada. Coloco-as na prateleira por baixo das grinaldas, e ela vai-me passando mais.

— Alguns empregados têm andado a pedir para fazer mais horas — explica ela. — Podemos admitir mais pessoal durante uns dias, enquanto estiveres fora. — Pousa o caixote por baixo do balcão e limpa as mãos ao avental. — Podes ficar a tomar conta da caixa?

Quer dizer que vai falar com o meu pai.

— A verdade — digo, fechando os olhos — é que não me apetece muito ir.

E faço-lhe um sorriso de dentes cerrados.

Ela ri-se.

— Então porque é que perguntaste?

Passo a mão pela cara.

— Porque achei que não me iam deixar. Achei que fazia cá falta. Mas prometi à Rachel que perguntava.

A minha mãe faz-me um olhar meigo.

— O que se passa, querida? Sabes que eu e o teu pai adoramos que estejas cá para nos ajudares, mas a última coisa que queremos é que sintas que abdicaste de tudo por causa do negócio da família.

— Mas é um negócio de *família* — respondo. — Um dia posso ficar eu a tomar conta dele.

— Íamos gostar muito disso, claro — diz a minha mãe. Puxa-me para um abraço, depois inclina a cabeça para trás para podermos ver-nos uma à outra. — Mas, se estou a perceber bem, não estamos a falar só do negócio da família ou de uma peça.

Desvio o olhar.

— A Rachel é importante para mim, sabes disso. Mesmo que o Fantasma do Natal Passado nem sequer fale, adorava ir vê-la. Mas... bom... este fim de semana o Caleb convidou-me para ir conhecer a família dele.

Ela examina a minha expressão.

— Se eu fosse o teu pai, já estava neste momento a comprar-te o bilhete de comboio.

— Eu sei — respondo. — Achas que estou a ser tola?

— Os teus sentimentos nunca são tolos. Mas devo dizer-te que o teu pai tem sérias reservas quanto ao Caleb.

Franzo o sobrolho.

— Podes explicar-me porquê?

— Disse-lhe que devíamos confiar em ti — responde ela —, mas não posso negar que também estou um nadinha preocupada.

— Mãe, conta-me — peço, perscrutando-lhe os olhos. — O Andrew disse alguma coisa?

— Falou com o teu pai. E tu devias fazer o mesmo.

* * *

— Mas é *Um Conto de Natal*! — exclama a Rachel.

Estou deitada na cama com o telemóvel no ouvido e uma mão na testa. A fotografia da Rachel olha para mim com ela a fingir esconder-se dos *paparazzi*.

— Não é que não te queira ver — digo-lhe.

Podia contar que os meus pais não me deixam ir, mas nós as duas sempre fomos sinceras uma com a outra.

— Então enfia-te no comboio! — insiste ela. — É que se é por causa daquele rapaz...

— O nome dele é Caleb. E sim, Rachel, é por isso. Fiquei de conhecer a família dele este fim de semana. Depois, só temos mais alguns dias até... — Oiço um estalido. — Estás aí?

Atiro com o telemóvel para cima da mesa, tapo a boca com a horrorosa almofada-camisola e grito. Concedo-me um momento para estar zangada e decido usar essa energia para confrontar o meu pai sobre o que o Andrew lhe disse.

Encontro-o a transportar uma pequena árvore para um carro.

— Não, há demasiadas coisas para fazer esta noite — responde ele. A brusquidão do tom diz-me que simplesmente ainda não está pronto para uma conversa. — Eu e a tua mãe temos de analisar as vendas e... Não, Sierra, não posso.

Quando a Heather me liga para saber se dá para fazermos bolachas com os rapazes hoje à noite, nem me dou ao trabalho de perguntar. A minha mãe disse que não queria que o negócio da família interferisse com a minha vida, por isso, quando o Devon estaciona, digo-lhe que vou sair, entro no carro e arrancamos.

Entramos no parque de estacionamento do supermercado e o Caleb chega-se para a frente. Pede ao Devon para estacionar no extremo oposto à venda de árvores dos Hopper, para evitar qualquer conversa embaraçosa sobre não ter passado por lá ultimamente.

— Também devias comprar-lhes a eles — digo. — Adoro os Hopper. Quer dizer, depois teria de rescindir o teu desconto, mas...

A Heather ri-se.

— Sierra, acho que vais ter de lhe explicar o que quer dizer *rescindir*.

— Que engraçadinha — riposta o Caleb. — Sei bem o que quer dizer... no contexto.

O meu telemóvel tilinta com uma mensagem da Elizabeth. Protejo o ecrã com a mão para conseguir lê-la. Diz-me que tenho de perceber quais os amigos que se manterão para o futuro. Está visto que a Rachel lhe telefonou depois de me desligar o telemóvel. Uma segunda mensagem da Elizabeth expressa desapontamento por eu estar a fazer isto por causa de um rapaz que mal conheço.

— Está tudo bem? — pergunta o Caleb.

Desligo o telemóvel e enfio-o no bolso.

— Apenas um pequeno drama no Oregon — respondo.

Achei aquelas mensagens agressivas, sobretudo vindas da Elizabeth. Será que elas pensam que a minha decisão foi fácil? Ou que o Caleb não é importante para mim? Não é fácil, e não me vou transformar nesse género de rapariga. Estou cá por pouco tempo e não tenciono apagar do calendário dias que posso passar com ele.

Saímos do carro, e o Caleb faz um pouco de teatro a levantar a gola e a agachar-se para o Sr. Hopper não reparar nele. Embora estejamos demasiado longe para ele nos ver, faço o mesmo e corremos os dois para o supermercado.

A Heather dobra a lista das compras ao meio, depois rasga-a pelo vinco. Entrega uma das metades a mim e ao Caleb, guarda a outra para si e engancha o braço no do Devon. Combinamos encontrar-nos junto à caixa registadora quando estivermos despachados. Eu e o Caleb começamos por nos dirigir à secção de laticínios, ao fundo da loja.

— Quando te fomos buscar, parecias um bocado alheada — diz ele. — Está tudo bem?

Limito-me a encolher os ombros. Não, as coisas não estão nada bem. A Rachel está furiosa por eu não ir ao espetáculo dela. O meu pai havia de ficar furioso se soubesse onde estou agora.

— É tudo o que recebo? Um encolher de ombros? — replica o Caleb. — Obrigado. Dou-te vinte valores pela capacidade de comunicação.

Não me apetece falar do assunto enquanto fazemos compras, de modo que agora o Caleb também está chateado comigo. Segue um bom passo à minha frente. Ao chegarmos ao expositor frigorífico do leite, porém, estaca abruptamente e estende a mão para trás à procura da minha.

Sigo o olhar dele e avisto o Jeremiah a pousar um pacote de leite de tamanho familiar num carrinho de compras. Depois uma mulher com ar de ser mãe dele dá meia-volta com o carrinho e ficamos todos voltados uns para os outros. Aproveito para observar melhor a mãe. Reconheço-a — esteve há uns dias na venda. Quando me ofereci para a ajudar, resmungou qualquer coisa sobre os nossos preços e saiu.

O Jeremiah faz-nos um sorriso educado.

A mãe começa a empurrar o carrinho para nos contornar.

— Caleb — diz ela, em vez de «Olá»; a sua voz é tensa.

A do Caleb é suave.

— Olá, senhora Moore. — E, antes que ela consiga passar, acrescenta: — Esta é a minha amiga Sierra.

A Sra. Moore olha para mim, ainda a empurrar o carrinho.

— Muito prazer, querida.

Fito-a nos olhos.

— Os meus pais são donos de uma das vendas de árvores de Natal — digo. Dou um passo na mesma direção que eles e ela detém o carrinho. — Acho que a vi por lá um dia destes.

Ela esboça um sorriso hesitante e olha para o Jeremiah.

— Por falar nisso, ainda não comprámos a nossa.

Sinto a tensão na mão do Caleb, mas faço por ignorá-la e continuo a conversa. Sigo ao lado do carrinho deles, puxando o Caleb comigo.

— Passem lá na venda — sugiro. — O meu tio acabou de trazer um novo carregamento de árvores. Estão mesmo fresquinhas.

Ela volta a olhar para o Caleb, agora com menos frieza, mas vira-se para falar comigo:

— Talvez passemos. Foi um prazer conhecer-te, Sierra.

Torna a empurrar o carrinho, e o Jeremiah segue atrás dela pelo corredor.

Os olhos do Caleb parecem vidrados. Aperto-lhe o braço para lhe mostrar que estou ali e também para me desculpar de o ter obrigado a passar por aquilo. Mas para mim é óbvio que ele e o Jeremiah nunca deviam ter deixado de ser amigos.

Antes de poder dizer-lho, contudo, ouve-se uma voz zangada atrás de nós:

— O meu irmão não precisa das tuas confusões, Caleb. É boa pessoa.

Rodo sobre mim própria. A irmã do Jeremiah está parada de mãos nas ancas, à espera da reação do Caleb, mas ele não diz nada. Quando o vejo baixar os olhos para o chão, sou eu que dou um passo na direção dela.

— Como é que te chamas? — pergunto. — É Cassandra, não é? Ouve, Cassandra, o Caleb também é boa pessoa. Tu e o teu irmão deviam perceber isso.

Ela olha de mim para o Caleb, provavelmente estranhando porque é que ele não diz nada em sua defesa. Empertigo a cabeça, pronta a perguntar-lhe a mesma coisa sobre o Jeremiah.

— Não te conheço — diz-me a Cassandra — e tu não conheces o meu irmão.

— Mas conheço o Caleb — respondo.

Ela abana a cabeça.

— Não o quero misturado nisso. Já bastou uma vez.

E afasta-se corredor fora.

Aperto a mão do Caleb enquanto ficamos a vê-la dobrar uma esquina e desaparecer.

— Desculpa — sussurro-lhe. — Sei que podes defender-te sozinho, mas não fui capaz de me conter.

— As pessoas são livres de pensarem o que quiserem — diz ele.

Terminada a discussão, vejo que vai ficando aos poucos mais calmo. Percebe-se que, com o passar dos anos, aprendeu a esquecer estes momentos, e agora olha-me com um sorriso trocista.

— Então, sentes-te mais aliviada?

— Estava pronta para andar ao murro, se fosse preciso — respondo.

— E agora percebes porque é que não te larguei a mão.

A Heather e o Devon aparecem atrás de nós. Ele traz um cesto com ovos, cobertura e enfeites.

— Podemos ir finalmente fazer as bolachas? — pergunta a Heather. Depois olha para as nossas mãos. — Onde é que estão as vossas coisas? Era uma lista pequena!

Vamos buscar os nossos artigos e dirigimo-nos juntos para a fila da caixa. O Jeremiah, a mãe e a Cassandra estão duas caixas mais adiante. Nenhum deles acusa a nossa presença, mas a forma como olham para todo o lado *menos* para nós é elucidativa.

— Não te incomoda que ele nem sequer olhe para ti? — pergunto ao Caleb.

— Claro que incomoda. Mas a culpa é minha, portanto deixa estar.

— Estás a gozar comigo? Eles os três é que deviam...

— Deixa estar — repete ele. — Por favor.

Deixo que o Caleb, a Heather e o Devon ponham as coisas no tapete rolante e lanço um olhar furioso à família do Jeremiah. A Sra. Moore vira-se na nossa direção e faz um ar desconcertado, claramente pouco à vontade por eu estar a olhar para ela.

— Apareçam amanhã! — grito. — É dia de desconto para amigos e família.

A Cassandra fita-me de olhos semicerrados, mas mantém-se calada. O Caleb finge estar entretido de volta do expositor das pastilhas.

O Devon parece confuso.

— Também tenho direito a desconto?

* * *

De manhã, fico espantada quando o Jeremiah aparece mesmo na venda com a Cassandra. Ele parece que acabou de sair da cama, enfiou umas calças de fato de treino, uma camisola e um boné de basebol. Ela tem ar de quem acordou ao som de um despertador, bebeu café, tomou o pequeno-almoço, se penteou e maquilhou e a seguir foi acordá-lo.

O Jeremiah vai ver as árvores enquanto a Cassandra entra na tenda.

— Presumo que venham por causa do desconto — digo-lhe.

— A minha mãe não nos ia deixar perder a oportunidade — resmunga ela.

Aposto que a Cassandra bem tentou.

— É com todo o gosto — respondo.

Ela baixa um pouco a cabeça, mas continua a olhar-me nos olhos.

— Afinal, porque é que ofereceste o desconto?

— Para ser franca, tive esperança de que fossem os teus pais a vir cá para poder falar com eles.

Ela cruza os braços.

— O que podias tu dizer-lhes de que ainda não tenhamos falado?

— Que o Caleb nunca faria mal a ninguém — respondo. — Tenho a sensação de que disso ainda ninguém falou.

— Acreditas no que estás a dizer?

— Plenamente.

A Cassandra ri-se.

— Só podes estar a gozar comigo. O Jeremiah viu-o ir atrás da irmã com uma faca!

— Eu sei. E também sei que não há dia em que ele não se arrependa do que fez. Tem de viver com isso. A família dele vive com isso.

A Cassandra olha para o chão e abana a cabeça.

— Os meus pais nunca hão de concordar com...

— Percebo isso, mas talvez estejam a exagerar um pouco na atitude protetora. O meu pai obriga qualquer rapaz que aqui trabalhe a limpar os sanitários portáteis se me deitar algum olhar de que ele não goste.

— Isto não é bem a mesma coisa que fazer olhinhos a alguém. Sabes disso, não sabes?

Atrás dela, vejo o Jeremiah entrar na tenda. Traz uma etiqueta na mão, mas mantém-se afastado da conversa.

— E também não acho que sejam só os teus pais — prossigo. — O Jeremiah e o Caleb eram os melhores amigos e deviam continuar a sê-lo. Só que nunca tiveram oportunidade de perceber as coisas antes de lhes traçarem estas fronteiras.

Espero por uma resposta que não vem. Ela põe-se a olhar para as unhas, mas pelo menos continua ali.

— Deves vê-lo na escola — digo. — Tudo o que ele faz prova a pessoa que é agora. Sabias que leva árvores de Natal a famílias carenciadas? E sabes porquê? Porque isso lhes traz felicidade.

A Cassandra olha finalmente para mim.

— Ou será porque deu cabo da família dele?

Estremeço.

Ela olha para baixo e fecha os olhos.

— Não devia ter dito isto.

Não sei o que responder. De certa forma, talvez ela tenha razão. O Caleb não oferece árvores de Natal à espera de medalhas. Anseia por paz, para contrabalançar os seus erros.

O Jeremiah aproxima-se de nós. Pousa uma mão no braço da irmã.

— Está tudo bem por aqui?

Ela volta-se para ele.

— E se voltasse a acontecer, Jeremiah? E se alguém o irritasse quando estivesses com ele e ele voltasse a passar-se? Achas que conseguias evitar ser arrastado também?

— O Caleb cometeu um erro e pagou por ele — digo. — Mesmo passado este tempo todo, ainda o atormenta. Sentes-te bem por fazer parte disso?

A Cassandra olha para o irmão.

— A mãe nunca iria concordar.

O Jeremiah volta-se para mim.

— Achas que o conheces — diz-me sem qualquer tom acusatório.

— E conheço — respondo. — Sei quem ele é agora.

— Lamento — diz a Cassandra. Desvia o olhar do irmão e vira-se para mim. — Sei que gostavas que as coisas fossem diferentes, mas hei de pôr sempre o meu irmão em primeiro lugar.

Dá meia-volta e sai da tenda.

Capítulo 16

Fico a ver a Cassandra e o Jeremiah a meterem-se no carro, agora com uma árvore com desconto amarrada ao tejadilho. O Jeremiah, que tem o vidro do passageiro descido e o braço pendente do lado de fora, faz-me um aceno desalentado no momento em que arrancam.

O ar dele é como eu me sinto, mas parte de mim mantém a esperança de que a conversa possa continuar. Talvez um dia alguém oiça.

— O que foi aquilo? — pergunta a minha mãe.

— É complicado — respondo.

— Mas o quê? Também tem a ver com o Caleb?

— Podemos não falar nisso? — peço.

— Precisas de conversar com o teu pai, Sierra. Estou sempre a dizer-lhe que tem de confiar em ti, mas se não desabafas comigo vou deixar de o fazer. O Andrew contou-lhe...

— Não quero saber do que o Andrew lhe contou — respondo.

— E tu devias fazer o mesmo.

Ela cruza os braços.

— Essa atitude defensiva preocupa-me, Sierra. Será que tens mesmo noção daquilo em que estás a meter-te?

Fecho os olhos e solto um suspiro.

— Mãe, qual dirias que é a diferença entre mexeriquice e informação pertinente?

Ela pondera a questão.

— Diria que, se as pessoas a quem contas não estão, de alguma forma, diretamente envolvidas, é mexeriquice.

Mordo o lábio.

— O motivo que me leva a querer contar-vos é não querer que julguem o Caleb com base no que o Andrew disse, porque garanto-te que não o fez para vosso bem. Fê-lo para atingir o Caleb ou para se vingar de mim por lhe ter dado tampa.

Percebo agora que estou realmente a desconcertá-la.

— Isso soa-me a mais uma história que precisas de me contar.

Manda-me ir procurar o meu pai enquanto ela trata de arranjar alguém para ficar na caixa.

O meu pai está na zona de estacionamento com o Andrew, a colocar uma árvore na bagageira do carro de uma senhora. Metade da árvore fica espetada do lado de fora, pelo que prendem a tampa da bagageira com um cordel. A senhora estende uma gorjeta ao meu pai, mas ele faz-lhe sinal para a dar ao Andrew, que a aceita e depois o segue de regresso à venda.

— Olá, querida — diz o meu pai.

Para à minha frente e o Andrew para também ao lado dele.

Olho para o Andrew e aponto o polegar por cima do ombro.

— Podes continuar a trabalhar.

Ele faz-me um sorriso presunçoso e afasta-se. Sabe que está a criar confusão. Suponho que seja o que as pessoas fazem quando gostam de alguém que não lhes retribui esse sentimento.

— Era escusado teres feito isso, Sierra — diz o meu pai.

Reprimo um mais do que justificado revirar de olhos.

— É por isso mesmo que precisamos de conversar.

* * *

Sigo com a minha mãe e o meu pai ao longo de Oak Boulevard. Os carros, e ocasionalmente um ciclista, vão passando por nós enquanto nos afastamos da venda. Respiro fundo e balouço os braços, à procura de coragem para iniciar a conversa. Assim que começo, sai tudo de jorro, e eles deixam-me falar até ao fim sem me interromperem. Conto-lhes tudo o que sei sobre o Caleb e a família dele, e sobre o Jeremiah, e sobre o que o Caleb faz com as árvores. Por qualquer motivo, a história leva-me mais tempo do que quando o Caleb ma contou a mim. Talvez porque sinta necessidade de acrescentar tantos pormenores sobre quem o Caleb é hoje.

Quando termino, o meu pai tem o sobrolho ainda mais carregado.

— Quando soube que o Caleb atacou a...

— Ele não a atacou! — exclamo. — Foi atrás dela, mas jamais lhe teria...

— E queres que eu não me preocupe com isso? — interrompe o meu pai. — Foi muito difícil deixar-te sair com esse rapaz depois de saber o que ele fez, mas quis confiar em ti. Pensei que eras mais sensata, Sierra, mas agora preocupa-me que estejas a ser ingénua, a dar pouca importância a algo que...

— Estou a ser sincera convosco — lembro. — Isso não conta para nada?

— Mas não foste tu que nos contaste, querida — diz a minha mãe. — Foi o Andrew.

O meu pai olha para ela.

— A nossa filha namora com um rapaz que atacou — ergue a mão para eu não o interromper —, um rapaz que foi atrás da irmã com uma faca.

— Quer dizer que não há espaço para o perdão? Excelente ensinamento, pai. Faz-se asneira uma vez e fica-se tramado para o resto da vida.

O meu pai aponta-me um dedo.

— Não foi isso que eu...

Mas a minha mãe intervém:

— Só vamos cá estar mais uma semana, Sierra. Achas que precisas mesmo de insistir numa coisa que deixa o teu pai tão pouco à vontade?

Estaco.

— Não é isso que está em causa! Eu não conhecia o Caleb quando tudo aconteceu, e vocês também não. Mas gosto a sério de quem ele é agora, e vocês também deviam gostar.

Eles também pararam de andar, mas o meu pai está de olhos postos na estrada, com os braços cruzados.

— Peço desculpa por não querer que a minha filha única saia com um rapaz com um passado violento.

— Se não soubesses o que aconteceu há não sei quantos anos e só o conhecesses agora, estavas a suplicar-me que casasse com ele — respondo.

A minha mãe abre a boca de espanto. Sei que fui um pouco longe de mais, mas a minha frustração com esta conversa cresce a cada segundo que passa.

— Conheceste a mãe a trabalhar nesta mesmíssima venda. Não achas que parte da tua reação tem a ver com o facto de teres medo que me aconteça o mesmo?

A minha mãe leva a mão ao peito.

— Posso garantir-te que isso nem sequer me passou pela cabeça — diz ela.

O meu pai continua a olhar para a estrada, mas está de olhos arregalados.

— E eu tenho a dizer que o meu coração acabou de parar.

— Odeio isto — declaro. — Ele foi rotulado como esta... *coisa*... por tanta gente durante tanto tempo. E todos preferem acreditar no pior do que falar do assunto com ele. Ou simplesmente perdoar-lhe.

— Se ele tivesse usado a faca — diz a minha mãe —, nem por sombras nós poríamos sequer...

— Eu sei — respondo. — Eu também não.

A cada carro que passa, vacilo entre pensar que os conquistei ou que os alheei por completo.

— Mas também fui educada a acreditar que toda a gente pode tornar-se numa pessoa melhor.

— E seria errado impedi-lo — conclui o meu pai, ainda a olhar para longe.

— Sim.

A minha mãe pega na mão dele e olham um para o outro. Sem palavras, tomam juntos uma decisão. Depois voltam-se para mim.

— Não o conhecendo como tu — diz o meu pai —, tenho a certeza de que percebes que ouvir o que aconteceu com a irmã dele nos deixa pouco tranquilos. Até não me importava de lhe dar uma oportunidade, mas é difícil perceber porquê quando nem sequer vamos cá estar daqui a duas semanas...

Não o diz, mas quer saber porque é que eu não posso simplesmente deixar cair as coisas. Porque é que tenho de lhes dar esta preocupação.

— Não há motivo para estarem preocupados — digo. — Tu próprio o disseste. Eu conheço-o melhor do que vocês. E sabem que me ensinaram a ser cautelosa com estas coisas. Não têm de confiar nele. Apenas não o julguem. E confiem em mim.

O meu pai solta um suspiro.

— Tens mesmo de te envolver tanto?

— Quer-me parecer que já o fez — diz com brandura a minha mãe.

Ele baixa os olhos para a mão, enlaçada na dela. Depois olha para mim, mas os seus olhos não conseguem fitar os meus durante muito tempo. Solta a mão da minha mãe e começa a andar de regresso à venda.

A minha mãe e eu ficamos a vê-lo afastar-se.

— Acho que todos exprimimos o que sentíamos — diz ela.

Aperta-me a mão e não a larga durante todo o caminho de regresso.

De cada vez que dou o benefício da dúvida ao Caleb, ele mostra-se à altura. De cada vez que o defendo, sei que tenho razão. Já tive milhentos pretextos para desistir mas, de cada vez que me recuso a fazê-lo, sinto uma vontade ainda maior de conseguir que as coisas entre nós resultem.

* * *

Nessa noite, demoro uma eternidade a arranjar-me para o jantar com a família do Caleb. Mudo de roupa três vezes, tudo para acabar vestida com umas calças de ganga e uma camisola bege de caxemira que, claro está, era o que tinha começado por escolher. Quando oiço bater à porta, sopro o cabelo da cara e olho-me uma última vez ao espelho. Abro a porta e deparo com o Caleb de sorriso estampado no rosto. Traz umas calças de ganga escuras e uma camisola preta com uma faixa cinzenta no peito.

Faz menção de dizer qualquer coisa, mas depois cala-se e olha para mim. Se o olhar dele se demorar mais um segundo que seja, vou precisar que diga qualquer coisa, mas ele lá sussurra:

— Estás linda.

Sinto-me corar.

— Não precisas de te pôr com essas coisas.

— Preciso, pois. Mesmo que não saibas aceitar um elogio, estás linda.

Olho-o nos olhos e sorrio.

— Não tens de quê — diz ele.

Estende-me a mão para me ajudar a descer e encaminhamo-nos para a carrinha dele. Não avisto o meu pai, mas a minha mãe está junto das árvores a ajudar um cliente. Quando olha para nós, aponto na direção da zona de estacionamento para que perceba que estamos de saída.

O Andrew está a repor a rede no tubo das árvores e sinto o olhar dele cravado em nós enquanto atravessamos a venda.

— Espera aí — digo para o Caleb.

Ele volta-se para o Andrew, que está agora a mirar-nos descaradamente.

— Vamos embora — diz o Caleb. — Não tem importância.

— Tem para mim — respondo.

O Caleb solta-me a mão e continua em direção à carrinha. Entra e fecha a porta, e eu espero para ter a certeza de que não se vai embora. Vejo-o gesticular com impaciência para que me despache, pelo que dou meia-volta e avanço direita ao Andrew.

Ele continua afadigado de volta da rede e recusa-se a olhar para mim.

— Saída romântica?

— Falei com os meus pais sobre o Caleb — digo-lhe. — Claro que não pude fazê-lo quando queria, mas quando fui obrigada... por tua causa.

— E mesmo assim deixam-te sair — riposta ele. — Que belos educadores.

— Porque confiam mais em mim do que em ti, como é suposto.

Ele olha-me nos olhos. Há tanto ódio naquele olhar.

— Tinham o direito de saber que a filha deles namora com um... o que quer que ele seja.

Sinto a minha fúria crescer.

— Isso não é da tua conta. *Eu* não sou da tua conta.

O Caleb surge atrás de mim e pega-me na mão.

— Anda, Sierra.

O Andrew olha para nós com repulsa.

— Seja lá onde for que vocês vão, espero que não sirvam nada que precise de ser cortado. Para vosso bem.

O Caleb solta-me a mão.

— O quê, para não haver facas? — pergunta ele. — Que inteligente.

Vejo o meu pai assomar entre duas árvores, a observar-nos. A minha mãe vai ter com ele, preocupada, e reparo que ele abana a cabeça.

O queixo do Caleb retesa-se e ele desvia o olhar, como se pudesse passar-se a qualquer momento e dar um murro no Andrew. O meu lado furioso quer que isso aconteça, mas preciso que o Caleb mantenha a calma. Quero saber do que ele é capaz e quero que os meus pais o vejam.

Ele dobra os dedos e coça vigorosamente a nuca. Olha para o Andrew, mas nenhum dos dois diz nada. O Andrew está com um ar amedrontado, com uma mão agarrada à rede como se esta fosse a única coisa a impedi-lo de recuar. Ao ver o medo do Andrew, a expressão do Caleb passa de furiosa a apiedada. Volta a pegar-me na mão, entrelaçando os dedos nos meus, e conduz-me até à carrinha.

Ficamos sentados em silêncio durante alguns minutos, a acalmar-nos. Sinto que devia dizer alguma coisa, mas não sei por onde nem como começar. Por fim, ele liga a ignição.

A venda começa a afastar-se nos retrovisores e o Caleb quebra o silêncio, contando-me que foi buscar a Abby ao comboio há cerca de três horas. Olha para mim e sorri.

— Está ansiosa por te conhecer.

Tomo consciência de que o Caleb me contou muito pouco sobre como estão as coisas entre eles. Terão melhorado agora que ela vive com o pai? Serão tensas quando vem visitá-los?

— E a minha mãe também — diz ele. — Tem andado a chatear-me com isso desde que te conheci.

— A sério? — Não contenho um sorriso. — Desde que nos conhecemos?

Ele encolhe os ombros como se fosse uma coisa sem importância, mas o sorriso maroto denuncia-o.

— É possível que, quando comprei a nossa árvore, lhe tenha falado de uma certa rapariga que conheci na venda.

Pergunto-me o que poderá o Caleb ter dito sobre mim não havendo covinhas de que falar.

A casa dele fica a três minutos da estrada nacional. Quando entramos numa zona residencial, pressinto-lhe um nervosismo crescente. Não sei se será por causa da irmã, da mãe ou de mim, mas está uma pilha de nervos quando encosta ao passeio diante de uma pequena casa de dois andares. A árvore de Natal da janela da frente está iluminada com luzes coloridas e tem no cimo uma estrela dourada.

— A questão é que nunca trouxe ninguém assim cá a casa — diz ele.

— Assim como? — pergunto.

Ele desliga o motor e olha primeiro para a casa, depois para mim.

— Como é que classificarias aquilo que andamos a fazer? Somos namorados, somos...?

O nervosismo dele é encantador.

— Isto pode ser surpreendente vindo de mim — respondo —, mas às vezes não é importante definir tudo.

Ele baixa os olhos para o espaço entre nós. Espero que não ache que estou a retrair-me.

— Não precisamos de nos preocupar em arranjar uma palavra para nós — digo. — Estamos um com o outro.

— *Com* parece-me bem — responde ele, ainda que o seu sorriso seja pouco convincente. — Mas preocupa-me o tempo que nos resta.

Penso na mensagem que enviei ontem ao final do dia, a desejar sorte à Rachel para o espetáculo desta noite. Ela ainda não me respondeu. Liguei à Elizabeth, mas fiquei igualmente sem resposta. O Caleb tem razão em estar preocupado. Eu própria estou preocupada. Até quando pode alguém estar em dois sítios ao mesmo tempo?

Ele abre a porta da carrinha.

— Mais vale irmos entrando.

Chegamos ao patamar da entrada e ele dá-me a mão. Tem as palmas transpiradas e os dedos irrequietos. Não é o tipo calmo e descontraído que conheci naquele primeiro dia. Solta-me a mão para limpar as palmas às calças de ganga, depois abre a porta.

— Chegaram! — grita uma voz vinda do andar de cima.

A Abby desce os degraus a saltitar, muito mais bonita e confiante do que eu era nos meus tempos de caloira. E o que é irritantemente divertido é que tem a mesma covinha que o Caleb. Mordo o lábio para não o dizer em voz alta, pois de certeza que eles já repararam nisso. Ela estende-me a mão assim que chega ao patamar das escadas. Nos breves segundos em que as nossas mãos se tocam, passa-me pela mente tudo o que imaginei ter acontecido naquele dia entre ela e o Caleb.

— É tão bom poder finalmente conhecer-te — diz ela. Tem um sorriso tão genuíno e bondoso como o do irmão. — O Caleb falou-me tanto de ti. Sinto-me como se estivesse a conhecer uma celebridade!

— Eu... — Não sei o que dizer. — Pronto, está bem! Também é ótimo conhecer-te.

A mãe do Caleb sai da cozinha com um sorriso idêntico, mas sem covinha. À primeira vista, e a julgar pela postura, parece mais reservada do que os filhos.

— Entra — diz ela. — Não deixes o Caleb manter-te aí espetada à porta. Espero que gostes de lasanha.

A Abby rodopia agarrada ao corrimão e dirige-se à cozinha.

— E também espero que sejas capaz de comer muita — graceja.

A mãe do Caleb fica a olhar para a filha. Mantém-se voltada na direção da cozinha mesmo depois de a Abby ter desaparecido da sua vista. Por fim, baixa a cabeça por instantes e vira-se para nós. Mais para si própria, comenta:

— É bom tê-la em casa.

Ao ouvir estas palavras, sou assaltada pela sensação de que não devia estar ali. A família merece partilhar a sua primeira noite junta sem uma estranha a desviar-lhes as atenções uns dos outros. Olho de relance para o Caleb e acho que ele percebe que eu preciso de falar.

— Vou mostrar a casa à Sierra antes de jantarmos — diz ele. — Pode ser?

A mãe manda-nos embora com um aceno.

— Nós pomos a mesa — diz.

E dirige-se para a cozinha, onde a Abby está a afastar uma mesinha da parede. Faz uma festa no cabelo da filha ao passar por ela e o meu coração derrete-se.

Sigo o Caleb até à sala de estar, onde uns cortinados cor de vinho estão abertos, emoldurando a árvore de Natal.

— Está tudo bem? — pergunta ele.

— A tua mãe tem tão pouco tempo para vos ter aos dois juntos.
— Não vens interromper nada. Queria que as conhecesses. Isso também é importante.

Oiço a mãe dele e a Abby à conversa na cozinha. As suas vozes parecem alegres. Estão mesmo contentes por estar juntas. Quando olho para o Caleb, ele está a fitar a árvore de Natal. Tem os olhos incrivelmente tristes.

Aproximo-me da árvore e observo os enfeites. Dá para perceber muita coisa pelos enfeites da árvore de Natal de uma família. Estes são uma mescla de coisas que ele e a Abby devem ter feito quando eram pequenos, além de algumas decorações mais elaboradas de diferentes lugares do mundo.

Toco numa Torre Eiffel cintilante.

— A tua mãe visitou estes lugares todos?

Ele dá um piparote numa esfinge com um chapéu de Pai Natal.

— Sabes como começam as coleções. Uma amiga traz-lhe um enfeite do Egito, outra vê-o na nossa árvore e também traz qualquer coisa quando volta de viagem.

— Tem amigas muito viajadas — comento. — E ela, alguma vez vai a algum lado?

— Desde a separação que não — responde o Caleb. — A princípio, era porque não tínhamos dinheiro para isso.

— E depois?

Ele olha na direção da cozinha.

— Quando um dos filhos decide ir-se embora, acho que se torna mais difícil deixar o outro, mesmo que seja por pouco tempo.

Toco num enfeite que presumo ser a Torre de Pisa, embora balouce muito direita pendurada ali na árvore.

— Não podias ir com ela?

Ele ri-se.

— E com isso estamos de volta à questão do dinheiro.

Depois leva-me ao andar de cima para ver o quarto dele. Segue à minha frente pelo estreito corredor até uma porta aberta no extremo oposto, mas as minhas pernas imobilizam-se diante de uma porta fechada toda pintada de branco. Debruço-me para ver melhor e sinto que parei de respirar. À altura dos olhos, disfarçadas pela tinta, há várias marcas de golpes. Instintivamente, tateio-as com a ponta dos dedos.

Oiço o suspiro do Caleb. Volto-me e vejo-o a olhar para mim.

— Essa porta era vermelha — diz ele. — A minha mãe tentou lixá-la e pintar por cima das marcas para não darem tanto nas vistas, mas... aí estão elas.

O que aconteceu nessa noite parece-me agora tão real. Agora sei que ele saiu da cozinha e correu escadas acima. Enquanto a irmã chorava atrás desta porta, ele estava parado aqui mesmo, a golpeá-la uma e outra vez com a lâmina da faca. O Caleb — a pessoa mais afável que se possa imaginar — foi atrás da Abby com uma faca. E fê-lo enquanto o seu melhor amigo assistia a tudo. Não consigo conciliar essa versão dele com a que está neste momento a olhar para mim. Da soleira da porta do seu quarto, fita-me com uma expressão que se fixou algures entre a preocupação e a vergonha. Quero dizer-lhe que não estou assustada, abraçar-me a ele e tranquilizá-lo. Mas não consigo.

A mãe chama-nos lá de baixo.

— Já estão prontos para jantar, vocês os dois?

Os nossos olhares não se desviam um do outro. A porta do quarto dele está aberta, mas não quero entrar. Não agora. Agora precisamos de voltar ao normal, ou o mais próximo disso que conseguirmos, para bem da mãe dele e da Abby. Ele passa por mim, deixando os dedos roçarem-se pela minha mão, mas sem pegar nela. Olho uma vez mais para a porta do quarto da irmã antes de descer as escadas atrás dele.

Garridos pratos de cerâmica decoram as paredes da cozinha. Ao centro, uma pequena mesa está posta para nós os quatro. Embora a cozinha da nossa casa no Oregon seja maior, esta parece mais acolhedora.

— A mesa não costuma estar aqui no meio — diz a mãe dele, de pé junto à sua cadeira —, mas também não costumamos ser tantos.

— A vossa cozinha é bem mais espaçosa do que a caravana em que eu estou a viver. — Abro os braços. — Se fizesse isto, estava na casa de banho e no micro-ondas.

A mãe dele ri-se, depois dirige-se ao fogão. Quando abre a porta do forno, a cozinha enche-se com um delicioso aroma a queijo derretido, molho de tomate e alho.

O Caleb puxa-me uma cadeira e eu agradeço-lhe enquanto me sento. Ele desliza para a cadeira à minha direita, mas depois levanta-se de um salto e puxa também uma cadeira para a irmã. A Abby ri-se e dá-lhe uma palmada, e pela forma descontraída como se comporta perto dele percebo que deixou efetivamente o passado para trás.

A mãe traz uma caçarola de lasanha para a mesa e coloca-a ao centro. Senta-se e desdobra um guardanapo no colo.

— Isto é como se estivesses em casa, Sierra. Vá, serve-te.

O Caleb estende a mão para a espátula.

— Eu trato disso.

Serve-me uma enorme porção de lasanha, a escorrer queijo, depois repete o gesto com a Abby e a mãe.

— Esqueceste-te de ti — digo-lhe.

Ele olha para o seu prato vazio e corta também um bocado para si. A Abby pousa um cotovelo na mesa, escondendo um sorriso enquanto observa o irmão.

— Então entraste este ano para a secundária? — pergunto-lhe.

— Que tal estás a achar?

— Está a dar-se lindamente — diz o Caleb. — Quer dizer, estás, não estás?

Inclino a cabeça e olho para ele. Talvez sinta que tem de provar que está tudo bem depois daquele momento no andar de cima, em frente à porta.

A Abby também abana a cabeça na direção dele.

— Sim, irmãozinho querido. Dou-me fantasticamente. Estou feliz e a escola é boa.

Volto-me para ela e sorrio.

— O Caleb é um bocadinho superprotetor?

Ela revira os olhos.

— É tipo um polícia da felicidade, sempre a ligar-me para ter a certeza de que está tudo bem comigo.

— Abby — diz-lhe a mãe —, vamos passar um jantar agradável, pode ser?

— Era o que eu estava a tentar fazer — responde a Abby.

A mãe do Caleb olha para mim, mas o seu sorriso parece algo ansioso. Volta-se para a Abby.

— Não me parece que precisemos de falar de certos assuntos quando temos convidados.

O Caleb pousa a mão sobre a minha.

— Ela estava só a responder a uma pergunta, mãe.

Aperto a mão do Caleb e depois olho para a Abby. Está a olhar para baixo.

Depois de um longo minuto em que comemos em silêncio, a mãe começa a fazer-me perguntas sobre como é viver numa plantação de árvores de Natal. Quando tento fazer uma descrição da quinta, a Abby fica deslumbrada com a quantidade de terra que possuímos. Quase lhe digo que devia ir visitar-me, mas tenho a certeza de que, qualquer que fosse a resposta, levaria a novo silêncio embaraçoso. Toda a família faz um ar de assombro quando lhes falo do helicóptero do tio Bruce e conto como engato os feixes de árvores enquanto ele paira no ar.

A mãe do Caleb olha para ele e para a Abby.

— Não me imagino a deixar nenhum de vocês fazer uma coisa dessas.

O Caleb parece finalmente descontraído. Partilhamos histórias sobre as árvores que entregámos juntos e ele refere algumas das entregas que fez sozinho. Sempre que ele fala, reparo que a mãe olha para a Abby. Será que se põe a pensar, enquanto a Abby ouve as histórias, como seria se os filhos ainda vivessem juntos? Quando lhes conto que fui eu que tive a ideia de levar bolachas caseiras às famílias, apanho a mãe do Caleb a piscar-lhe o olho e sinto o meu coração bater um pouco mais depressa. Depois de acabarmos de comer, ninguém faz menção de se levantar da mesa.

Até que a Abby fala da árvore que foi comprar com o pai. A mãe trata de recolher os pratos e a Abby começa a falar diretamente comigo. Fico a olhar para ela, mas vejo o Caleb baixar os olhos para as mãos pousadas em cima da mesa enquanto a mãe põe a louça na máquina.

A mãe mantém-se afastada da mesa até a Abby acabar de contar a sua história. Só então traz uma travessa cheia de quadrados de arroz tufado recheados com pepitas vermelhas e verdes. A Abby pergunta-me se acho difícil passar todos os anos um mês inteiro longe de casa e dos amigos. Todos tiramos um quadrado da travessa, e eu reflito na pergunta dela.

— Sinto falta das minhas amigas — respondo —, mas tem sido sempre assim desde que nasci. Acho que, quando crescemos de uma certa forma, é difícil pensar que as coisas podiam ser diferentes, percebes?

— Infelizmente — diz o Caleb —, no caso da Abby sabemos que podiam ser bem diferentes.

Ponho-lhe uma mão no braço.

— Não foi isso que eu quis dizer.

O Caleb pousa a sobremesa.

— Sabem que mais, estou exausto. — Olha para mim e vejo um rasgo de dor toldar-lhe os olhos. — Não tarda, os teus pais começam a ficar preocupados.

É como se me despejassem um balde de água gelada por cima.

Ele levanta-se, evitando olhar seja para quem for, e empurra a cadeira para trás. Entorpecida, levanto-me também. Agradeço à mãe e à Abby pelo simpático jantar. A mãe pousa os olhos no prato. A Abby abana a cabeça para o Caleb, mas não vale a pena dizer nada. Ele encaminha-se para a porta e eu sigo-o.

Saímos para o ar frio da noite. A meio caminho da carrinha, agarro-lhe no braço e obrigo-o a parar.

— Estava a divertir-me.

Ele não me olha nos olhos.

— Vi o rumo que as coisas estavam a tomar.

Quero que ele olhe para mim, mas não é capaz. Fica ali parado, de olhos fechados, a passar a mão pelo cabelo. Depois dirige-se à carrinha e entra. Entro também pelo lado contrário e fecho a porta. Ele tem a chave na ignição mas ainda não a ligou. Está de olhos fixos no volante.

— Acho que está tudo bem com a Abby — digo-lhe. — A tua mãe sente falta dela, claro, mas a pessoa que parecia menos à vontade ali dentro eras tu.

Ele liga a carrinha.

— A Abby perdoou-me, e isso ajuda. Mas eu não consigo perdoar-me a mim próprio por tudo o que tirei à minha mãe. Tudo o que se perdeu foi por minha causa, e é difícil esquecê-lo com a Abby ali sentada e tu a falares da tua vida no Oregon.

Põe o motor a trabalhar, vira em sentido contrário e mantemo-nos ambos em silêncio durante todo o percurso até à venda. Ainda está aberta quando entramos na zona de estacionamento. Vejo alguns clientes a deambular por entre as árvores e o meu pai a carregar para a tenda uma acabada de enfeitar com neve artificial. Se a noite tivesse corrido como eu esperava, só estaríamos de volta já com a venda fechada. Estacionávamos e ficávamos sentados na carrinha, a comentar como estava uma noite bonita, e talvez até acabássemos finalmente por nos beijar.

Em vez disso, o Caleb para num lugar pouco iluminado e eu saio. Ele não se levanta, nem sequer tira as mãos do volante. E eu fico especada diante da porta aberta, a olhar para ele.

Continua sem conseguir olhar para mim.

— Desculpa, Sierra. Não mereces isto. Quando estou contigo aqui, temos o Andrew. A minha casa, viste como é. Nem sequer podemos ir a um supermercado sem haver drama. E nada disso vai mudar no pouco tempo que nos resta.

Não acredito no que oiço. Nem foi capaz de olhar para mim para o dizer.

— E, contudo, continuo aqui — respondo.

— É demasiado. — Olha-me finalmente nos olhos. — Odeio que tenhas de assistir a tudo isto.

Sinto o corpo fraquejar e levo a mão à porta para recuperar o equilíbrio.

— Disseste que eu valia a pena. Acreditei em ti.

Ele não responde.

— O que mais me magoa — digo — é que tu também vales a pena. Enquanto não perceberes que isso é a única coisa que interessa, será sempre demasiado.

Ele crava os olhos no volante.

— Não consigo continuar com isto — diz baixinho.

Fico à espera que retire o que disse. Não faz ideia de tudo o que fiz para o defender. Com a Heather. Os meus pais. O Jeremiah. Até enfureci as minhas amigas do Oregon para poder estar com ele. Mas se ele soubesse disso provavelmente iria sofrer ainda mais.

Afasto-me sem fechar a porta e dirijo-me à caravana sem olhar para trás. Entro sem acender as luzes, enfio-me na cama e abafo os gritos com a almofada. Preciso de falar com alguém, mas a Heather foi sair com o Devon. E, pela primeira vez, não posso ligar à Rachel nem à Elizabeth.

Afasto a cortina por cima da cama e olho lá para fora. A carrinha ainda ali está. A porta do lado do passageiro continua aberta. A luz que escorre para o interior da cabina é suficiente para perceber que ele tem a cabeça em baixo, que os ombros lhe tremem convulsivamente.

Tudo o que quero é correr lá para fora e fechar-me na carrinha com ele. Mas, pela primeira vez desde que o conheci, não confio no meu instinto. Quando oiço a carrinha a arrancar, ponho-me a rever mentalmente todos os acontecimentos que conduziram até este instante.

Depois recomponho-me e levanto-me da cama. Vou até à venda, para me obrigar a estar em qualquer outro lado que não o interior da minha mente. Ajudo diversas famílias e sei que a minha alegria deve parecer-lhes forçada, mas esforço-me. A dada altura, porém, o esforço é demasiado e volto para a caravana.

Tenho duas mensagens de voz no telemóvel. A primeira é da Heather.

«O Devon ofereceu-me o meu dia perfeito!», diz ela, quase demasiado alegre para eu conseguir lidar com aquilo agora. «E ainda nem sequer é Natal! Levou-me a jantar ao cimo de Cardinals Peak, acreditas? Afinal estava a ouvir!»

Quero ficar empolgada por ela. A Heather merece. Em vez disso, sinto inveja por as coisas serem tão simples para eles.

«A propósito», acrescenta, «as tuas árvores estão ótimas. Fomos vê-las.»

Escrevo-lhe uma mensagem: Fico contente por manteres o Devon por mais um tempo.

Ela responde logo: Conquistou o direito a ficar até ao Ano Novo. Mas tem de parar de falar de futebol de fantasia se quer aguentar-se até ao domingo do Super Bowl. Que tal correu o jantar?

Não respondo.

Ponho-me a ouvir uma mensagem de voz do Caleb. A princípio há uma longa pausa em que nada é dito. «Desculpa», começa ele. Segue-se uma pausa ainda maior, um silêncio carregado de dor. Há muito tempo que está a sofrer. «Por favor, perdoa-me. Estraguei tudo de uma forma que nunca imaginei. Tu vales a pena, Sierra. Posso passar por aí amanhã a caminho da igreja?» Mantenho o telemóvel bem encostado ao ouvido durante mais uma pausa. «Ligo-te de manhã.»

Há tantas razões para que a próxima semana não seja fácil para nós. É provável que piore de dia para dia à medida que nos aproximamos do Natal — da minha partida.

Mando-lhe uma mensagem: Aparece. Não precisas de ligar.

Capítulo 17

Na manhã seguinte, oiço bater à porta da caravana. Abro-a no momento em que o Caleb se prepara para bater outra vez; com a outra mão estende-me um café num copo descartável com tampa. É um gesto amoroso de um rapaz com uns olhos tristes e o cabelo por pentear.

— Fui horrível — diz-me em vez de olá.

Desço para junto dele e aceito a bebida.

— Não foste horrível — respondo. — Talvez um pouco indelicado com a Abby e com a tua mãe...

— Eu sei — diz ele. — E quando cheguei a casa tive uma longa conversa com a Abby. Tinhas razão. Ela lidou melhor do que eu com tudo o que se passou. Falámos sobre a nossa mãe e sobre o que podemos fazer para tornarmos as coisas mais fáceis também para ela.

Sorvo um primeiro gole do *mochaccino*.

Ele aproxima-se um pouco mais.

— Depois de conversarmos, passei o resto da noite a pensar. O meu problema já não é resolver as coisas com a Abby ou com a minha mãe.

— És tu — digo.

— Não consegui dormir nada a pensar nisso.

— A julgar pelo aspeto do teu cabelo, não duvido.

— Pelo menos mudei de camisa.

Olho-o de alto a baixo. As calças de ganga estão amarrotadas, mas a camisa vermelho-escura de manga comprida fica-lhe mesmo bem.

— Não posso tirar a manhã toda de folga — explico —, mas queres que vá contigo até à igreja?

A igreja não fica longe, mas o caminho, ainda que pouco inclinado, é quase sempre a subir. O desconforto remanescente da noite anterior dilui-se a cada esquina que dobramos. Fazemos o percurso todo de mãos dadas, para estarmos próximos um do outro enquanto conversamos. De vez em quando, ele passa o polegar por cima do meu e eu retribuo o gesto.

— Fomos algumas vezes à igreja quando eu era pequena — conto. — Sobretudo com os meus avós, por altura do Natal. Mas, em miúda, a minha mãe ia sempre.

— Eu tento ir todas as semanas — explica ele. — E, pouco a pouco, a minha mãe também começou a voltar.

— Quer dizer que às vezes vais sozinho? — pergunto. — Ficaste ofendido por eu dizer que não vou?

Ele ri-se.

— Talvez se dissesses que ias sempre por achares que parecia bem. É possível que considerasse *isso* ofensivo.

Nunca tive uma conversa sobre religião com as minhas amigas. Dá ideia de que seria desconfortável tê-la com alguém de quem gosto tanto e que quero que goste de mim, mas não é.

— Portanto és crente — digo. — Desde sempre?

— Acho que sim. Embora sempre tenha tido muitas interrogações, coisa que algumas pessoas têm medo de admitir. Mas dá-me algo em que pensar à noite. Algo para além desta miúda que não me sai da cabeça.

Sorrio-lhe.

— Aí está uma resposta honesta.

Viramos para uma rua lateral e é então que avisto o campanário branco da igreja. A imagem faz-me sentir que estou a ser autorizada a entrever um lado muito pessoal dele. Este rapaz que conheci há poucas semanas vem aqui todos os domingos, e agora eu vou até lá com ele, de mãos dadas.

Paramos para deixar entrar um carro no parque de estacionamento, que está a encher-se depressa. Alguns sujeitos de meia-idade com coletes refletores cor de laranja orientam os carros para os lugares ainda vagos. Eu e o Caleb avançamos em direção a duas portas de vidro gravado encimadas por uma grande cruz de madeira. Cá fora, dispostos em fila junto às portas, vários homens e mulheres, novos e velhos, vão cumprimentando as pessoas à medida que estas passam para o átrio. Um pouco mais para o lado, provavelmente à espera do Caleb, estão a mãe dele e a Abby.

— Sierra! — A Abby saltita ao nosso encontro. — Fico tão aliviada por te ver. Estava com medo que o palerma do meu irmão te tivesse afugentado de vez ontem à noite.

O Caleb lança-lhe um sorriso sarcástico.

— Levou-me um *mochaccino* — respondo. — É difícil dizer que não a isso.

Atrás delas, um dos anfitriões consulta o telemóvel e daí a pouco começam todos a entrar, fechando as portas de vidro atrás deles.

— Parece que está na hora — diz a mãe do Caleb.

— Na verdade, a Sierra tem de voltar para a venda — explica ele.

— Preferia não ter de ir — digo. — Mas os domingos são muito movimentados, sobretudo na semana antes do Natal.

A mãe do Caleb aponta um dedo na direção dele.

— Ia-me esquecendo de uma coisa. Achas que podes desaparecer esta tarde?

O Caleb olha para mim, confuso, depois novamente para a mãe.

— Vou receber uma encomenda e quero mantê-la escondida de ti. Este ano estou decidida a não deixar que estragues a surpresa. — Volta-se para mim. — Quando ele era pequeno, tinha de esconder as prendas dele no emprego porque em casa não havia esconderijo que lhe escapasse.

— Isso é horrível! — exclamo. — Os meus pais até podiam guardar as minhas no quarto deles, que eu fazia o possível e o impossível para não entrar lá. E se descobrisse acidentalmente o que ia receber?

O Caleb não faz caso da minha inocência e desafia a mãe:

— Achas mesmo que não consigo dar com esta encomenda?

— Querido... — diz ela, dando-lhe uma palmadinha no braço. — Foi por isso que o disse diante da Sierra. Espero que ela possa ensinar-te o valor da expectativa.

Oh, expectativa é o que não me tem faltado com este rapaz.

— Vou ficar de olho em ti — digo para o Caleb.

— Arranja qualquer coisa para fazeres até à hora do jantar — diz-lhe a mãe.

O Caleb volta-se para a irmã.

— Pelos vistos tenho de desaparecer esta tarde. O que é que havemos de fazer, Abby?

— Podem decidir agora ou mais logo — diz a mãe —, mas eu vou entrar. Não quero ficar sentada na galeria como da última vez.

Despede-se de mim com um abraço e entra na igreja.

A Abby diz ao irmão para me dar um folheto do serviço religioso da noite de Natal, celebrado à luz das velas.

— Devias vir connosco — diz ela. — É tão bonito.

O Caleb pede-me para esperar um pouco, e eu fico a vê-lo dar um pulo lá dentro.

A Abby fita-me nos olhos.

— O meu irmão gosta de ti — diz apressadamente. — Tipo, gosta *mesmo* de ti.

Sinto um formigueiro pelo corpo todo.

— Sei que não vais cá ficar muito mais tempo — prossegue ela —, por isso queria que o soubesses, caso ele esteja a ser demasiado rapaz com os sentimentos dele.

Não sei como responder, e a Abby ri-se do meu silêncio.

O Caleb reaparece com um folheto vermelho na mão. Estende-mo, mas eu demoro um pouco a deixar de olhar fixamente para os olhos dele. A face impressa tem um desenho de uma pequena vela envolta numa grinalda e informações sobre o serviço religioso.

— Está na hora de entrarmos — diz a Abby.

Enlaça o braço no do Caleb e encaminham-se para o interior da igreja.

Sim, digo para mim própria. *Também gosto do teu irmão. Tipo, gosto* mesmo *dele.*

Capítulo 18

Segunda-feira de manhã, ligo à Elizabeth para saber como correu o espetáculo da Rachel.

— Esteve ótima — diz a Elizabeth. — Mas era a ela que devias perguntar.

— Bem tentei! — respondo. — Liguei, mandei mensagem. Vocês estão as duas a ser frias comigo.

— Porque puseste um tipo à frente dela, Sierra. Percebemos que gostes dele. Ótimo. Só que, francamente, não vais ficar aí para sempre. Portanto, sim, a Rachel está chateada contigo. Mas também não quer ver-te de coração despedaçado.

Fecho os olhos enquanto oiço. Mesmo zangadas comigo, ainda se preocupam. Suspiro, deixando-me cair na minha cama minúscula.

— É ridículo — digo. — Eu sei que é. É uma relação que não vai a lado nenhum. Ainda nem sequer nos beijámos!

— Sierra, estamos no Natal. Pendura uma porcaria de um ramo de azevinho por cima da cabeça dele e beija-o de uma vez!

— Fazes-me um favor? — peço. — Podes passar por minha casa? Em cima da minha secretária está o corte da minha primeira árvore de Natal. Mandas-mo pelo correio?

A Elizabeth solta um suspiro.

— Queria só mostrar-lho — explico. — Ele é tão tradicionalista, acho que ia gostar de o ver antes de eu...

Interrompo-me. Se o disser, vou passar o resto do dia obcecada com isso.

— Antes de te ires embora — remata a Elizabeth. — É o que vai acontecer, Sierra.

— Eu sei. Estás à vontade para me dizeres que estou a ser parva.

Ela não diz nada durante um bom bocado.

— É o teu coração. Mais ninguém tem direito a opinar sobre o assunto.

Às vezes parece que nem a própria pessoa a quem pertence o coração.

— Ainda assim — diz ela —, acho que devias beijá-lo antes de tomares alguma decisão mais séria. Se for mau, sempre vai ser muito mais fácil deixá-lo.

Rio-me.

— Tenho tantas saudades vossas.

— Nós também temos saudades tuas, Sierra. Temos ambas. Vou tentar apaziguar as coisas com a Rachel. Está simplesmente frustrada.

Recosto-me na cama.

— Traí as regras do código feminino.

— Não te martirizes — responde a Elizabeth. — Não há problema. Estamos apenas a ser egoístas quanto a partilhar-te, mais nada.

* * *

Antes de começar a trabalhar, sento-me diante do portátil e gravo um vídeo de mim própria a descrever, em francês, tudo o que aconteceu desde que cheguei do Oregon, desde plantar a minha árvore em Cardinals Peak até ao passeio com o Caleb até à igreja. Envio o vídeo a Monsieur Cappeau para compensar todos os telefonemas em falta.

Pego numa maçã e dirijo-me à tenda para ir ajudar a minha mãe. Quase todas as escolas já começaram as férias de Natal, e porque os compradores de última hora começam a ficar sem tempo, hoje deve ser um dia bastante movimentado na venda. Nos anos anteriores, cheguei a trabalhar dez horas por dia durante esta semana, mas a minha mãe diz-me que este ano contrataram mais alguns estudantes para dar uma ajuda e me deixar mais tempo livre para mim.

Trabalhamos as duas lado a lado, repondo os artigos em falta sempre que não estamos a ajudar os clientes. O meu pai empurra um carrinho de mão para dentro da tenda — traz mais duas árvores pulverizadas com neve artificial. Num intervalo entre clientes, juntamo-nos os três à volta da banca das bebidas. Preparo o meu *mochaccino* caseiro e digo-lhes que vou fazer mais bolachas para levar com as próximas árvores do Caleb.

— Isso é ótimo, querida — diz o meu pai. Mas, em vez de olhar para mim, olha para o exterior da tenda. — Tenho de ir ver do pessoal.

A minha mãe e eu ficamos a vê-lo sair.

— Antes assim do que pôr os pés à parede — comento.

O meu pai enveredou pela tática de esperar para ver no que toca à minha relação com o Caleb. O lado bom é que, depois de presenciar a minha discussão com o Andrew, obrigou-o a pedir-me desculpa. Em vez disso, o Andrew optou por se despedir.

A minha mãe faz tilintar a caneca dela na minha.

— Pode ser que o Caleb poupe parte das gorjetas e também decida oferecer-te uma prenda de Natal a ti.

— Estou a pensar dar-lhe o corte da minha primeira árvore — digo enquanto ela bebe o café.

O silêncio dela é ensurdecedor, pelo que levo a minha caneca pascal aos lábios e espero. No exterior da tenda, vejo o Luis a carregar uma árvore para o estacionamento. Sorvo mais um gole, ao mesmo tempo que me pergunto o que estará ele ali a fazer se já tem uma árvore em casa.

Quando torno a olhar para ela, a minha mãe diz finalmente:

— É a prenda perfeita para alguém como o Caleb.

Pouso a minha caneca e abraço-a enquanto ela tenta não entornar o café por cima de nós.

— Obrigada por não te pores com esquisitices por causa dele, mãe.

— Confio no teu discernimento. — Pousa a caneca, segura-me nos ombros e olha-me nos olhos. — E o teu pai também. Simplesmente, acho que decidiu suster a respiração até nos irmos embora.

Por cima do ombro dela, vejo o Luis a regressar à venda com umas luvas de trabalho calçadas. Aponto-o à minha mãe.

— Conheço-o — digo. — É o Luis.

— É um dos estudantes que contratámos. O teu pai diz que é um bom trabalhador.

* * *

Na pausa seguinte entre clientes, aproveito para aquecer o meu *mochaccino* com café normal.

— Que tal aproveitares e fazeres-me também um? — diz uma voz atrás de mim.

— Depende. — Volto-me para o Caleb. — O que é que recebo em troca?

Ele leva a mão ao bolso do blusão e tira de lá um barrete de Natal de malha verde com enfeites de feltro e uma pomposa estrela amarela. Enfia-o na cabeça.

— Ia guardá-lo para mais logo, mas se está em jogo um *mochaccino*, ponho-o já.

— Porquê? — pergunto, rindo-me.

— Comprei-o esta manhã numa loja de coisas em segunda mão — diz ele. — Achei que era um indumento adequado ao espírito da quadra.

Abro a boca de espanto.

— Nem *eu* conheço essa palavra.

Ele faz o seu sorriso com covinha e ergue uma sobrancelha.

— *Indumento?* Estou escandalizado. Se calhar devias fazer como eu e instalar uma aplicação de vocabulário no teu telemóvel. Todos os dias há uma palavra nova e atribuímos pontos a nós próprios de cada vez que a usamos.

— Mas será que a usaste corretamente? — pergunto.

— Acho que sim. É um substantivo. Qualquer coisa relacionada com roupa.

Abano a cabeça, ao mesmo tempo com vontade de rir e de lhe arrancar aquela coisa horrível da cabeça.

— Cavalheiro, *indumento* acaba de lhe dar direito a uma dose dupla de bengalinhas doces.

* * *

O Caleb oferece-se para me ajudar a fazer as bolachas em casa dele, e a minha mãe manda-nos embora. Aliás, diz-me que o melhor é eu ir andando sem pedir ao meu pai, conselho materno que acato.

— A Abby diz que adorava fazer-nos companhia — conta o Caleb ao entrarmos na carrinha. — E também podias convidar a Heather.

— A Heather, acredites ou não, está a trabalhar afanosamente numa prenda para o Devon — explico. — Palpita-me que é uma camisola natalícia.

O Caleb abre a boca, fingindo-se horrorizado.

— Achas que ela era capaz de uma coisa dessas?

— Sem dúvida. Também lhe vai dar uma prenda decente, mas, se bem conheço a Heather, há de dar-lhe a camisola primeiro para ver como é que ele reage.

Depois de comprarmos os ingredientes, entramos em casa do Caleb cada um com o seu saco das compras. A Abby está no sofá a digitar rapidamente no telemóvel.

— Vou já ter convosco — diz-nos sem levantar a cabeça. — Não posso deixar que os meus amigos pensem que me sumi da face da Terra. E tira esse barrete ridículo, Caleb.

O Caleb pousa o barrete de malha em cima da mesa da cozinha. Já preparou os tabuleiros para as bolachas, as colheres de medida, as chávenas e uma tigela de mistura.

— Também me vais mandar mensagens destas do Oregon, para eu saber que não te sumiste da face da Terra?

O meu riso soa um pouco forçado, porque é. Daqui a menos de uma semana, vou ter de arranjar maneira de lhe dizer adeus.

Tiro as coisas dos sacos das compras e disponho-as em cima da bancada.

Tocam à campainha e o Caleb grita para a outra divisão:

— Estás à espera de alguém?

A Abby não responde, provavelmente entretida a enviar mensagens. O Caleb revira os olhos e sai para ir à porta. Oiço-a a abrir, depois uma pausa.

— Olá. O que é que fazes aqui? — diz ele por fim.

A voz seguinte — grave e familiar — viaja desde a porta da frente até à cozinha, onde a oiço distintamente.

— Isso é maneira de falares com o teu melhor amigo de outros tempos?

Quase deixo cair uma dúzia de ovos. Não faço ideia do que o Jeremiah está ali a fazer, mas apetece-me dar uma volta triunfal pela cozinha, de braços no ar.

Os dois rapazes entram e eu ponho a minha cara calma.

— Olá, Jeremiah.
— Miúda das árvores — diz ele.
— Também faço outras coisas, sabes?
— Sei, acredita. Se não fosses tão persistente e intrometida, o mais certo era eu não estar aqui.

O Caleb sorri, e o seu olhar oscila entre nós os dois. Nunca lhe contei que o Jeremiah e a Cassandra tinham passado pela venda.

— Enfim, ainda nem tudo é perfeito — explica o Jeremiah —, mas bati o pé à Cassandra e à minha mãe e... aqui estou eu.

O Caleb volta-se para mim com os olhos cheios de perguntas e gratidão silenciosa. Coça a testa e desvia os olhos para a janela da cozinha.

Começo a pôr os ingredientes outra vez nos sacos. Este momento não me diz respeito, nem deve dizer.

— Conversem à vontade. Eu vou levar isto para casa da Heather.

Ainda virado para a janela, o Caleb tenta dizer-me que não tenho de me ir embora, mas eu interrompo-o.

— Conversa com o teu amigo — digo-lhe, sem fazer qualquer esforço para esconder o meu sorriso. — Passou muito tempo.

Quando me volto, já com os sacos na mão e pronta para sair, o Caleb está a olhar para mim com verdadeiro amor.

— Encontramo-nos mais logo — digo-lhe.
— Pode ser às sete? — pergunta ele. — Quero que vejas uma coisa.

Sorrio.

— Mal posso esperar.

Quando chego à porta da frente, ainda oiço o Jeremiah dizer:
— Tive saudades tuas, meu.

O meu coração transborda e tenho de respirar fundo antes de abrir a porta.

* * *

Depois de entregarmos a nossa última árvore, juntamente com uma lata de bolachas, o Caleb e eu damos uma volta de carro enquanto ele me põe a par do seu reencontro com o Jeremiah.

— É difícil dizer quando vamos voltar a ver-nos — explica o Caleb —, porque ele agora tem os amigos dele e eu tenho os meus.

Mas vamos de certeza, e isso é espetacular. Nunca pensei que alguma vez fosse possível.

— É *mesmo* espetacular.

Paramos em frente à casa do Caleb e ele volta-se para mim.

— Tudo graças a ti — diz-me. — *Tu* és espetacular.

Quero que este momento perdure, nós os dois ali na carrinha, gratos pela existência um do outro. Em vez disso, ele abre a porta, deixando entrar o ar fresco.

— Anda — diz.

Sai, dá a volta ao carro e eu sacudo os nervos dos dedos antes de abrir a porta. Quando saio também, esfrego as mãos uma na outra para as aquecer, depois ele dá-me a mão e vamos dar um passeio.

Conduz-me ao longo de quatro casas vizinhas e faz-me dobrar uma esquina para uma viela. A entrada do beco é iluminada apenas por um candeeiro. O solo é de asfalto pedregoso, com uma calha de betão liso ao meio.

— Chamamos-lhe o Beco das Garagens — diz ele.

Quanto mais avançamos, mais fraca se torna a luz do candeeiro. De um lado e do outro, pequenas rampas dão acesso a garagens. As altas sebes de madeira que cercam os jardins das traseiras tapam quase toda a luz vinda das casas. Quase me desequilibro na calha, mas o Caleb agarra-me no braço.

— Isto aqui atrás é um bocado sinistro — comento.

— Espero que estejas preparada — diz ele —, porque estou prestes a dar-te uma grande desilusão.

Tenta fazer um ar sério, mas eu deteto-lhe um ligeiro sorriso no rosto, apesar de a escuridão quase não me deixar vê-lo.

Paramos diante da rampa da casa dele, e o Caleb roda-me pelos ombros na direção da garagem. O portão metálico está quase totalmente submerso pela sombra do beiral. Ele pega-me na mão e obriga-me a avançar. Um sensor de movimento colocado por cima do portão faz acender uma luz.

— A minha mãe avisou-te que sou péssimo com surpresas — diz ele.

Dou-lhe um encontrão no ombro.

— Não fizeste uma coisa dessas!

Ele ri-se.

— Não foi de propósito! Desta vez não. Precisei de ir à garagem buscar umas cordas elásticas e a minha prenda estava mesmo ali.
— Estragaste a surpresa da tua mãe?
— A culpa foi dela! Estava mesmo ali! Mas acho que vais ficar contente, porque agora posso partilhá-la contigo. Portanto, não lhe contes nada, está bem?

Não posso acreditar nisto. Está a comportar-se como um miúdo pequeno, o que é tão engraçado que não consigo aborrecer-me com ele.

— Mostra-me lá o que é, vá — digo.

Capítulo 19

A luz do sensor de movimento mantém-se acesa e o Caleb dirige-se a uma caixa de controlo montada ao lado do portão da garagem. Levanta uma tampa de plástico que cobre um teclado.

— Quando éramos miúdos — diz ele, com o dedo suspenso por cima do primeiro dígito —, pedia todos os anos a mesma prenda ao Pai Natal. Alguns dos meus amigos tinham um, e eu sentia montes de inveja, mas nunca mo deram. Passado um tempo, desisti e deixei de pedir, e acho que todos concluíram que eu tinha perdido o interesse por já ser mais crescido. Mas não perdi.

O sorriso dele é radiante.

— Mostra-me! — repito.

Os dedos do Caleb fazem um bailado de quatro dígitos, após o que volta a fechar a tampa. Chega-se para trás e o portão da garagem desliza lentamente para cima. Tenho quase a certeza de que não pediu um descapotável em miúdo, embora isso pudesse tornar a noite de hoje bastante divertida. Quando o portão está já meio levantado, baixo-me para espreitar para o interior da garagem. A luz que entra é suficiente para me permitir ver... *um trampolim*? Rio-me tanto que tenho de me dobrar sobre os joelhos.

— Onde é que está a graça? — pergunta o Caleb. — Saltar é divertido!

Ergo os olhos para ele, mas ele sabe exatamente o porquê do meu ataque de riso.

— Acabaste mesmo de dizer isso? Saltar é divertido? Que idade é que tu tens?

— A suficiente para não me preocupar — responde-me, entrando na garagem quando o portão fica totalmente aberto. — Anda.
Olho para as traves baixas do teto.
— Não podemos saltar aqui dentro — comento.
— Claro que não. Que idade é que *tu* tens? — Pega num dos lados do trampolim e dobra os joelhos. — Dá-me uma ajuda.
Passo a passo, levamo-lo para o acesso à garagem.
— Não tens medo que a tua mãe oiça? — pergunto.
Por mim, a traquinice estampada na cara dele faz com que valha a pena correr o risco. Lá se vão as boas intenções de lhe ensinar o valor da expectativa.
— Hoje é a festa de Natal do escritório. Vai chegar mais tarde.
— E a Abby?
— Foi ao cinema com uma amiga.
Pisa os sapatos para os descalçar, depois salta para cima do trampolim. Ainda não tirei o primeiro sapato e já ele está aos pulos como uma gazela desengonçada.
— Para de engonhar e anda cá para cima.
Descalço o segundo sapato e, já só com as meias, sento-me na borda do trampolim e rodopio lá para dentro. Bastam apenas alguns minutos para encontrarmos o nosso ritmo enquanto rimos e saltamos à volta um do outro. Quando um sobe, o outro desce. Ele salta cada vez mais alto para me dar mais impulso, e não tardamos a conseguir altura suficiente para o Caleb se pôr com fantasias e fazer um mortal à retaguarda.
É incrível vê-lo tão livre e despreocupado. Não que esteja sempre com um ar sério, mas isto é diferente, como se estivesse a reencontrar algo que perdeu.
Apesar dos pedidos dele, recuso-me a tentar um mortal, e a dada altura ficamos os dois cansados e a precisar de uma pausa. Deixamo--nos cair de costas. O céu noturno cintila com o brilho das estrelas. Estamos ambos ofegantes, apenas com o peito a mexer-se para cima e para baixo, cada vez mais devagar. Ao fim de um minuto de imo-bilidade quase total, a luz da garagem apaga-se.
— Olha para estas estrelas — diz o Caleb.
O acesso à garagem está escuro e a noite tranquila. Apenas oiço a nossa respiração, uns grilos a cantar baixinho no meio da hera e um

pássaro nalguma árvore de um vizinho distante. Depois, vindo do lado do Caleb, distingo o ranger de uma mola.

Mantenho-me imóvel para não acender a luz e pergunto:
— O que é que estás a fazer?
— A mexer-me muito, muito devagar — responde ele. — Quero dar-te a mão assim no escuro.

Mexo a cabeça o mais devagar possível para olhar para a mão dele. As nossas silhuetas escuras recortam-se sobre a tela ainda mais escura do trampolim. Os dedos dele esgueiram-se até junto dos meus. Ainda ofegante, espero pelo seu toque.

Uma centelha azul dispara no meio dos dois. Dou um salto para o lado.
— *Ai!*
A luz acende-se e o Caleb desmancha-se a rir.
— Desculpa!
— Bem podes pedir desculpa. Isso não foi nada romântico!
— Também podes dar-me um choque a mim — responde ele. — Isso é romântico, certo?

Ainda deitada de costas, esfrego os pés com força no trampolim, depois estico-me para o lóbulo da orelha dele. *Fzzt!*
— *Ah!* — Ele leva a mão à orelha, rindo-se. — É que doeu mesmo!

Levanta-se de um salto e começa a arrastar os pés pela superfície do trampolim, descrevendo um grande círculo. Ponho-me igualmente de pé e imito-lhe os movimentos, ao mesmo tempo que nos fitamos um ao outro.
— O quê, queres luta? — pergunto. — Venha ela.
— É que não duvides.

Estica um dedo à sua frente e lança-se na minha direção.
Eu desvio-me para o lado e dou-lhe um choque no ombro.
— Duas vezes! Já te apanhei duas vezes!
— Muito bem, acabaram-se as delicadezas.

Saltito para o lado oposto, mas ele está mesmo atrás de mim, de dedos esticados. Atenta aos pés dele, dou um pequeno salto e aterro no exato instante em que ele dá uma passada, desequilibrando-o por completo. Ele cai para diante e eu dou-lhe um choque no pescoço.

Agito os braços no ar.
— Intocável!

Estendido ao comprido, ele olha para mim com um sorriso maléfico. Olho em volta, mas em cima de um trampolim não há para onde escapar. Ele dá um pequeno impulso para se pôr de joelhos e depois de pé e faz-me uma placagem. Ressaltamos na tela e ele rodopia sobre si próprio de forma a fazer-me aterrar em cima dele. Fico sem ar. As mãos dele fecham-se atrás das minhas costas e prendem-me. Levanto a cabeça o suficiente para lhe ver os olhos, sopro o meu cabelo da cara dele e rimo-nos os dois. Aos poucos, o riso para, enquanto os nossos peitos e barrigas arquejam e se entrechocam.

Ele passa-me a mão pelo rosto e guia-me ao seu encontro. O contacto dos seus lábios nos meus é suave, tem o sabor doce do *mochaccino*. Aproximo-me mais e perco-me nos seus beijos. Deslizo para a tela, e ele rebola para cima de mim. Envolvo-o com os braços e beijamo-nos ainda mais intensamente. Depois afastamo-nos para recuperar o fôlego e olhar um para o outro.

Há tantas coisas a rodopiar-me na cabeça, a ameaçar levar-me para longe deste momento. Mas, em vez de me preocupar seja com o que for, fecho os olhos, chego-me para diante e permito-me acreditar em nós.

* * *

A viagem de regresso à venda é feita praticamente em silêncio. Dou por mim quase hipnotizada pelo porta-chaves do Caleb, a baloiçar com a nossa fotografia no colo do Pai Natal. Se ao menos esta semana não tivesse fim.

Depois de entrar no parque e estacionar, ele pega-me na mão. Olho para a caravana a tempo de ver fechar uma cortina no quarto dos meus pais.

O Caleb aperta-me a mão com mais força.

— Obrigado, Sierra.

— Pelo quê?

Ele sorri.

— Por saltares comigo no trampolim.

— Oh, o prazer foi meu — respondo.

— E por fazeres destas últimas três semanas as melhores que alguma vez tive.

Debruça-se para me beijar, e uma vez mais perco-me no seu beijo.
Faço deslizar os meus lábios do queixo para o ouvido dele e sussurro:
— Para mim também.
Ficamos imóveis, de rostos colados, a ouvir o outro respirar. Depois da próxima semana, nada voltará a ser assim. Quero conservar este momento e gravá-lo no coração para que nunca se desvaneça.
Quando finalmente saio da carrinha, fico a olhar para as luzes traseiras até elas terem desaparecido há muito.
O meu pai aparece atrás de mim.
— Isto tem de acabar, Sierra. Não quero que voltes a vê-lo.
Rodopio e volto-me para ele.
Está a abanar a cabeça.
— Não é por causa daquilo com a irmã. Não é só isso. É tudo.
A sensação agradável e aconchegante que me acompanhou durante toda a noite esvai-se, substituída por um intenso temor.
— Achei que tinhas deixado cair o assunto.
— Estamos quase a ir-nos embora, como sabes — diz o meu pai. — E decerto tens noção de que estás a envolver-te demasiado.
Não consigo encontrar a voz, ou sequer as palavras, para gritar com ele. As coisas estão finalmente a correr bem e ele vem estragar tudo? Não. Não o vou deixar fazer isto.
— E a mãe, o que é que diz? — pergunto.
Ele roda ligeiramente na direção da caravana.
— Também não quer ver-te sofrer.
Quando eu não respondo, ele completa o movimento e regressa à acanhada caravana onde antes me sentia em casa.
Volto-me para as árvores de Natal. Nas minhas costas, oiço as botas do meu pai a subirem arrastadamente os degraus de metal e a porta a fechar-se atrás dele. Não consigo entrar já. Ainda não. Por isso embrenho-me no meio das árvores, com as agulhas a roçarem-me nas mangas e nas calças. Sento-me no chão frio, a coberto da iluminação exterior.
Tento imaginar-me novamente no Oregon, onde estas árvores que me rodeiam cresceram em tempos, a olhar para estas mesmas estrelas.

* * *

De regresso à caravana, quase não prego olho durante toda a noite. Da primeira vez que abri as cortinas, o Sol ainda não tinha nascido. Deitei-me na cama a olhar lá para fora, a ver as estrelas extinguirem-se aos poucos. Quanto mais elas enfraqueciam, mais perdida eu me sentia.

Decido pedir ajuda à Rachel. Não falamos desde que faltei ao espetáculo dela, mas conhece-me melhor do que ninguém e preciso mesmo de lhe contar como me sinto. Mando-lhe uma mensagem a pedir desculpa. Digo-lhe que tenho saudades dela. Digo-lhe que ia adorar o Caleb mas que os meus pais acham que eu estou a envolver-me demasiado.

Por fim, ela responde: **Posso ajudar?**

Solto um longo suspiro e fecho os olhos, grata por ter a Rachel na minha vida.

Escrevo: **Preciso de um milagre de Natal.**

Na longa pausa que se segue, vejo o Sol começar a despontar.

Ela responde: **Dá-me dois dias.**

* * *

O Caleb aparece no dia seguinte com um sorriso de orelha a orelha. Traz um embrulho feito com as páginas de banda desenhada do jornal de domingo e um claro excesso de fita-cola. Atrás dele, vejo a minha mãe a observar-nos. Embora visivelmente pouco satisfeita, continua a atender o seu cliente.

— O que é isso? — pergunto, engolindo o medo de que o meu pai volte da curta incursão para ir comprar o almoço. — Quer dizer, para além de um convite para te ensinarem a fazer um embrulho.

Ele entrega-me o pacote.

— Só há uma maneira de descobrir.

O conteúdo é qualquer coisa maleável, e quando rasgo o embrulho percebo porquê. É aquele barrete natalício palerma que ele usou no outro dia.

— Não, acho que isto te pertence.

— Eu sei, mas percebi que ficaste cheia de inveja — diz ele, incapaz de esconder o sorriso. — E lembrei-me de que os vossos invernos são muito mais frios do que os nossos.

Aposto que não lhe passa pela cabeça que vou usá-lo, razão por que o coloco de imediato.

Ele puxa as abas para cima das minhas orelhas, depois deixa lá as mãos e inclina-se para me beijar. Deixo o beijo acontecer, mas mantenho os lábios fechados. Quando ele não se afasta, tenho de ser eu a fazê-lo.

— Desculpa — diz-me. — Não devia fazer isto aqui.

Oiço um pigarrear atrás dele e espreito-lhe por cima do ombro.

— Tens de voltar ao trabalho, Sierra — diz a minha mãe.

O Caleb, visivelmente atrapalhado, desvia o olhar para as árvores.

— Vou ter de ir limpar os sanitários?

Ninguém se ri.

Ele volta-se para mim.

— O que se passa? — pergunta.

Baixo os olhos para o chão e vejo os sapatos da minha mãe aproximarem-se.

— Caleb — diz ela —, a Sierra contou-nos coisas admiráveis a teu respeito.

Levanto os olhos e o meu olhar suplica-lhe que seja afável.

— E sei o que ela sente por ti — prossegue. Olha para mim, mas não tenta sequer esboçar um sorriso. — Só que vamos embora daqui a uma semana e o mais provável é não regressarmos no ano que vem.

Não desvio os olhos dos dela, mas vejo o Caleb a voltar-se para mim, e o meu coração desfalece. Era a mim que competia contar-lhe isto, *se* necessário, e não havendo certezas ainda não era necessário.

— O pai dela e eu não nos sentimos confortáveis a ver esta relação avançar sem que toda a gente saiba como vão ficar as coisas. — Vira-se para mim. — O teu pai deve estar a chegar. Despachem-se a acabar a conversa.

Afasta-se e deixa-me a sós com o Caleb, cujo rosto é um misto de traição e renúncia.

— O teu pai não pode ver-me aqui, é isso? — pergunta.

— Acha que as coisas estão a ficar demasiado sérias entre nós. Mas não precisas de ter medo dele, está apenas a ser superprotetor.

— Superprotetor porque não vão voltar?

— Isso ainda não é certo — digo. Não aguento continuar a olhá-lo nos olhos. — Devia ter-te contado.

— Bom, aqui tens a tua oportunidade. Que mais é que não me contaste?

Sinto uma lágrima escorrer-me pela cara. Nem sequer tinha percebido que estava a chorar, mas pouco me importa.

— O Andrew falou com ele — conto —, mas está tudo bem.

O tom dele é severo.

— Como assim, está tudo bem?

— Porque depois eu conversei com eles e expliquei-lhes que...

— Explicaste-lhes o quê? Porque estamos agora a conversar e é evidente que não está tudo bem.

Olho para ele e limpo as lágrimas da cara.

— Caleb...

— Isto não vai mudar, Sierra. Não no pouco tempo que falta para vocês se irem embora. Portanto, para quê incomodares-te comigo?

Estendo a mão para a dele.

— Caleb...

Ele chega-se para trás, forçando a distância entre nós.

— Não faças isso — sussurro.

— Disse-te que valias a pena, Sierra, e vales. Mas não sei se posso dizer o mesmo de tudo isto. E sei que eu não valho.

— Sim — replico. — Caleb, tu...

Ele volta-se e sai da tenda, direito ao estacionamento. Depois entra na carrinha e arranca.

* * *

No dia seguinte, o meu pai volta dos correios e larga-me um grosso embrulho expresso junto à caixa registadora. Passaram-se vinte e quatro horas sem que tenhamos trocado uma palavra. Nunca fomos assim, mas não consigo perdoar-lhe. No canto superior esquerdo do embrulho, há um coração vermelho a rodear o nome *Elizabeth Campbell* por cima da morada do remetente. Depois de atender mais dois clientes, apresso-me a rasgar o embrulho.

Lá dentro vêm um envelope de carta e uma caixa vermelha cintilante do tamanho de um disco de hóquei. Abro a tampa da caixa, tiro um quadrado de algodão e lá está a rodela de três centímetros de altura com o corte da minha primeira árvore, ainda com uma

fina camada de casca à volta. No centro está a árvore de Natal que pintei quando tinha onze anos. Há dois dias, olhar para isto ter-me-
-ia deixado nervosa com a reação do Caleb se lho oferecesse. Agora não sinto nada.

Uma cliente aproxima-se do balcão e eu volto a tapar a caixa. Quando ela se vai embora, abro o envelope. Embora tenha sido a Elizabeth a mandar-me o corte da árvore, o cartão tem a letra da Rachel. «Espero que isto ajude a concretizar o milagre de Natal que pediste.»

A acompanhar o cartão vêm dois bilhetes para o baile de gala de inverno, com as palavras *Globo de Neve do Amor* escritas no cimo em elaborados carateres cursivos vermelhos. Do lado esquerdo, envolto em purpurina prateada, um par dança no interior de um globo de neve.

Fecho os olhos.

Capítulo 20

No meu intervalo do almoço, vou até à caravana e escondo a caixa vermelha debaixo de uma almofada da cama. Pego na fotografia de mim e do Caleb que entalei na borracha da janela e enfio os bilhetes entre a fotografia e o fundo de cartão que a protege.

Antes que perca a coragem, vou ter com o meu pai e peço-lhe para vir dar outro passeio comigo. Ando a moer-me com isto há tempo que chegue. Ajudo-o a fixar uma árvore no carro de um cliente e depois afastamo-nos juntos da venda.

— Preciso que reconsideres — digo-lhe. — Dizes que não é só por causa do passado do Caleb, e eu acredito em ti.

— Ótimo, porque...

Interrompo-o:

— Disseste que é também por faltar menos de uma semana para nos irmos embora e eu estar a apaixonar-me por ele. E tens razão, estou mesmo. Sei que isso te deixa pouco à vontade por milhentas razões, mas também sei que não dirias nada se não pudesses usar o passado dele como desculpa.

— Não sei, talvez, mas mesmo assim...

— E embora isso me deixe furiosa porque não é justo para o Caleb, estás a esquecer-te da pessoa que devia ser a mais importante para ti nesta história.

— Sierra, é só em ti que estou a pensar — diz ele. — Sim, é difícil ver a minha menina a apaixonar-se. E sim, é difícil não pensar no passado dele. Mas, acima de tudo, querida, não suporto a ideia de ver-te ficar de coração destroçado.

— Essa decisão não devia ser minha?

— Sim, se conseguires ter em conta todos os fatores. — Para de andar e olha para a estrada. — Eu e a tua mãe ainda não dissemos nada um ao outro, mas ambos o sabemos. É quase certo que não vamos voltar no ano que vem.

Toco-lhe no braço.

— Lamento muito, pai.

Ainda a olhar para a estrada, ele põe os braços à minha volta e eu encosto-lhe a cabeça ao peito.

— Eu também — diz-me.

— Quer dizer que estás sobretudo preocupado com o que eu vou sentir quando nos formos embora — concluo.

Ele baixa os olhos para mim e sei que para ele não há ninguém mais importante do que eu nesta história.

— Não tens noção de como vai ser difícil — diz-me.

— Então explica-me. Porque tu tens. O que sentiste quando conheceste a mãe e depois tiveste de te ir embora?

— Foi horrível. Houve alturas em que achei que não íamos conseguir. Chegámos a separar-nos por uns tempos e a sair com outras pessoas. Isso quase deu cabo de mim.

A minha pergunta seguinte é precisamente aquela onde eu queria chegar.

— E valeu a pena?

Ele sorri-me e depois volta-se para olhar para a nossa venda.

— Claro que sim.

— Ora aí tens — concluo.

— Sierra, eu e a tua mãe já antes tínhamos passado por relações sérias. Mas tu é a primeira vez que te apaixonas.

— Nunca disse que estava apaixonada!

Ele ri-se.

— Não precisas de o dizer.

Ficamos ambos a olhar para os carros e eu aperto mais o braço dele de encontro a mim.

Ele olha-me e suspira.

— Daqui por uns dias, vais ficar com o coração despedaçado — diz. — Vais mesmo. Mas não vou fazer-te sofrer ainda mais privando-te de passares os próximos dias com o Caleb.

Enlaço-o com os dois braços e digo-lhe que o adoro.

— Eu sei — sussurra ele em resposta. — E tu sabes que eu e a tua mãe estaremos aqui para te ajudar a juntar os cacos desse coraçãozinho partido.

Com o seu braço ainda no meu ombro e comigo enlaçada a ele, retrocedemos outra vez para a venda.

— Só preciso que tenhas em atenção uma coisa — diz-me. — Pensa em como esta quadra vai acabar para vocês os dois. Porque vai acabar, por isso não ignores esse facto.

Quando ele vai ter com a minha mãe à tenda, corro para a caravana e ligo ao Caleb.

— Mete-te na carrinha e vem comprar uma árvore — digo-lhe. — Sei que tens entregas para fazer.

* * *

Já está escuro quando vejo o Caleb entrar na zona de estacionamento. O Luis e eu carregamos uma árvore grande e pesada até à carrinha.

— Espero que caiba na casa para onde a vão levar — diz-me o Luis.

O Caleb sai da carrinha para baixar o taipal traseiro.

— Essa é capaz de estar fora do meu orçamento — diz ele. — Mesmo com desconto.

— Não está, porque é grátis — respondo.

— É uma prenda dos pais dela — explica o Luis. — Agora estão a dormir uma sesta, por isso...

— Estou mesmo aqui ao lado, Luis — digo. — Posso explicar-lhe.

O Luis cora, depois regressa à venda, onde há um cliente à espera que alguém vá envolver-lhe a árvore com rede. O Caleb, entretanto, parece confuso.

— Tive uma conversa com o meu pai — conto.

— E?

— E confiam em mim. Também acham encantador aquilo que fazes com as árvores deles, por isso quiseram doar esta para a causa.

Ele olha para a caravana e um leve sorriso desponta-lhe nos lábios.

— Acho que quando voltarmos podes contar-lhes se o donativo deles coube no destino.

Depois de entregarmos a árvore, que cabe mesmo à justa — e de a criancinha de cinco anos se *passar* de excitação —, o Caleb leva-nos até Cardinals Peak. Para em frente do portão metálico e abre a porta da carrinha.

— Espera aqui que eu vou abri-lo — diz. — Podemos ir de carro até lá acima e, se não te importares, adorava ver finalmente as tuas árvores.

— Então desliga a carrinha. Subimos a pé.

Ele debruça-se para a frente para olhar para o alto da colina.

— O que foi, tens medo de uma pequena caminhada noturna? — troço. — De certeza que tens uma lanterna, certo? Por favor, não me digas que conduzes uma carrinha mas não tens uma lanterna!

— Sim — responde ele —, acho que tenho para aí uma coisa dessas.

— Perfeito.

Ele faz marcha-atrás até uma pequena extensão de erva e terra batida à beira da estrada e tira uma lanterna do porta-luvas.

— Só tenho uma. Espero que não te importes de ir juntinho a mim.

— Oh, se tem mesmo de ser... — replico.

O Caleb salta da carrinha, dá a volta até ao meu lado e abre-me a porta. Corremos ambos os fechos dos blusões enquanto olhamos para a imponente silhueta de Cardinals Peak.

— Adoro vir aqui — digo. — Sempre que subo esta colina, penso... tenho assim uma sensação de... de que as minhas árvores são uma forte metáfora pessoal.

— Ena — exclama o Caleb. — Isso é bem capaz de ser a coisa mais profunda que alguma vez te ouvi dizer.

— Oh, cala-te e dá-me a lanterna.

Ele passa-me a lanterna para a mão, mas continua a falar:

— A sério. Importas-te que use essa frase na escola? A minha professora de Inglês ia adorar.

Dou-lhe um encontrão com o ombro.

— Vá lá, fui criada numa quinta onde se plantam árvores de Natal. Tenho direito a ser sentimental a esse respeito mesmo que não consiga expressá-lo.

Adoro como eu e o Caleb somos capazes de gracejar assim um com o outro e sentir que é a coisa mais natural do mundo. As questões difíceis continuam lá — não podemos esquivar-nos ao passar dos dias no calendário —, mas encontrámos uma forma de apreciar o facto de estarmos juntos aqui e agora.

Esta noite está mais frio do que quando cá vim com a Heather no Dia de Ação de Graças. Eu e o Caleb não dizemos grande coisa durante a subida; limitamo-nos a desfrutar da frescura do ar e do calor no nosso toque. Antes da última curva, conduzo-o para fora da estrada, iluminando com a lanterna a vegetação rasteira que nos dá pelos joelhos. Ele segue-me sem se queixar durante vários metros.

A Lua em quarto crescente projeta sombras carregadas deste lado da encosta. Quando a vegetação desaparece, aponto vagarosamente a lanterna para as minhas árvores, apanhando uma ou duas de cada vez com o estreito foco.

O Caleb aproxima-se por trás de mim e põe-me o braço à volta dos ombros, juntando suavemente os nossos corpos. Quando olho para ele, está a contemplar as árvores. Depois solta-me e aproxima-se da minha pequena plantação. Tem um ar tão feliz que os seus olhos se repartem entre mim e as árvores.

— São lindas — diz. Debruça-se sobre uma delas e inspira profundamente. — Mesmo natalícias.

— E têm esse ar natalício porque a Heather vem cá acima todos os verões para as podar — explico.

— Não crescem naturalmente assim?

— Nem todas. O meu pai costuma dizer que todos precisamos de uma ajudinha para entrar no espírito natalício.

— Está visto que a tua família gosta de metáforas — comenta o Caleb.

Volta para junto de mim e envolve-me num abraço, pousando o queixo no meu ombro.

Ficamos vários minutos assim, simplesmente a olhar para as árvores.

— Adoro-as — diz ele. — São a tua pequena família florestal.

Inclino-me para o lado e olho-o nos olhos.

— Agora quem é que está a ser sentimental?

— Já alguma vez pensaste em decorá-las?

— Eu e a Heather fizemos isso uma vez, da forma mais ecológica possível, claro está. Usámos pinhas, bagas e flores, além de umas estrelas que comprámos, feitas de mel e alpista.
— Trouxeram prendas para os passarinhos? — exclama ele. — Muito giro.
Voltamos a meter pelo meio da vegetação e eu viro-me para admirar as minhas árvores mais uma vez — provavelmente a última antes de me ir embora. Dou a mão ao Caleb, sem saber quantas oportunidades ainda terei de o fazer. Ele aponta para longe, para a nossa venda. Dali de cima, parece um pequeno retângulo banhado por uma luz suave. Os postes de iluminação pública e os flocos de neve luminosos que enfeitam as árvores acentuam-lhes o tom verde--escuro. E há a tenda e a caravana prateada. E pequenos corpos que se deslocam de um lado para o outro, uma mistura de clientes, empregados e talvez a minha mãe e o meu pai. O Caleb desliza para trás de mim e envolve-me com os braços.
Estou em casa, penso. *Ali em baixo... e aqui também.*
A mão do Caleb desce-me pelo braço que empunha a lanterna e dirige o foco de luz para as árvores. Percorre-as vagarosamente uma a uma.
— Conto cinco — diz ele. — Pensei que tinhas dito que eram seis.
O meu coração para. Volto a apontar para lá a lanterna.
— Uma, duas...
Sinto o coração estilhaçar-se quando paro em cinco. Volto a correr pelo meio da vegetação, varrendo rapidamente o terreno à minha frente com o foco de luz.
— É a primeira! A grande!
O Caleb avança ao meu encontro. Antes de chegar ao pé de mim, bate com o pé em qualquer coisa dura. Aponto a lanterna para os pés dele e levo a mão à boca. Ajoelho-me no chão junto ao toco, que é tudo o que resta da minha árvore mais velha. No cimo do corte há pequenas gotas de resina seca.
O Caleb ajoelha-se a meu lado. Tira-me a lanterna e pega-me nas mãos.
— Alguém se apaixonou por ela — diz. — Provavelmente tem--na agora em casa, toda bonita e enfeitada. É como uma prenda que...

— Era uma prenda para *eu* dar — interrompo. — Não para alguém levar.

Ele põe-me de pé e eu apoio o queixo no ombro dele. Após alguns minutos assim, começamos a nossa descida encosta abaixo. Avançamos devagar e sem dizer nada. O Caleb guia-me suavemente, fazendo-me contornar as ocasionais pedras e buracos.

Depois para, perscrutando a estrada alguns metros mais abaixo. Sigo o olhar dele à medida que se aproxima. A lanterna ilumina o verde-escuro da minha árvore, tombada de lado e deixada a secar no meio do mato.

— Limitaram-se a deixá-la aqui? — exclamo.

— Parece que a tua árvore deu luta.

Deixo-me cair no chão e não me dou ao trabalho de reter as lágrimas.

— Odeio quem quer que tenha feito isto!

O Caleb vem ter comigo e pousa-me uma mão nas costas. Não diz nada, não me diz que vai ficar tudo bem nem me julga por estar tão transtornada por causa de uma árvore. Simplesmente compreende.

Por fim, lá me levanto. Ele limpa-me as lágrimas da cara e olha-me nos olhos. Continua sem dizer nada, mas sei que está comigo.

— Gostava de ser capaz de explicar porque é que estou a comportar-me assim — digo, mas ele fecha os olhos e eu fecho também os meus e sei que não é preciso.

Volto a olhar para a árvore. Seja quem for que a viu lá em cima, achou-a bonita. Achou que podia torná-la ainda mais bonita. E tentou, estava cheio de vontade, mas concluiu que era demasiado difícil.

Por isso deixou-a ali.

— Quero ir-me embora — digo.

O Caleb coloca-se atrás de mim e começa a andar, apontando a lanterna para os meus pés enquanto nos afastamos dali.

* * *

Quando a Heather me liga para saber se pode vir ter comigo à venda, falo-lhe da árvore de Cardinals Peak e explico-lhe que provavelmente não serei a melhor companhia. Mas ela, porque me conhece bem, não tarda a aparecer. Diz-me que este ano tenho sido um «fantasma distribuidor de árvores» e que está triste por termos passado tão pouco tempo juntas. Recordo-lhe que, sempre que tive uma ou duas horas livres, ela estava com o Devon.

— A Operação Despachar o Namorado já era — comento.

Está a ajudar-me a reabastecer a banca das bebidas.

— No fundo, acho que nunca quis despachá-lo, só queria que fosse um namorado melhor. Começámos tão bem, mas depois ele tornou-se... não sei...

— Complacente?

Ela revira os olhos.

— Está bem. Usamos uma das tuas palavras.

Ponho-a a par de todo o drama com o Andrew e o meu pai e de como foram precisas duas conversas para que os meus pais compreendessem por que motivo não era opção eu não ver o Caleb durante o tempo que nos resta.

— Olhem só para a minha menina a pôr os pés à parede — exclama a Heather. Pega-me na mão e aperta-a. — Ainda tenho esperança de que voltes para o ano, Sierra. Mas, se não voltares, fico contente por este estar a correr como está.

— Suponho que sim — digo. — Mas tinha de ter tantos sobressaltos?

— Assim tem tudo muito mais significado. Olha para mim e para o Devon. Ele tornou-se complacente, certo? Todos os dias era a mesma coisa, e sempre um tédio. Andava a pensar acabar com ele e depois aconteceu aquela coisa com a Rainha de Inverno. Gerou tensão, mas a seguir ele ofereceu-me o meu dia perfeito. O ponto em que estamos agora, fizemos por merecê-lo. E tu e o Caleb também fizeram por merecer estes próximos dias.

— Acho que fizemos por merecer os próximos anos — digo.

— E o Caleb uma vida inteira.

Uma hora mais tarde, a Heather vai-se embora para ir trabalhar na sua prenda surpresa para o Devon. O resto do dia passa devagar, com os clientes a entrarem a conta-gotas. À noite conto o dinheiro da caixa registadora e guardo tudo o que precisa de ficar trancado.

A minha mãe aparece no preciso instante em que desligo o interruptor dos flocos de neve luminosos.

— O teu pai e eu gostávamos de levar-te a jantar fora — diz ela.

* * *

Vamos até ao Breakfast Express. Quando entramos na carruagem repleta de clientes, o Caleb está algumas mesas mais adiante, a encher a caneca de café a um deles.

— Venho já ter convosco — diz sem olhar para cima.

— Não há pressa — responde o meu pai com um sorriso.

O Caleb deve estar exausto. Dá vários passos a olhar diretamente para nós antes de perceber quem somos. Nessa altura, ri-se e pega nuns menus.

— Pareces cansado — digo-lhe.

— Um dos empregados ligou a dizer que estava doente, por isso tive de vir mais cedo — explica ele. — Pelo menos recebo mais gorjetas.

Seguimo-lo até uma mesa vazia perto da cozinha. Sentamo-nos e ele traz-nos os guardanapos e os talheres.

— Provavelmente amanhã posso comprar mais duas árvores — diz. — As pessoas ainda andam a comprar árvores, certo? Mesmo tão perto do Natal?

— Continuamos abertos — responde o meu pai. — Mas não tão atarefados como vocês aqui.

O Caleb afasta-se para nos ir buscar água. Fico a olhar para ele. Está com um ar agitado, mas absolutamente adorável. Quando olho para o lado oposto da mesa, o meu pai está a abanar-me a cabeça.

— Vais ter de aprender a ignorar o teu pai — diz a minha mãe.

— É assim que eu o aturo.

Ele planta-lhe um beijo na bochecha. Ao fim de vinte anos, ela sabe como desarmá-lo quando está a ser ridículo, mas fá-lo de uma forma que ele adora.

— Mãe, alguma vez quiseste fazer outra coisa sem ser trabalhar na quinta? — pergunto.

Ela lança-me um olhar trocista.

— Não foi com esse objetivo que fui para a faculdade, se é isso que queres dizer.

O Caleb volta com três águas e três palhinhas.

— Já sabem o que vão querer?

— Desculpa, ainda nem olhámos para os menus — confessa a minha mãe.

— Não há problema. Aliás, até calha bem. Está ali um casal *encantador*... estou a ser sarcástico... que pelos vistos continua a precisar da minha atenção.

Afasta-se apressadamente e os meus pais pegam nos menus.

— Mas nunca tens dias em que penses nisso? — insisto. — Como teria sido a tua vida se não girasse exclusivamente em torno de uma época festiva?

A minha mãe pousa o menu e fica a olhar para mim.

— Lamentas que seja assim, Sierra?

— Não — respondo —, mas nunca conheci outra coisa. Tu pelo menos tiveste alguns Natais normais antes de te casares. Tens um termo de comparação.

— Nunca me arrependi da vida que escolhi — diz ela. — E foi uma escolha minha, portanto posso orgulhar-me disso. Escolhi esta vida com o teu pai.

— E tem sido uma vida interessante, sem dúvida — diz ele.

Finjo ler o menu.

— Tem sido um ano interessante.

— E só faltam alguns dias para terminar — acrescenta a minha mãe.

Quando levanto os olhos, vejo que está a olhar para o meu pai com um ar pesaroso.

* * *

Na tarde seguinte, a carrinha do Caleb entra no estacionamento com o Jeremiah no lugar do passageiro. Pela forma como saem a rir e a conversar, ninguém diria que a amizade deles passou por uma dolorosa interrupção.

O Luis vai ter com eles e tira uma das luvas de trabalho para lhes apertar a mão. Ficam uns instantes a conversar, depois o Caleb e o Jeremiah dirigem-se à tenda.

— Miúda das árvores! — saúda o Jeremiah, estendendo o punho para o meu. — Aqui o meu amigo diz que talvez precisem de uma ajudinha extra para desmontar isto no dia de Natal. Onde é que me inscrevo?

— Não vais estar com a tua família? — pergunto.

— Trocamos sempre as nossas prendas na noite da consoada, antes da missa — explica ele. — No dia seguinte dormimos até tarde e passamos o dia a ver futebol na televisão. Mas sinto que estou a dever-te um favor, não é verdade?

Olho para um e para o outro.

— Quer dizer que está tudo bem?

O Jeremiah baixa os olhos.

— Os meus pais não sabem propriamente onde estou. A Cassandra encobriu-me.

— Mas impôs uma condição — acrescenta o Caleb. Volta-se para mim. — Na noite de Ano Novo, aqui o nosso rapaz vai ser o motorista designado de toda a claque feminina.

O Jeremiah ri-se.

— É um trabalho duro, mas acho que estou à altura. — Começa a andar para trás, já a afastar-se. — Vou procurar o teu pai e perguntar-lhe da desmontagem.

— Então e tu? — digo para o Caleb. — Também vais ajudar-nos a desmontar isto?

— Se pudesse, passava cá o dia, mas temos tradições que não me sentia bem em abandonar. Entendes, não entendes?

— Claro. Ainda bem que podem estar juntos. — Embora a minha resposta seja sincera, não vou ficar contente ao ver chegar a manhã do dia de Natal. — Se conseguires escapulir-te por um bocadinho, vou estar em casa da Heather, a trocar presentes com ela e com o Devon.

Ele sorri, mas os seus olhos espelham a mesma tristeza que eu sinto.

— Hei de conseguir.

Enquanto esperamos que o Jeremiah volte, nenhum de nós sabe o que mais dizer. A partida parece agora tão real... e tão próxima. Ainda há umas semanas esse dia parecia tão longínquo. Tivemos tempo para ver o que podia acontecer e até onde podíamos ir. Agora parece que aconteceu tudo demasiado tarde.

O Caleb dá-me a mão e eu sigo-o para trás da caravana, longe de toda a gente. Antes que tenha tempo de lhe perguntar o que está a fazer, estamos a beijar-nos. Ele beija-me a mim e eu beijo-o a ele como se fosse a última vez. Não consigo deixar de pensar se *será* a última vez.

Quando ele se afasta, tem os lábios muito vermelhos e algo inchados. Sinto que os meus estão iguais. Ele segura-me o rosto com a mão e encostamos a testa um ao outro.

— Desculpa não poder vir dar uma ajuda no Natal — diz-me.

— Já só temos uns dias. Não sei o que havemos de fazer.

— Vem comigo à missa das velas. Aquela de que a Abby te falou.

Hesito. Há uma eternidade que não vou à igreja. Sinto que na noite de Natal ele devia estar rodeado por pessoas que creem no que ele crê e sentem o que ele sente.

A covinha reaparece.

— Queria muito que fosses. Por favor.

Retribuo-lhe o sorriso.

— Está bem — digo.

Ele começa a reencaminhar-se para a venda, mas eu agarro-lhe a mão e puxo-o para trás. Ele ergue uma sobrancelha.

— De que é que precisas agora?

— Da palavra de hoje — respondo. — Ou já deixaste de tentar impressionar-me?

— Nem acredito que duvides de mim. Por sinal, estou a começar a gostar disto de aprender palavras esquisitas. Como a de hoje, *diáfano*.

Pisco os olhos.

— Mais uma que não conheço.

Ele ergue os braços no ar.

— Boa!

— Muito bem, a palavra pode ser essa — digo, empertigando o nariz —, mas o que é que significa?

Ele devolve-me o ar empertigado.

— É uma coisa delicada ou translúcida. Espera, sabes o que quer dizer *translúcida*, não sabes?

Rio-me e arrasto-o para fora do esconderijo.

O Luis acena-nos e vem a correr ao nosso encontro.

— Eu e a rapaziada escolhemos uma árvore perfeita para ti — diz ele ao Caleb. Tem sido fantástico ver o Luis tornar-se parte da família aqui da venda. — Acabámos agora mesmo de a carregar na tua carrinha.

— Obrigado, meu — diz o Caleb. — Dá-me a etiqueta para eu ir pagá-la.

Mas o Luis abana a cabeça.

— Não, esta pagamos nós.

O Caleb volta-se para mim, mas não faço a menor ideia do que se passa.

— Alguns dos tipos da equipa de basebol acham muito fixe aquilo que estás a fazer — explica o Luis. — E eu também. Decidimos que podíamos contribuir com uns dólares das nossas gorjetas para comprar esta.

Dou um encontrão no Caleb com o ombro. As suas boas ações estão a tornar-se contagiosas.

O Luis vira-se para mim, um pouco nervoso.

— Não te preocupes, não usámos o desconto para empregados — diz ele.

— Oh, deixa lá isso — respondo.

Capítulo 21

Na antevéspera de Natal, a Heather vai buscar a Abby e trá-la até à venda. A Abby tem andado a chatear o irmão para saber se pode vir ajudar-me, porque, pelos vistos, desde pequena que sempre quis trabalhar numa venda de árvores de Natal. Mesmo que se trate de um exagero, fico satisfeita por poder fazer-lhe a vontade.

Montamos dois cavaletes ao fundo da tenda e colocamos-lhe por cima uma tábua de contraplacado do tamanho de uma porta. Depois atulhamo-la de aparas de ramos e ficamos as três a enfiá--las em saquinhos de papel que damos aos clientes para levarem para casa. As pessoas adoram decorar as mesas e os peitoris das janelas com esses raminhos antes da chegada dos familiares. Os saquinhos desaparecem quase à mesma velocidade a que os enchemos.

— Que prenda secreta é essa que tens para o Devon? — pergunto. — A minha aposta vai para uma camisola de malha.

— De facto pensei nisso — diz a Heather —, mas optei por uma coisa melhor. Esperem um bocadinho.

Corre até ao balcão, onde deixou a mala dela. Eu e a Abby olhamos uma para a outra e encolhemos os ombros. Ao voltar, a Heather empunha orgulhosamente dois palmos da malha ligeiramente retorcida de um... cachecol?

— A minha mãe tem estado a ensinar-me a tricotar — diz ela.

Mordo o interior do lábio para não me rir.

— O Natal é daqui a dois dias, Heather.

Ela olha para o cachecol, desalentada.

— Não fazia ideia de que ia demorar tanto tempo. Mas quando sair daqui vou enfiar-me no quarto a ver vídeos de gatinhos o tempo que for preciso para o acabar.

— Quanto mais não seja, é a forma perfeita de patentear o amor dele — comento.

A Abby para de encher o saquinho que tem na mão.

— Às vezes esqueço-me, o que significa *patentear*?

A Heather e eu desatamos a rir.

— O que eu acho que significa — diz a Heather, enfiando o cachecol no bolso — é que se o Devon gostar mesmo de mim vai usar a porcaria deste cachecol como se fosse a prenda mais bonita que alguma vez recebeu.

— É exatamente isso que significa — confirmo —, mas não me parece um teste lá muito justo.

— Tu usava-lo se eu to desse — responde a Heather, e tem razão. — Se ele não me demonstrar a mesma devoção, não merece a prenda a sério que lhe comprei.

— Que é o quê? — pergunta a Abby.

— Bilhetes para um festival de comédia — diz a Heather.

— Muito melhor — concluo eu.

A Heather conta à Abby do dia perfeito que o Devon lhe ofereceu como prenda de Natal antecipada. Um dia, diz a Abby, também quer ter um namorado que a leve a fazer um piquenique no alto de Cardinals Peak.

A Heather sorri enquanto enche o saquinho seguinte.

— Não que *ele* não se tenha divertido também lá em cima.

Atiro-lhe um punhado de aparas. Não precisa de se alongar nas explicações com a irmãzinha do Caleb ali ao nosso lado.

Depois de a mãe da Abby a vir buscar, a conversa volta-se para a minha vida amorosa.

— Sinto que ainda há tanta coisa para nós aqui, mas estou quase a ir-me embora.

— E o ano que vem ainda está em aberto? — pergunta a Heather.

— Não muito — respondo. — Aliás, é bastante improvável. Não sei o que faça se não puder ver-te no próximo inverno.

— Uma coisa é certa, nem vai parecer Natal.

— Passei a vida inteira com curiosidade de saber como seria ficar em casa a seguir ao Dia de Ação de Graças — digo. — Poder ter um Natal com neve e fazer as coisas que as pessoas normais fazem durante as férias. Mas, para ser sincera, pensar nisso não é a mesma coisa que querê-lo.

Por esta altura, parámos as duas de encher saquinhos.

— Tu e o Caleb já falaram do assunto?

— Tem estado a pairar sobre nós este tempo todo.

— Então e as férias da Páscoa? — lembra a Heather. — Não precisas de esperar uma eternidade para voltar a vê-lo.

— Ele vai estar com o pai — explico.

Penso nos bilhetes para o baile de gala de inverno que escondi na nossa fotografia. Para lhos dar, precisava de ter a certeza do pé em que as coisas estão. Precisava de saber o que ambos queremos. Significaria ir-me embora, mas levar a promessa dele comigo.

— Se eu e o Devon fomos capazes de nos entender — diz a Heather —, tu e o Caleb também hão de conseguir.

— Não sei se será bem assim — respondo. — Vocês podem estar juntos enquanto resolvem as coisas.

* * *

Na véspera de Natal, depois de fecharmos por este ano, janto com os meus pais na *Airstream*. O rosbife passou o dia inteiro a assar na panela elétrica, pelo que toda a caravana tem um cheiro delicioso. O pai da Heather fez e veio trazer-nos pão de milho. Do outro lado da nossa mesa minúscula, o meu pai pergunta-me o que penso da possibilidade de não regressarmos para o ano.

Parto o meu pão de milho ao meio.

— Está fora do meu controlo — digo. — Todas as vésperas de Natal, depois de fecharmos, é aqui que nos sentamos a comer. A única coisa diferente é essa pergunta.

— Isso da tua perspetiva — diz a minha mãe. — Deste lado da mesa, todos os anos parecem diferentes.

Arranco um pedaço do meu pão de milho e mastigo-o vagarosamente.

— Tens muita gente a desejar o que é melhor para ti — diz o meu pai. — Aqui dentro, nesta cidade, lá no Oregon...

A minha mãe debruça-se sobre a mesa e pega-me na mão.

— Com certeza sentes que estamos todos a puxar em sentidos diferentes, mas isso é porque nos preocupamos contigo. Quanto mais não seja, espero que este ano tenha servido para to mostrar.

O meu pai, sendo como é, tem de acrescentar:

— Mesmo que acabe por te partir o coração.

A minha mãe dá-lhe um encontrão no ombro.

— Quando andávamos no secundário, aqui o teu pai, o senhor Cínico, veio para cá passar o verão inteiro numa colónia de férias de basebol depois de me ter conhecido no inverno anterior.

— Fiquei a conhecer-te bastante bem logo nessa altura — defende-se ele.

— Como é que podes ter ficado a conhecer-me bem apenas numas semanitas?

— Muito bem mesmo — insiste ele. — Vai por mim.

Pousa uma mão sobre a minha e a outra sobre a da minha mãe.

— Estamos orgulhosos de ti, querida. Aconteça o que acontecer ao negócio da família, havemos de resolvê-lo também em família. E o que quer que decidas com o Caleb, nós... enfim... podemos...

— Nós apoiamos-te — remata a minha mãe.

— Isso. — O meu pai recosta-se no assento e põe o braço à volta dela. — Confiamos em ti.

Passo para o outro lado da mesa e debruço-me para um abraço de família. Sinto o meu pai esticar o pescoço para olhar para a minha mãe.

Quando volto ao meu lugar, ela pede licença e levanta-se. Vai ao quarto deles buscar o pequeno punhado de prendas que trouxemos connosco. O mais impaciente de nós os três é o meu pai — nesse aspeto é um pouco como o Caleb —, pelo que é o primeiro a abrir o seu presente.

De braço esticado, ergue a caixa diante dele.

— Um gnomo? — Coça o nariz. — A sério?

Eu e a minha mãe quase morremos de riso. O meu pai queixa-se todos os anos daquele tipo de bonecos, jurando que nunca lhe hão de impingir tal coisa. Como passa o mês de dezembro longe de casa, numa caravana, nunca sonhou que isso pudesse acontecer-lhe.

— O nosso plano era escondê-lo lá em casa quando viesses para a Califórnia — conta a minha mãe.

— Depois — prossigo eu, debruçando-me sobre a mesa para maior impacto —, havias de passar o mês inteiro a pensar nele, a perguntares-te onde estaria.

— Ia dar em doido — reconhece o meu pai. Tira o gnomo da caixa e segura-o por um pé, de pernas para o ar. — Vocês este ano superaram-se.

— Acho que, a haver um final feliz para esta história — digo —, é que agora arriscas-te a ter de andar todos os dias à procura dele lá em casa.

— Aí está um bom exemplo de que nem todas as histórias precisam de um final feliz — sentencia o meu pai.

— Muito bem, agora eu — diz a minha mãe.

Todos os anos quer ser surpreendida com uma loção corporal de aroma diferente. Embora adore, felizmente, o cheiro das árvores de Natal, depois de um mês mergulhada nele apetece-lhe cheirar a qualquer coisa diferente no Ano Novo.

Desembrulha o frasco deste ano e vira-o para ler o rótulo.

— Pepino e alcaçuz? Onde é que foram desencantar uma coisa destas?

— São dois dos teus aromas preferidos — lembro-lhe.

Ela abre a tampa, cheira, depois espreme uma gota para a palma da mão.

— Isto é formidável! — exclama, esfregando as mãos com a loção.

O meu pai estende-me uma caixinha prateada.

Abro-a alegremente e começo por tirar uma bola de algodão. Por baixo dela cintila a chave de um carro.

— Compraram-me um carro!

— Tecnicamente, é a carrinha do teu tio Bruce — diz a minha mãe —, mas a ideia é mandar estofar o interior das cores que tu quiseres.

— Pode não ser confortável para grandes viagens — acrescenta o meu pai —, mas é ótima para andar pela quinta ou dar um pulo à cidade.

— Importas-te que seja a carrinha dele? — pergunta a minha mãe. — Não tínhamos dinheiro para te comprar a que...

— Obrigada — digo. Viro a caixa para que a chave me caia na palma da mão. Depois de lhe sentir o peso durante uns bons segundos, volto a saltar do assento e a abraçá-los com toda a força. — Isto é fantástico.

Para cumprir a tradição, depois de empilharmos os pratos no lava-louça instalamo-nos em cima da cama dos meus pais e ficamos a ver o *Grinch* no meu portátil. Como de costume, já estão ambos a dormir profundamente quando o coração do Grinch aumenta três vezes de tamanho. Eu, pelo contrário, estou bem acordada e cheia de nós no estômago porque está na hora de me arranjar para ir com o Caleb à missa das velas.

Esta noite não preciso de experimentar montes de roupas diferentes. Antes de me levantar da cama deles, já me decidi por uma simples saia preta com uma blusa branca. Estico o cabelo na minúscula casa de banho e, quando estou a pôr cuidadosamente a maquilhagem, vejo no espelho o reflexo sorridente da minha mãe. Tem na mão uma camisola nova de caxemira cor-de-rosa.

— Para o caso de ficar frio — diz ela.

Dou meia-volta.

— Onde é que arranjaste isso?

— Foi ideia do teu pai. Queria que tivesses uma coisa nova para usar hoje à noite.

Pego na camisola.

— O pai é que a escolheu?

A minha mãe ri-se.

— Claro que não. E agradece à tua boa estrela, porque se tivesse sido ele provavelmente havia de ser mais fechada do que um fato de neve. Pediu-me para te ir comprar qualquer coisa enquanto vocês estavam a pôr as aparas nos saquinhos.

Olho para o espelho e seguro a camisola à minha frente.

— Diz-lhe que adorei.

Ela sorri para os nossos reflexos.

— Se conseguir acordá-lo depois de tu saíres, vamos fazer umas pipocas e ficar a ver o *Natal Branco*.

É o que fazem todos os anos, geralmente comigo aninhada no meio dos dois.

— Sempre adorei que tu e o pai nunca se tenham fartado do Natal.

— Querida, se alguma vez sentíssemos isso — diz a minha mãe —, vendíamos a quinta e dedicávamo-nos a outra coisa qualquer. Aquilo que fazemos é especial. E é bom saber que o Caleb também lhe dá valor.

Batem suavemente à porta. O meu coração dá um pulo e a minha mãe ajuda-me a passar a camisola pela cabeça sem despentear o cabelo. Antes que possa dar-lhe outro abraço, já ela está a entrar no quarto e a fechar a porta.

Capítulo 22

Abro a porta à espera de ficar deslumbrada diante da visão do meu belo par de noite de Natal. Em vez disso, o Caleb traz uma camisola de malha demasiado apertada, com um desenho enorme do focinho do Rodolfo, vestida por cima de uma camisa roxa de manga comprida e calças de caqui. Tapo a boca e abano a cabeça.

Ele abre os braços.

— Que tal?

— Diz-me que não pediste essa camisola emprestada à mãe da Heather.

— Pedi! — exclama ele. — A sério que pedi. Era uma das poucas que ainda tinham mangas.

— Pois, embora adore o teu espírito natalício, não vou conseguir prestar atenção à missa se levares essa coisa vestida.

O Caleb abre ainda mais os braços e baixa os olhos para a camisola.

— Está visto que não fazes a menor ideia do motivo por que a mãe da Heather tem isso — digo-lhe.

Ele solta um suspiro e passa relutantemente a camisola por cima do peito, mas esta fica-lhe presa nas orelhas e tenho de ser eu a acabar de a puxar. Agora sim, o traje é digno do meu belo par.

Está uma noite fresca de inverno. Muitas das casas ao longo do caminho deixaram as iluminações de Natal acesas até tarde. Nalgumas parece que há pedaços de gelo luminosos suspensos dos telhados. Outras têm renas banhadas por luzes brancas a pastar nos jardins. As minhas preferidas são as que cintilam com muitas cores.

— Estás linda — diz o Caleb.

Levanta-me a mão enquanto caminhamos e beija-me as pontas dos dedos uma por uma.

— Obrigada. Tu também.

— Vês? Estás a ficar melhor a aceitar elogios.

Volto-me para ele e sorrio. As luzes azuis e brancas da casa mais próxima refletem-se-lhe nas maçãs do rosto.

— Fala-me desta noite — peço. — Imagino que a igreja esteja cheia.

— Na noite de Natal há dois serviços religiosos — explica ele. — O primeiro, mais cedo, é para as famílias, com um cortejo e imensas criancinhas de quatro anos vestidas de anjos. É caótico, barulhento e perfeito. A missa da meia-noite, aquela a que vamos, é mais solene. Faz lembrar o grande discurso do Linus no *Feliz Natal, Charlie Brown*.

— Adoro o Linus.

— Ótimo, porque, caso contrário, a noite acabava já aqui.

Fazemos o resto do caminho, pelas ruas cada vez mais inclinadas, de mão dada e em silêncio. Quando chegamos à igreja, o parque de estacionamento está cheio. Muitos dos carros estão estacionados no passeio e continua a chegar gente das ruas vizinhas.

O Caleb para diante das portas da igreja antes de entrarmos. Olha-me nos olhos.

— Gostava que não te fosses embora — diz.

Aperto-lhe a mão, mas não sei o que responder.

Ele abre a porta e deixa-me entrar primeiro. A única luz provém das velas que tremulam no cimo de umas grandes hastes de madeira montadas na ponta de cada fila de bancos. Grossas vigas também de madeira sobem pelas paredes de ambos os lados, para lá dos vitrais vermelhos, amarelos e azuis, até se tocarem no centro de um teto abobadado, dando ao conjunto o efeito de um navio virado ao contrário. Na parte da frente da igreja, poinsétias vermelhas enfeitam a orla do estrado. A bancada já está cheia com um coro vestido de túnicas brancas. Por cima deles, uma enorme grinalda pende diante de um órgão tubular.

A maior parte dos bancos está repleta de ponta a ponta. Esgueiramo-nos para um cá mais atrás e uma senhora de idade aproxima-se de nós vinda da coxia. Estende a cada um uma vela apagada e um círculo de cartão mais ou menos do tamanho da minha palma. No meio do círculo há um pequeno orifício, e vejo o Caleb passar por lá a sua vela. Depois faz deslizar o cartão mais ou menos até meia altura.

— São para mais logo — explica. — O cartão é por causa das gotas de cera.

Passo também a minha vela pelo orifício e pouso-a no colo.

— A tua mãe e a tua irmã também vêm?

Ele aponta com a cabeça na direção do coro. A Abby e a mãe deles estão ambas na fila central da bancada, a sorrir e a olhar para nós. A mãe parece tão feliz por estar sentada ao lado da Abby. Eu e o Caleb acenamos ao mesmo tempo. A Abby também começa a acenar, mas a mãe puxa-lhe a mão para baixo, pois o regente está agora de pé diante do coro.

— A Abby sempre teve um talento natural para cantar — sussurra o Caleb. — Só ensaiou com eles duas vezes, mas a minha mãe diz que se integrou lindamente.

O cântico de abertura é «Cristo Nasceu em Belém».

Depois de cantarem mais alguns hinos, o pastor profere um sermão despretensioso e profundo sobre a história do Natal e o que esta noite significa para ele. A beleza das suas palavras e a forma como as apresenta comovem-me. Agarro-me ao braço do Caleb e ele olha para mim com enorme ternura.

O coro começa a cantar «Nós Três Reis». O Caleb debruça-se para o meu ouvido e sussurra:

— Anda comigo lá fora.

Pega na vela pousada no meu colo e eu sigo-o até ao exterior do templo. As portas de vidro fecham-se atrás de nós e estamos de volta ao ar fresco da noite.

— O que é que estás a fazer? — pergunto.

Ele inclina-se para mim e beija-me com suavidade. Estendo as mãos e encosto-as ao seu rosto frio, o que faz os lábios dele parecerem ainda mais quentes. Pergunto-me se todos os beijos com o Caleb serão sempre assim, tão novos e mágicos.

Ele vira a cabeça, à escuta.

— Está a começar.

Damos a volta até um dos lados da igreja. As paredes e o campanário agigantam-se por cima de nós. As janelas esguias lá no alto estão escuras, mas sei que são feitas de vitral.

— O que é que está a começar? — pergunto.

— Está escuro lá dentro porque os funcionários estiveram a apagar as velas — diz ele. — Mas ouve.

E fecha os olhos. Fecho também os meus. O som é débil, a princípio, mas oiço-o. Não é apenas o coro a cantar, é toda a congregação.

Noite feliz, noite feliz.

— Neste momento há duas pessoas na parte da frente da igreja com velas acesas. Apenas duas. O resto das pessoas tem uma vela como as nossas. — Estende-me a minha vela. Pego-lhe pela parte de baixo, e o círculo de cartão repousa sobre o meu punho fechado. — As duas pessoas com as chamas avançam até à coxia central; uma dirige-se à fila do lado esquerdo, a outra volta-se para a da direita.

Eis na lapa Jesus, nosso bem.

O Caleb tira uma pequena carteira de fósforos do bolso da frente, arranca um, dobra a aba para trás e risca-o na lixa. Acende o pavio da sua vela, depois sacode o fósforo para o apagar.

— As pessoas das duas primeiras filas, quem quer que esteja mais próximo da coxia, inclinam as velas para as que já vêm acesas. A seguir usam essa chama para acender a vela da pessoa do lado.

Entre os astros que espargem a luz.

O Caleb aproxima a vela dele da minha e eu inclino a minha para a dele, encostando a chama ao pavio até este começar a arder.

— E assim sucessivamente, vela a vela. Vai andando para trás, fila após fila. A luz espalha-se de uma pessoa para a seguinte... lentamente... criando como que uma expectativa. Ficas à espera que essa luz chegue até ti.

Olho para a pequena chama da minha vela acesa.

Anunciam a nova dos céus.

— Pessoa a pessoa, a luz é transmitida e o brilho enche toda a igreja.

Nasce o bom Salvador.

A voz dele é suave.

— Olha para cima.

Ergo os olhos para os vitrais. Há um brilho acolhedor vindo lá de dentro. O vidro cintila em tons de vermelho, amarelo e azul. O cântico prossegue e eu sustenho a respiração.

Noite de paz, noite de amor.

A letra é entoada por inteiro uma vez mais. No fim, tanto no interior da igreja como cá fora, o silêncio é total.

O Caleb inclina-se para diante. Com um sopro suave, apaga a sua vela. Depois eu apago a minha.

— Ainda bem que viemos cá para fora — digo.

Ele puxa-me para si e beija-me com suavidade, encostando os seus lábios aos meus durante vários segundos.

Ainda agarrados um ao outro, chego-me para trás e pergunto:

— Mas porque é que não quiseste que eu assistisse a isto lá dentro?

— Nos últimos anos, nunca senti tanta calma como no momento em que a minha vela era acesa na noite de Natal. Por um instante, tudo estava bem. — Chega-se a mim, pousa o queixo no meu ombro e sussurra-me ao ouvido: — Este ano, queria passar esse momento só contigo.

— Obrigada — murmuro. — Foi perfeito.

Capítulo 23

As portas da igreja abrem-se e o serviço religioso da noite de Natal chega ao fim. Passa da meia-noite e as pessoas que vão saindo devem estar cansadas, mas todos os rostos parecem repletos de uma felicidade tranquila — de júbilo. A maior parte não diz nada enquanto se encaminha para os carros, mas também se ouvem votos afetuosos de «Feliz Natal».

É Natal.

O meu último dia.

Vejo o Jeremiah a segurar a porta para algumas pessoas, depois vem ter connosco.

— Vi-vos escapulirem-se — diz ele. — Perderam a melhor parte.

Volto-me para o Caleb.

— Perdemos a melhor parte?

— Acho que não — responde ele.

Sorrio ao Jeremiah.

— Não, não perdemos.

O Jeremiah aperta a mão ao Caleb, depois puxa-o para um abraço.

— Feliz Natal, amigo.

O Caleb não diz nada; limita-se a abraçá-lo e a fechar os olhos.

O Jeremiah dá-lhe uma palmada nas costas e a seguir envolve-me também num abraço.

— Feliz Natal, Sierra.

— Feliz Natal, Jeremiah.

— Vemo-nos amanhã de manhã — diz-me antes de voltar a entrar na igreja.

— Devíamos ir andando — lembra o Caleb.

Não há forma de descrever o quanto esta noite significou para mim. Neste momento, sinto vontade de dizer ao Caleb que o amo. Seria este o momento, aqui mesmo, porque foi aqui que o percebi pela primeira vez.

Porém, não posso dizê-lo. Não é justo para ele ouvir essas palavras e ver-me partir tão pouco tempo depois. Dizê-las também as gravaria no meu coração. Iria a pensar nelas durante toda a viagem de regresso a casa.

— Gostava de poder parar o tempo — digo em vez disso.

É o máximo que posso dar a qualquer um de nós.

— Também eu. — Pega-me na mão. — O que se segue para nós os dois? Sabemos?

Gostava que ele tivesse a resposta para essa pergunta. Parece-me demasiado insignificante dizer que vamos manter-nos em contacto. Sei que sim, mas que mais?

Abano a cabeça.

— Não sei.

Quando chegamos à venda, o Caleb beija-me e depois dá um passo atrás. Sente que o melhor é começar a afastar-se. Não há milagre de Natal que possa manter-me aqui ou garantir-nos mais do que aquilo que temos agora.

— Boa noite, Sierra.

Não consigo dizer-lho também.

— Vemo-nos amanhã — acabo por dizer.

Ele dirige-se para a carrinha. Vai de cabeça curvada e vejo que está a olhar para a fotografia de nós os dois que traz no porta--chaves. Depois de abrir a porta, volta-se outra vez para mim.

— Boa noite — repete.

— Vemo-nos amanhã.

* * *

Acordo com um misto de emoções contraditórias. Como um pequeno-almoço ligeiro de papas de aveia com açúcar mascavado antes de ir até casa da Heather. Quando lá chego, ela está sentada no alpendre à minha espera.

— Vais deixar-me novamente — diz sem se levantar.
— Eu sei.
— E desta vez não sabemos quando voltas.
Finalmente levanta-se e aperta-me num abraço prolongado.
A carrinha do Caleb para na rampa de entrada com o Devon no lugar do passageiro. Saem os dois, cada um com pequenas prendas embrulhadas. Qualquer tristeza que o Caleb levasse consigo quando se foi embora ontem à noite parece ter desaparecido.
— Feliz Natal! — diz ele.
— Feliz Natal! — respondemos eu e a Heather em coro.
Os rapazes plantam-nos dois beijos na cara a cada uma, depois a Heather conduz-nos até à cozinha, onde há bolo de café e chocolate quente à nossa espera. O Caleb declina o bolo de café porque esteve a comer uma omeleta e uma rabanada na companhia da mãe e da Abby.
— É uma tradição — explica.
Mas não deixa de deitar uma bengalinha doce no seu chocolate quente.
— Já saltaste no trampolim hoje? — pergunto.
— Eu e a Abby fizemos um concurso de mortais logo de manhãzinha. — Leva a mão ao estômago. — Não terá sido a coisa mais inteligente para fazer a seguir ao pequeno-almoço, mas foi divertido.
A Heather e o Devon sentam-se e ficam a ver-nos conversar. Pode ser uma das nossas últimas conversas, pelo que parecem não ter pressa em nos interromper.
— Contaste à tua mãe que já o tinhas encontrado? — pergunto.
Ele sorve um gole de chocolate e sorri.
— Ameaçou que para o ano só me dava cartões-brinde.
— Bom, mas este ano encontrou a prenda perfeita — comento, inclinando-me para ele e dando-lhe um beijo.
— E, por falar nisso — atalha a Heather —, está na altura das *nossas* prendas.
Quase não consigo olhar quando o Devon começa a desfazer o seu embrulho maleável. Pega no assimétrico e ainda demasiado curto cachecol vermelho e verde e inclina a cabeça, revirando-o uma e outra vez. Depois sorri, provavelmente o sorriso mais aberto e genuíno que alguma vez lhe vi.

— Foste tu que fizeste isto, fofinha?

A Heather retribui-lhe o sorriso e encolhe os ombros.

— Adoro-o! — exclama ele, enrolando o cachecol ao pescoço. Mal lhe chega à clavícula. — Nunca ninguém me tinha tricotado um cachecol. Nem acredito no tempo que deves ter gasto com isto.

A Heather olha para mim, radiante. Faço-lhe um aceno de cabeça e ela corre para o colo do Devon, abraçando-o.

— Tenho sido uma namorada tão mazinha — diz. — Desculpa. Prometo que vou melhorar.

O Devon chega-se para trás, confuso. Leva a mão ao cachecol.

— Disse-te que tinha gostado.

A Heather volta para a sua cadeira, depois entrega-lhe um envelope com os bilhetes para o espetáculo de comédia. Ele também parece ficar satisfeito com essa segunda prenda, mas não tanto como com o cachecol, que mantém orgulhosamente posto.

A seguir é a mim que a Heather estende um envelope por cima da mesa.

— Não é para agora — explica ela —, mas espero que fiques a aguardar ansiosamente.

Desdobro uma folha impressa que ela dobrou em três. Demoro alguns segundos a perceber que se trata do recibo de um bilhete de comboio daqui para o Oregon. Durante as férias da Páscoa!

— Vais lá visitar-me?

Ela bamboleia-se na cadeira.

Dou a volta à mesa e enlaço-a num abraço muito apertado. Apetece-me ver a reação do Caleb ao facto de ela me ir visitar, mas sei que iria analisar em demasia qualquer expressão na cara dele. Por isso dou um beijo na cara da Heather e torno a abraçá-la.

O Devon coloca um pequeno embrulho cilíndrico diante do Caleb e depois outro diante da Heather.

— Sei que já tivemos o nosso dia perfeito, mas comprei a mesma coisa para ti e para o Caleb.

O Caleb sopesa o objeto na mão.

O Devon volta-se para mim.

— E está relacionado contigo, Sierra.

O Caleb e a Heather abrem as suas prendas ao mesmo tempo: velas aromáticas «Um Natal Muito Especial».

O Caleb inspira fundo, depois olha para mim.

— Sim, isto vai dar comigo em doido.

Pego numa bengalinha doce, deito-a na minha caneca e mexo. Sinto-me tão esmagada por este momento. A manhã está a passar depressa de mais, mas agora é a minha vez de distribuir presentes. Empurro uma das caixinhas embrulhadas por cima da mesa na direção da Heather.

— As coisas boas vêm em embalagens pequenas — diz ela.

Rasga o papel de embrulho, levanta a tampa de uma caixinha de veludo preto e pega na pulseira de prata que eu comprei na baixa, onde também lhe mandei gravar uma latitude e uma longitude: «45,5° N, 123,1° O.»

— São as coordenadas da nossa quinta — explico. — Assim hás de saber sempre onde encontrar-me.

Ela olha para mim e murmura:

— Sempre.

Depois entrego a prenda do Caleb. Ele desfaz o embrulho com todo o cuidado, retirando um pedacinho de fita-cola de cada vez. Por baixo da mesa, a Heather toca com o sapato dela no meu, mas sou incapaz de tirar os olhos do Caleb.

— Antes de espreitares lá para dentro — digo-lhe —, não fiques a contar que tenha custado alguma coisa.

Ele faz o seu sorriso com covinha e pega na reluzente caixa vermelha.

— Mas exigiu muita dedicação — acrescento — e muitas lágrimas, e muitas recordações que jamais esquecerei.

O Caleb baixa os olhos para a caixa, ainda com a tampa por abrir. Quando o seu sorriso desaparece, acho que percebeu o que está lá dentro. A ser assim, sabe o quanto significa eu estar a oferecer-lho. Vejo-o abrir cuidadosamente a tampa. A face com a árvore de Natal pintada está voltada para cima.

Olho para a Heather. Tem as mãos entrelaçadas e encostadas à boca.

O Devon volta-se para mim.

— Não percebo.

A Heather dá-lhe uma palmada no ombro.

— Depois explico-te.

O Caleb parece aturdido. Não tira os olhos da prenda.

— Pensei que isto estava no Oregon.

— E estava — confirmo. — Mas precisa de estar aqui.

A prenda que chegou juntamente com aquela, bilhetes para um baile a que não sei se irei, continua na caravana, escondida atrás da nossa fotografia com o Pai Natal.

Ele tira da caixa a rodela com o corte da árvore, que segura encostando a ponta dos dedos ao anel de casca.

— Isto é insubstituível — diz.

— Sim — respondo —, e é teu.

Depois ele estende-me uma caixa verde cintilante por embrulhar, atada com uma fita vermelha. Afasto a fita e abro a tampa. Pousada sobre uma fina camada de algodão está outro corte de árvore, de uma árvore aproximadamente do mesmo tamanho que a do corte que lhe dei. Tem uma árvore de Natal pintada no meio e um anjo empoleirado lá em cima. Olho para ele, confusa.

— Voltei à tua árvore em Cardinals Peak — diz ele. — Aquela que cortaram. Parte dela precisa de regressar a casa contigo.

Agora tanto eu como a Heather temos a boca tapada com as mãos. O Devon tamborila com os dedos na mesa.

— Aqui há umas semanas, comprei-te outra coisa — prossegue o Caleb. E pega num saco de pano dourado praticamente transparente. — Repara que este saco é diáfano.

Rio-me.

— Sim, é bastante diáfano — confirmo.

Consigo entrever um colar dourado através do tecido do saco. Desato os cordões que o mantêm fechado e tiro de lá um colar com um pequeno pendente de um pato em pleno voo.

— Outra coisa que esperamos que rume a sul todos os invernos — diz o Caleb baixinho.

Fito-o nos olhos, e é como se a Heather e o Devon não estivessem ali na cozinha connosco.

A Heather aproveita a deixa.

— Querido, anda ajudar-me a escolher umas músicas de Natal.

Sem desviar os olhos dos dele, deslizo para os braços do Caleb e beijo-o. Depois pouso-lhe a cabeça no ombro, desejando nunca mais ter de sair dali.

— Obrigado pela prenda — diz ele.

— Obrigada pela minha.

Na sala ao lado, começa a ouvir-se um vagaroso instrumental natalício. Eu e o Caleb não nos mexemos até ao início da terceira música.

— Posso levar-te até à venda? — pergunta ele.

Endireito-me e afasto o cabelo do pescoço.

— Pões-me primeiro o colar?

O Caleb segura o pendente abaixo da minha clavícula, depois aperta-me o fecho na parte de trás do pescoço. Tento memorizar cada toque dos seus dedos na minha pele. Pegamos nos blusões e despedimo-nos da Heather e do Devon, que estão sentados no sofá encostadinhos um ao outro.

A curta viagem de volta parece solitária mesmo com o Caleb ali a meu lado. Tenho a sensação de que iniciámos o regresso aos nossos mundos. Levo várias vezes a mão ao colar e vejo-o olhar de relance para mim de cada vez que o faço.

Saio da carrinha. Quando os meus pés tocam no chão, sinto-me colada à terra.

— Não quero que isto seja o fim — digo.

— E tem de ser? — pergunta ele.

— Tu tens o jantar com a tua mãe e a Abby, e eu vou passar toda a noite a trabalhar para desmontar a venda. Eu e a minha mãe partimos logo de manhã.

— Faz-me um favor — diz ele.

Fico à espera.

— Acredita em nós.

Faço que sim com a cabeça e mordo o lábio. Depois afasto-me e fecho a porta, lançando-lhe um pequeno aceno. Ele arranca e eu formulo uma prece.

Por favor. Não deixes que esta seja a última vez que vejo o Caleb.

Capítulo 24

Diversos rapazes da equipa de basebol, mais o Luis e o Jeremiah, trabalham na desmontagem da tenda. Outros recolhem os flocos de neve luminosos e enrolam os fios. Eu ajudo as pessoas que vêm buscar as árvores que nos restam. Apenas por uns dólares, podem deixá-las secar e usá-las em fogueiras ao ar livre. As restantes são carregadas em camiões municipais para serem submersas em lagos da zona e ficarem a fazer de recifes.

Dou por mim a levar várias vezes a mão ao colar ao longo da manhã e da tarde. Ao jantar, eu e os meus pais mandamos vir comida chinesa que comemos na caravana, e depois alguns dos empregados regressam após os seus jantares de família. Como todos os anos, acendemos uma fogueira no terreno quase vazio. Sentamo-nos à volta dela em bancos de madeira e cadeiras desdobráveis e tostamos gomas. O Luis distribui bolachas e chocolate para fazer *s'mores*. A Heather e o Devon também aparecem e já estão a discutir sobre o que hão de fazer no Ano Novo. Ele quer ficar a ver futebol, enquanto ela quer começar o ano com uma caminhada.

O Jeremiah vem sentar-se ao pé de mim.

— Estás com um ar demasiado triste para dia de Natal, Sierra.

— Sempre detestei esta parte da desmontagem. E este ano está a ser especialmente difícil.

— Por causa do Caleb? — pergunta ele.

— Do Caleb. Desta cidade. De tudo. — Olho para as pessoas sentadas à volta da fogueira. — Acho que me apaixonei pelo tempo que cá estive de uma forma que nunca me tinha acontecido antes.

— Que tal te dás com conselhos?

Olho para ele.

— Depende do conselho.

— Como alguém que desbaratou muito do tempo que podia ter passado com o Caleb, e que vai ter de lutar por mais, a única coisa que posso dizer-te é que te agarres a ele. Fazes-lhe muito bem, e ele parece fazer-te bem a ti.

Aceno que sim com a cabeça, engolindo o nó que tenho na garganta.

— Ele faz-me bem, sei disso. Mas, em termos racionais, como é que...?

— Esquece a racionalidade — diz ele. — A racionalidade não sabe aquilo que tu queres.

— Eu sei. E não é só um querer — respondo. Olho para a fogueira. — É mais do que isso.

— Então tens sorte, porque alguém de quem ambos gostamos quer muito a mesma coisa — conclui o Jeremiah.

Depois dá-me uma palmadinha no ombro. Quando olho para ele, vejo-o apontar o dedo para a silhueta escura de Cardinals Peak. Perto do cume há centenas de luzes cintilantes.

Levo a mão ao peito.

— Aquilo são as minhas árvores?

— Acabaram de se acender — responde ele.

O telemóvel vibra-me no bolso. Olho para o Jeremiah e ele encolhe os ombros. Tiro o telemóvel do bolso e vejo uma mensagem do Caleb: **A tua família florestal e eu já estamos com saudades tuas.**

Levanto-me de um salto.

— Ele está lá em cima! Tenho de ir vê-lo.

Os meus pais estão sentados do outro lado da fogueira, com um único cachecol a agasalhá-los aos dois.

— Importam-se que...? Preciso de... — gesticulo na direção de Cardinals Peak. — Ele...

Sorriem-me os dois, e a minha mãe responde:

— Amanhã temos de nos levantar cedo. Não fiques a pé até tarde.

— Toma boas decisões — acrescenta o meu pai, ao que eu e a minha mãe nos rimos.

Olho para a Heather e o Devon. Ele tem o braço à volta dela, ela está aninhada de encontro a ele. Antes de me ir embora, dou um abraço duplo aos meus dois amigos.

A Heather certifica-se de que os meus pais não conseguem ouvi-la, depois sussurra-me ao ouvido:

— Aqueçam-se um ao outro.

Volto-me para o Jeremiah.

— Podes levar-me?

— Com todo o gosto.

— Ótimo — digo-lhe. — Mas primeiro preciso de ir buscar uma coisa.

* * *

Parece que nunca levou tanto tempo a ir da venda até ao portão no sopé de Cardinals Peak.

Por fim, o Jeremiah para o carro em cima da relva e da terra batida.

— Estás por tua conta, miúda das árvores — diz ele. — Não tenciono ir segurar a vela.

Olhamos ambos para o alto da colina, para as luzes distantes das minhas árvores. Ele abre o porta-luvas e entrega-me uma pequena lanterna.

Debruço-me para ele e dou-lhe um abraço.

— Obrigada.

Acendo a lanterna, saio do carro e fecho a porta, após o que ele faz marcha-atrás. Quando as luzes traseiras se diluem ao longe, sou só eu, esta lanterna minúscula e uma colina indistinta. Tudo está escuro exceto o retalho de luzes coloridas das minhas árvores, com uma pessoa muito especial à minha espera lá em cima.

Chego aos derradeiros metros antes da última curva a sentir que voei colina acima. A carrinha do Caleb está parada à minha frente. A janela do lado do passageiro está aberta e um longo fio elétrico pende da porta e desaparece entre a vegetação, onde o Caleb está de pé, de costas para mim, a olhar para a cidade. As luzes de Natal das minhas árvores são suficientemente brilhantes para que possa apagar a lanterna e ver onde ponho os pés enquanto avanço até junto dele. Vejo-o baixar os olhos para o telemóvel, provavelmente à espera de uma resposta.

— És fantástico — digo.

Ele volta-se com um sorriso radiante.

— Pensei que estavas com a tua família — comento, avançando pelo meio da vegetação.

— E estava. Mas pelos vistos tinha um ar ausente — explica ele.

— A Abby disse-me para me deixar de tristezas e ir ter contigo. Mas achei que assim era melhor, fazer-te vir ter comigo.

— Deu resultado.

Ele dá um passo em direção a mim, com as luzes a dançar-lhe no rosto. Estendemos ambos as mãos e puxamo-nos um para o outro. Beijamo-nos, e este beijo faz desaparecer todas as minhas inseguranças. É isto que quero.

Quero-nos a nós.

— Tenho uma coisa para ti — sussurro-lhe ao ouvido.

Meto a mão no bolso de trás das calças e tiro um envelope dobrado. Quando ele lhe pega, viro a lanterna e aponto-lha para as mãos. Os dedos tremem-lhe, não sei se do frio se da expectativa. Fico feliz por não ser, provavelmente, a única pessoa nervosa no cimo desta colina. Ele pega nos bilhetes para o baile de gala de inverno, onde um par dança no interior de um globo de neve. Depois olha para mim e percebo que os nossos sorrisos são o espelho um do outro.

— Caleb, queres ser o meu par no baile de inverno? — pergunto.

— Não irei com mais ninguém.

— Seria o teu par fosse para o que fosse — responde ele.

Enlaçamo-nos num abraço terno e apertado.

— Vais mesmo? — torno a perguntar.

Ele afasta a cabeça para trás e sorri-me.

— Para que mais hei de poupar as gorjetas?

Olho-o nos olhos, e as palavras saem-me como uma declaração:

— Sabes que te amo.

Ele debruça-se para mim e sussurra-me ao ouvido.

— Sabes que também te amo.

Beija-me no pescoço e depois espero enquanto vai até à carrinha. Debruça-se para dentro da janela aberta, roda a chave e a aparelhagem liga-se. Os acordes de «É a Época Mais Maravilhosa do Ano» soam à nossa volta no ar frio da noite. Reprimo uma gargalhada e o Caleb sorri.

— Vá, diz-me que sou piroso.

— Já te esqueceste? — rio-me. — A minha família sobrevive à custa destas coisas.

Lá em baixo, na cidade, vejo a fogueira bruxuleante a que se aquecem a minha mãe, o meu pai e alguns dos meus melhores amigos no mundo. Talvez estejam neste momento a olhar cá para cima. Se estiverem, espero que estejam a sorrir, porque eu estou a retribuir-lhes o sorriso.

— Danças comigo? — pergunta o Caleb.

Estendo-lhe a mão.

— Mais vale irmos ensaiando.

Ele pega-me na mão, faz-me rodopiar uma vez, depois começamos a mover-nos em conjunto. As luzes de Natal cintilam nas minhas árvores, que dançam connosco, suavemente embaladas pelo vento.

FIM

Lista de gente simpática

Ben Schrank, editor, e Laura Rennert, agente literária
por estarem comigo de corpo e alma desde o primeiro livro,
e por serem, quando necessário, os terapeutas das minhas
inseguranças de autor

Jessica Almon, revisora literária
quando eu duvidei, tu acreditaste;
quando cheguei ao fim, exigiste, acertadamente, mais:
«Faz-me lembrar uma canção da Taylor Swift!»

Mãe, pai e Nate
(e os meus primos, tias, tios, avós, vizinhos, amigos...)
pela minha infância de magia natalícia

Luke Gies, Amy Kearley, Tom Morris, Aaron Porter,
Matt Warren, Mary Weber e DonnaJo Woollen
os anjos que me guiam

Hopper Bros. — Woodburn, Oregon
Heritage Plantations — Forest Grove, Oregon
Halloway's Christmas Trees — Nipomo, Califórnia
Thorntons' Treeland — Vancouver, Washington
pelas visitas guiadas às vossas plantações de árvores de Natal
e pelas respostas a perguntas profissionais, pessoais e tolas
(mas legítimas!)

Do mesmo autor

Por Treze Razões

Antes do Futuro

Obtenha mais informação sobre estes e outros títulos em
www.presenca.pt